그럼 안내해드리겠습니다.
자, 이쪽으로 오세요

서글서글한 미소녀가 붙임성 좋게 미소 지었다.
나이는 리오와 비슷하거나 조금 아래로 보였다.
아직 수습 종업원이라고 해도 빈실 성도도 넘었나.
하지만 묘하게 어른스러워서 실로 돋보이는 소녀였다.

정령환상기

라티파가 눈물을 글썽이며
리오의 품에 얼굴을 묻었다.

리오의 품에 쏙 들어오는 자그마한 몸과
도자기처럼 새하얀 피부는 무척 덧없어서,
만지면 부서지지 않을까 싶을 정도로 여려 보여서—.

키타야마 유리
Yuri Kitayama

Illustrator Riv

2

정령의 추복

정령
환상기

커버 및 본문 일러스트_ Riv

CONTENTS

❖

비가 억수 같이 내리던 날의 일이었다.

"흐으, 흑……. 훌쩍……."

시각은 해가 지기 직전.

당시 아직 초등학교 3학년이었던 나는 하교 중에 탄 버스 안에서 울고 있었다.

초등학교가 집에서 멀어서, 평소에는 지하철을 타고 통학했다. 하지만 이렇게 세찬 비가 내리는 날에는 종종 버스로 통학했다.

하지만 이날은 평소와 조금 달랐다.

운동회 연습으로 지친 나는 버스를 타고 가는 사이에 깜빡 잠이 들고 말았다. 눈을 뜨자 처음 보는 풍경이 눈에 들어왔다.

초등학생이었던 내가 자유롭게 쓸 수 있는 돈을 갖고 있을 리 없었다. 소지금은 최소한 필요한 만큼만.

내가 눈 깜짝할 사이에 패닉에 빠져 울음을 터뜨리는 것도 당연한 일이었다. 그런 나를 보다 못했는지 대학생으로 보이는 오빠가 다정하게 말을 걸었다.

"왜 그러니?"

"흐에……?"

나는 놀라서 흠칫하고 오빠를 올려다봤다. 굉장히 멋진

사람이었다.

그러자 오빠가 나를 안심시키려는지 온화한 미소를 지었다.

"버스 잘못 탔어?"

"어, 아…… 못 내렸……어요."

"아아, 그렇구나. 원래는 어디서 내려야 했어?"

내가 어안이 벙벙해 하며 대답하자, 오빠는 이해했는지 다른 것을 물어봤다.

"사, 삼 번지 공원……이요."

"알았어. 그럼 다음 정류장에서 내리자. 제일 가까운 정류장까지 데려다줄 테니까."

"……네, 네."

집과 학교에서 모르는 사람을 따라가면 안 된다고 배웠지만, 오빠를 의지하면 안 된다는 생각은 조금도 들지 않았다.

왜냐하면 오빠가 유행하는 순정만화에 나오는 사람 같아서, 마치 내가 주인공이라도 된 기분이 들어 무척 들떠버렸기 때문이다.

"아, 돈 부족할지도 몰라, 요……."

하지만 나는 곧 돈이 한 푼도 없다는 것을 떠올렸다.

"괜찮아."

오빠가 웃으며 부드럽게 고개를 저었다. 그리고 바로 다음 버스정류장에 도착했다. 오빠가 내 몫의 교통비도 내고 둘이서 버스를 내렸다.

오빠와 맞은편 버스정류장으로 가서 시간표를 봤다. 나는 몹시 긴장한 채 조용히 그 뒷모습을 바라봤다.

"다음 버스가 곧 올 것 같으니까 잠깐만 기다리자."

"네, 네!"

실례되게도 그때의 나는 긴장한 나머지 교통비를 내줘서 고맙다고 말하는 것을 잊었다. 끝까지 입을 다물고, 두근두근해서 고개만 숙이고 있었다.

"원래는 모르는 사람을 따라가면 안 되지만, 지금은 긴급사태니까 부탁할게."

갑자기 오빠가 쓴웃음을 지으며 말했다. 내가 조용히 있자 오빠를 수상하게 여기는 줄로 안 걸지도 몰랐다.

"아, 아니얏. 그런 거 아니, 에요!"

황급히 부정했지만, 도리어 긍정하는 것처럼 보였을지도 모르겠다.

그 뒤로 오빠는 나를 신경 쓰며 서먹해지지 않게 여러 번 말을 걸었다. 하지만 나는 괜히 부끄러워서 종잡을 수 없는 말만 했다.

그리고 눈 깜짝할 사이에 시간이 흘러 내가 사는 집과 가장 가까운 버스정류장에 내렸다.

"여기까지 오면 괜찮아?"

"네? 아……."

그때, 나는 마법이 풀린 것처럼 현실로 돌아왔다.

'이제…… 헤어지는 거야?'

싫었다. 아직 고맙다는 말도 못했는데—. 나는 소극적인 성격이라는 말을 종종 들었다. 하지만 그 순간만큼은 여태껏 그런 적 없었을 정도로 강하게 생각했다. 그래서—.

"이, 인사! 감사인사를! 버스요금도 드려야!"

정신 차리고 보니 기염을 토하듯이 말하고 있었다.

"괜찮아. 신경 쓰지 마. 그럼 안녕."

오빠가 자신의 역할은 끝났다는 듯이 고개를 가로저었다.

"아…… 안 돼……."

돌아가려는 오빠의 등에 나는 당장이라도 울 것 같은 얼굴로 말을 던졌다. 전하고 싶은 게 잔뜩 있는데 중요한 말은 한마디도 나오지 않았다.

"아아, 음, 그럼 인사를 받아도 될까?"

오빠가 울 것 같은 내 얼굴을 보고 조금 당황하며 말했다.

"고, 고맙스비!"

나는 황급히 인사를 하려다 긴장한 나머지 혀가 꼬이고 말았다. 그러자 오빠가 키득 웃었다. 무척 창피했다.

"고, 고맙습니다…….'"

새빨개진 얼굴로 한 번 더 인사했다. 이번에는 혀가 꼬이지 않았다.

"천만에."

"네, 네. 이쪽……이에요."

나는 오빠를 우리 집으로 안내했다. 버스정류장에서 집

까지는 걸어서 1분 정도. 집에 도착하자 익숙하게 벨을 눌렀다.

엄마가 바로 나왔다.

"스즈네, 어서 오렴. ……무슨 일 있었어?"

엄마가 나와 오빠의 얼굴을 번갈아 보고 조금 의아해 하는 얼굴을 했다.

"엄마! 인사, 인사해야 해! 오빠가 도와줬는데, 그게!"

말하기 급급해서 종잡을 수 없는 내 말을 듣고 엄마가 더 당황했다.

"사실은—."

그런 나의 설명을 보완하듯이 오빠가 엄마에게 사정을 설명했다.

"어머나, 우리 애가 폐를 끼쳤네요. 고맙습니다."

엄마가 오빠에게 깊이 머리를 숙이고 인사했다.

"아뇨, 무사히 도착해서 다행입니다. 그럼 저는 이만—."

오빠가 예의 바르게 작별 인사를 하고 돌아가려고 했다.

"음, 차라도 마시고 갈래요?"

엄마가 오빠를 불러 세웠다. 나이스야, 엄마— 하고 마음속으로 방방 뛰었다.

"죄송합니다. 아르바이트를 가야 해서요. 마음만 받겠습니다. 감사합니다."

하지만 오빠는 일이 있는지 바로 돌아가야 하는 것 같았다.

엄마가 집으로 들어가 오빠에게 버스요금보다 많은 돈

을 주려고 했다. 오빠가 완강히 거부했지만, 엄마도 쉽게 물러나지 않고 억지로 건넸다.

오빠는 죄송해하며 인사하고 돌아갔다.

"정말 좋은 사람이네."

엄마가 돌아가는 오빠를 보며 말했다.

"응……."

그뿐만이 아니야. 엄청 멋지기도 한걸.

"그리고 엄청 멋있었지? 스즈네."

엄마가 내 마음을 읽은 것처럼 말했다.

"응…… 앗?"

나도 모르게 엄마의 유도에 걸려서 고개를 끄덕여 버렸다. 황급히 올려다보니 엄마가 생글생글 웃으며 나를 보고 있었다. 물론 내 얼굴은 새빨갛다.

"우후후, 무슨 일이 있었는지 자세히 가르쳐줘."

엄마한테는 숨길 수 있는 게 없구나— 라고 생각한 나는 "이, 있지—" 하고 버스에서 있었던 일을 말하기 시작했다.

"내일부터 버스 타고 학교 갈래?"

내가 허둥지둥 다 이야기하자 엄마가 말했다.

"응? 그, 그래도 돼?"

"그래도 돼. 아마카와 하루토 씨라고 했지? 그 오빠랑 친해지면 좋겠네."

무심코 목소리가 상기된 나를 보고 엄마가 키득키득 웃었다.

그리고 일 년 이상의 시간이 흐른 어느 여름날.

나는 여름방학 동안 초등학교 수영장에서 개최하는 수영교실을 다녔다. 낮이 되고 수업이 끝나면 서둘러 버스정류장으로 갔다.

'아, 해냈다! 오늘도 타고 있어!'

집에 가는 버스를 타니 버스 안에 그 오빠가 있는 것을 보고 나는 마음속으로 환희했다. 기쁜 나머지 나도 모르게 웃음이 나오려는 것을 필사적으로 참았다.

오빠의 이름은 아마카와 하루토. 시간을 거슬러 올라가면 일 년 이상— 버스 안에서 어찌할 바를 모르는 나를 도와준 굉장히 멋진 대학생이다.

오빠는 이 시간대에 달리는 버스를 자주 탔다.

참고로 운동치인 내가 올해에 한해 의욕적으로 수영교실을 다니기로 한 이유가 수영교실이 끝나고 돌아가는 시간에 오빠를 만날 수 있을 것 같아서, 라는 건 여기에서만 하는 이야기. 뭐, 엄마한테는 들킨 모양이지만.

그건 그렇다 치고 여름방학이 시작돼서 그런지, 평소에는 버스에 사람이 좀 더 많은데 이날은 거의 비어 있었다.

오빠가 늘 앉는 자리(버스 왼쪽 뒤에서 네 번째 창가 자리)에 앉아 있어서 나도 늘 앉는 자리(오른쪽 제일 뒤 창가 자리)에 앉았다.

아쉽게도 나는 오빠가 도와준 그 날 이후로 오빠에게 한 번도 말을 걸지 못했다. 뒤에 앉아 그 옆얼굴을 몰래 삼피는 것이 내가 할 수 있는 최대한의 일이었다.

솔직히 무척 수상하지만, 덕분에 알게 된 것도 있었다.

예를 들어 오빠는 종종 먼 곳을 보는 눈으로 창 밖을 본다거나, 작게 한숨 쉬는 일이 많다거나, 항상 슬픈 표정이라는 것.

무슨 고민 있나? ―정신 차리고 보니 이유가 신경 쓰여서 오빠를 향해 몸을 바싹 기울이고 있었다.

오빠를 보고 있는데 오늘도 금방 들켜버렸다. 오빠는 가끔이라고 할까, 최근 들어 내 시선을 자주 알아차렸다.

나는 오빠가 나를 보고 있다는 것을 알아차리고 황급히 고개 숙여 시선을 피했다.

그리고 상황을 살피려고 고개를 살짝 들자 오빠의 뒤에서 두 번째 자리에 앉은 고등학생 언니와 눈이 마주쳤다. 어른스러운 느낌이 드는, 무척 예쁜 사람이었다.

언니는 바로 앞을 봤는데, 뭐가 웃긴지 피식 웃었다. 하지만 기분 나쁘지는 않았다. 다정한 분위기를 가진 사람이었다.

이 언니도 이 시간에 버스에 타는 일이 많았다. 그리고 내 착각일 수도 있지만, 오빠를 자주 보는 것 같았다.

설마 이 언니도 오빠를 좋아하나? 그렇다면 질 수 없지―라는 생각에 나는 마음을 다잡았다.

그때, 갑자기 버스가 크게 흔들렸다. 붕 떠오르는 느낌이 든 순간, 온몸에 극심한 충격과 고통이 느껴졌다. 급격히 어두워진 시야 때문에 거의 아무것도 보이지 않았다.

그리고—.

'뭐……지……?'

무슨 일이 일어났는지도 모른 채, 내 의식은 거기서 뚝 끊기고 말았다.

〖 제 1 장 〗 ✳ 여행, 그리고 이웃나라로

왕립학원에서 세리아와 이별을 고한 밤이 지나고, 다음 날 아침.

리오는 여행 도구를 사려고 성벽 밖 시장을 돌아다녔다.

예를 들어 식자재, 음료수, 조리도구, 옷, 침구, 의약품, 무기— 사람이 생존하는 데 필요한 물자가 방대하다는 것은 명확했다. 그러나 여행하는 동안 홀로 옮길 수 있는 짐의 양은 한계가 있어서 필요한 물자를 최소한으로 엄선해야 했다. 그것이 여행 도구다.

리오는 지금 귀족이 입을만한 평상복만 입었을 뿐, 검도 한 자루만 찼다. 이런 가벼운 차림으로 여행하자니 어쩐지 불안했다.

하지만 왕립학원에 입학한 뒤, 리오의 생활은 성벽 안에서 완벽하게 해결됐다. 세리아의 손에 이끌려 몇 번인가 성벽 안 시장에서 생활용품을 구매한 적은 있지만, 이렇게 성벽 밖 시장으로 나온 적은 없었다.

그래서 리오는 조금 망연자실했다.

'어느 가게가 좋은지 모르겠네.'

일단 다양한 가게를 둘러보고는 있지만, 가게가 너무 많았다.

그중에는 품질이 의심스러운 물건을 파는 가게도 있어서

무심코 눈을 여러 번 찌푸렸다. 물건이 물건인 만큼 오래 사용할 수 있는 좋은 물건을 고르고 싶었기에, 별로인 가게에서 사고 싶지 않았다. 인파에 휩쓸리며 이리저리 생각하다가 지친 리오는 골목 안으로 들어가 잠깐 쉬기로 했다.

골목 안으로 들어가자 식욕을 자극하는 좋은 냄새가 감돌았다. 노점이 있는 모양이었다.

아침과 점심 사이라는 미묘한 시간대에 입지 조건도 그리 좋지 않은 탓인지 지금은 손님이 없었지만, 무척 좋은 냄새가 났다.

'그러고 보니 아직 아침을 안 먹었네. 저 가게에서 음식을 사면서 가게 좀 추천해달라고 할까.'

배고픔에 마음이 움직인 리오는 노점을 향해 발을 움직였다.

노점에 작은 소녀의 얼굴이 보였는데 손님이 안 와서 그런지 지루해 보였다. 소녀의 조금 뒤에 어머니로 보이는 여자가 준비 작업을 하고 있었다.

"아, 어서 오세요!"

리오가 노점으로 다가오자 소녀가 만면에 미소를 띠며 인사했다. 나이는 이제 일고여덟 살쯤인가. 조금 말랐지만 귀여운 아이였다.

소녀는 리오의 귀족 같은 옷차림을 보자마자 얼굴을 딱딱하게 굳혔다. 설마 할 것도 없이 소녀는 리오를 귀족 자제라고 착각한 것 같았다.

신분사회인 벨트람 왕국에서 평민에게 횡포를 부리는 귀족은 드물지 않았다. 따라서 평민은 귀족을 두려워했다. 소녀도 어머니에게 그렇게 배웠을 것이다.

"아, 저기, 그……."

무례를 범하면 안 된다고 생각했는지 소녀가 다시 어색하게 미소 지었다.

"그렇게 긴장하지 마. 좋은 냄새가 나는데 뭘 팔아?"

리오가 소녀를 안심시키려고 부드럽게 말했다.

"저기, 빵 속에 소스랑 채소랑 구운 고기를 넣은 것, 입니다."

소녀가 열심히 정중하게 말하려고 했다.

"그렇구나. 그럼 몇 개 줄래?"

리오가 살짝 미소 짓고 솔깃해하며 구매 의사를 보였다.

"어, 어머나, 귀족이신가……요? 어? 아, 음……."

그러자 어머니가 리오를 알아차리고 황급히 말을 걸었다. 그리고 리오의 얼굴을 보고 눈을 크게 떴다.

"왜 그러세요?"

"아, 아뇨……. 아무것도 아닙니다. 죄, 죄송합니다."

리오가 이상해하며 묻자 여자가 위축된 모습으로 불손한 태도를 사죄했다. 하지만 지금도 시선으로 리오를 살폈다.

"아, 혹시 머리카락 색깔 때문인가요?"

여자가 놀란 이유를 알아차린 리오가 자기 머리카락으로 손을 뻗었다. 벨트람 왕국에서 흑발은 보기 드문 색이었다. 머리카락 색깔 때문에 학원 학생들에게 놀림당한 적도 있었다.

"음, 그게…… 네. 실은 제가 옛날에 알던 사람 중에 검은 머리카락을 가진 남자아이가 있었거든요. 설마 했습니다만……. 하지만 그 아이가 귀족님일 리 없으니 제 착각입니다. 저, 정말 뭐라 사죄드려야 할지……."

"……참고로 옛날에 알던 남자아이의 이름이?"

리오가 두려워하며 머리를 숙인 여자에게 물었다. 어쩌면 자신이 슬럼가에 살았을 때 안면을 튼 여자일 수도 있었다.

"부, 분명, 리오라고……."

빙고— 리오는 눈앞에 있는 아름다운 여자와 만난 적이 있는 모양이었다.

하지만 지금은 실종 중인 몸이라 쉽사리 긍정할 수 없었다. 상대가 자신을 귀족 자제라고 착각해서 다행이었다.

"안타깝게도 짐작 가는 게 없네요."

"그러십니까……."

리오가 모르는 척하자 여자가 대놓고 낙담했다.

"혹시 그 소년을 찾는 중이에요?"

리오가 물었다. 이 여자와 대체 어디에서 만났는지 짐작 가는 게 없었다.

짐작 가는 게 있다면 리오와 함께 살았던 슬럼가 불량배들을 통해 안면을 트지 않았을까, 라는 것 정도였다. 그렇다면 후보가 저절로 줄었다.

이름을 기억할 정도로 상대의 기억에 남았다면, 당시 리오가 살던 오두막에 빈번히 출입한 인물일 가능성이 컸다. 당시에 살던 오두막에 출입한 여자는 대부분 불량배들이 불러들인 창부였다. 그중에 특히 리오를 마음에 들어 한 사람이 오두막에서 살해당한 지지와 동생인 안젤라였다.

그 밖에도 생각나는 사람이 몇 명 있었는데 리오는 그중 누군가일 것이라고 가늠했다.

하지만 마지막으로 그녀들과 만난 것이 5년도 더 전이고, 눈앞에 있는 여자는 화장기가 없어서 전혀 창부 같지 않았다. 그래서 바로 특정 지을 수가 없었다.

"찾는다고 해야 할까요. 그 아이가 돌아가신 저희 언니의 마지막을 지켜봤을지도 몰라서요."

여자가 어두운 얼굴로 난처해 하며 말했다.

두 사람의 이야기를 들으며 소녀가 이상하다는 듯이 고개를 갸웃거렸다.

'돌아가신 언니…… 설마 지지 씨의 동생인 안젤라 씨인가!'

리오는 여자의 말 덕분에 드디어 그녀가 누군지 알 수 있었다. 놀란 것이 드러나지 않도록 표정을 가다듬으면서도 신기한 운명에 침을 삼켰다.

당시에 화장을 짙게 했었는지, 본인이라 생각하고 보니 옛 모습이 있었다. 그러고 보니 지지가 언젠가 안젤라와 둘이서 가게를 열 것이라고 한 것이 떠올랐다.

하지만 이 화제로 이야기를 더 끌고 싶지 않아서 화제를 돌리기로 했다.

"……죄송합니다. 아무래도 주제넘은 것을 여쭌 것 같네요."

"아, 아뇨. 제가 무례한 짓을 한 탓입니다. 저야말로 죄송합니다!"

리오의 사과에 안젤라가 반사적으로 머리를 숙였다.

"실은 배가 고파서 그런데 두 개만 주시겠어요?"

비슷한 대화를 계속 이어도 소용이 없기에, 리오는 얼른 본론으로 들어갔다.

"하지만, 그게, 저희 가게 상품은 귀족님이 드시기에 맛이 어떨지……."

안젤라가 죄송해하며 대답했다. 리오가 막 상품을 먹은 순간 돌변하지는 않을까 걱정하는 것이리라. 그런 귀족이 있어도 이상하지 않았다.

"괜찮아요. 이런 음식에 익숙하거든요."

리오가 쓴웃음을 지으며 변명했다. 안젤라의 경계심이 조금 옅어졌다.

"그럼, 그…… 두 개에 소동화 여덟 장입니다."

"그럼 거스름돈은 필요 없으니 이걸로 계산할게요."

리오가 소은화 하나를 건넸다.

"그럴 수는……."

안젤라가 황급히 거스름돈을 건네려고 했다. 그녀에게 소은화 한 장은 하루 벌이의 반절 이상에 달하는 금액이었다.

"그 아이를 놀라게 한 게 죄송해서 드리는 것이니 맛있는 걸 먹여주세요."

리오가 고개를 젓고 얌전히 서 있는 소녀에게 미소 지었다.

"하지만……."

"대신이라고 하긴 뭣하지만, 여행용 도구를 취급하는 평판 좋은 가게를 아시면 가르쳐 주시겠어요? 사실 이 주변에 있는 가게는 잘 몰라서……."

리오가 부끄러워하며 머리를 긁적였다. 안젤라가 한순간 멍하니 있다가 키득 웃음을 흘렸다.

"그러시다면—."

리오는 가게 몇 곳을 추천받았다. 가게 이름과 특징을 머릿속에 새기며 안젤라가 요리하는 모습을 바라봤다.

그리고 설명이 끝난 타이밍에 조리도 끝났다.

"—여기 있습니다."

안젤라가 완성한 샌드위치를 건넸다. 파삭파삭한 바게트에 속 재료를 넣었고, 알맞게 구운 고기에 특제 소금 양념 소스를 듬뿍 뿌려 향긋한 냄새가 났다.

리오가 "고맙습니다" 하고 샌드위치 하나를 먼저 받았다. 그대로 손에 들고 한 입 덥석— 씹는 맛이 있는 딱딱한 빵은 평민이 특히 즐겨 먹는 음식이었다. 육즙과 소금 양념 맛이 입안 가득 퍼졌다. 생각지도 않게 입가에 미소가 걸렸다.

"맛있어요."

리오가 만족스러운 감상을 입에 담자 안젤라가 안심했

는지 숨을 내쉬었다.

리오는 순식간에 샌드위치 두 개를 해치워버렸다. 노점에서 일하는 소녀가 감탄하며 리오가 먹는 모습을 올려다봤다.

"또 와, 오빠!"

"이, 이 녀석, 소피!"

노점을 나서려고 하자 소녀— 소피가 만면에 미소를 띠고 리오를 배웅했다. 조금 전과 달리 경계심이 풀려서 태도도 정반대일 정도로 부드러워졌다. 그 모습이 버릇없어 보였는지 안젤라가 황급히 소피를 혼냈다.

"고마워. 이제부터 좀 멀리 가야 하는데 또 근처에 오게 되면 얼굴 비칠게. 바이바이."

리오가 소피에게 미소 지었다. 안젤라에게 가볍게 인사하고 기운차게 손을 흔드는 소피의 배웅을 받으며 그곳을 떠났다.

골목 안을 나와서 시장 중심가로 돌아가 안젤라가 가르쳐준 가게가 있는 곳을 향해 걸었다.

'……응?'

잠시 걷다가 누군가의 시선을 느꼈다. 멈춰 서서 주위를 둘러봤다. 그러나 사람이 많아서 누구의 시선인지 특정할 수 없었다.

'기분 탓인가?'

리오는 위화감을 느끼면서도 다시 걸었다.

◇ ◇ ◇

리오는 빠르게 물건 구매를 끝냈다.

누명을 뒤집어 쓴 상황에서 필요 이상으로 오래 머물고 싶지 않았다. 가능하면 오늘 낮까지는 왕도 벨트란트를 나서고 싶었다.

지금은 무기와 옷 그리고 짐을 넣을 배낭을 샀다.

참고로 귀족의 평상복은 팔아서 여행 준비금으로 썼다. 질 좋은 옷이라 괜찮은 금액에 팔렸다.

지금의 리오는 옷을 갈아입고 검은 로브를 뒤집어서서 슬쩍 보면 자금이 여유로운 용병이나 수습 모험가 소년처럼 보였다.

남은 것은 식자재 구매뿐인데—.

"야."

누가 뒤에서 리오를 불렀다. 돌아보니 양아치 같은 남자가 서 있었다. 그는 후드 아래 얼굴을 들여다보듯이 리오를 노려봤다.

리오가 의아한 얼굴로 남자를 쳐다봤다. 어쩌면 조금 전에 느낀 시선의 주인이 이 녀석일지도 몰랐다.

"뭡니까?"

"너 리오 아니야?"

"……아뇨, 아닌데요. 사람 착각하셨습니다. 제가 좀 바빠서요."

순간 당황할 뻔했다. 리오는 길을 서두르기로 했다.

그러나 남자는 억지로 리오 앞에 서서 길을 막았다.

"뭐, 잠깐만 있어 봐. 조금 전에 리오라는 꼬맹이의 수배서가 게시됐어. 나는 정보를 사고파는 사람이라 잽싸게 봤다 이거지."

남자가 말하며 몸을 굽혀 함부로 리오의 얼굴을 들여다봤다.

리오는 표정을 지우고 남자의 얼굴을 쳐다봤다.

"야, 입 다물기냐? 뭐라도 말해보는 게 어때?"

"실례. 상대하는 것도 바보 같아서. 그게 대체 저랑 무슨 상관이 있다는 겁니까?"

리오가 부글부글 끓어오르는 분노를 억누르며 물었다. 남자가 비열한 미소를 지었다.

"뭐, 단도직입적으로 말하자면. 그 수배서에 적힌 꼬맹이의 특징이 너랑 똑같아서 말이야. 처음에는 귀족이 입는 옷을 입고 있어서 쉽게 말을 걸 수가 없었는데, 지금은 옷을 갈아입고 사람의 눈을 피하려는 듯이 후드까지 뒤집어썼네? 그걸 보고 정보를 사고파는 나의 감이 딱 왔거든. 그래서 말을 건 거야."

"사람을 착각하셨습니다."

리오가 남자의 추측을 싹둑 잘라버렸다.

"도망치지 마. 검은 머리카락을 가진 꼬맹이는 그렇게

많지 않다고. 네가 리오지?"

리오는 "아닙니다"라고 부정하고 걸었다. 그러자 남자가 황급히 불러 세웠다.

"야, 기다려!"

"이거 놔."

리오가 함부로 어깨를 잡은 남자에게 차가운 시선을 던 졌다.

"세, 세계 나오는데?"

"무관하니까."

"……쳇, 다루기 어려운 애송이군. 뭐, 상관없지만. 그건 그렇고 행세깨나 하시는데. 너 돈 좀 있냐?"

이렇게 말하면 저렇게 말하며 남자가 자꾸 화제를 바꿨 다. 리오는 지금 발언으로 남자의 의향을 알아차렸다. 목 적은 갈취였다. 얼른 신고라도 하면 될 것을, 욕망에 눈이 먼 어리석은 남자였다. 뭐, 그 덕분에 살았지만―. 리오가 냉정하게 생각했다.

"더는 못 어울려주겠군요. 불경죄로 베어도 저는 상관없 습니다만?"

리오가 위협할 생각으로 허리에 숨긴 나이프로 손을 뻗 었다.

불경죄란, 귀족에게 무례를 범한 평민을 재판 없이 그 자리에서 베어도 처벌받지 않는 제도였다. 물론 리오는 귀 족이 아니지만, 조금 전까지 귀족에 준하는 모습을 하고 있었기 때문에 남자가 착각만 한다면 충분히 위협적일 터였다.

실제로 남자의 눈에 살짝 두려움이 비쳤다.

"헤, 헷, 허세 부리긴. 뭣하면 여기서 큰 소리로 병사를 부르지그래? 성벽 밖이긴 하지만, 시장 주변은 치안이 꽤 좋아. 수는 적어도 병사가 돌아다녀. 나는 병사가 와도 상관없지만, 너는 곤란하지 않아?"

남자가 자신에게 말하듯이 조금 상기된 목소리로 말했다.

"딱히 곤란하지 않으니 시험해 보시죠?"

리오가 의연한 태도로 남자에게 대답했다.

"저, 정말로 괜찮은 거지?"

"확인하기 전에 외쳐보면 되잖아요. 누가 곤란할지, 알 수 있을 겁니다."

리오가 생글거리며 말하자 남자가 입술을 깨물었다. 어쩌면 좋은 돈줄일지도 모르는 상대를 앞에 두고 갈등하는 모양이었다.

"……용무가 없다면 이만."

리오는 분한 표정을 짓는 남자를 차갑게 쳐다보고 자리를 떠났다. 그리고 인파에 뒤섞여 모습을 감추고 왕도 밖을 향해 걸었다.

그 모습을 먼 곳에서 관찰하는 자그마한 인영을 리오가 알아차리는 일은 없었다.

◇　◇　◇

　왕도 벨트란트를 출발한 지 사흘.

　리오는 머나먼 저편, 야구모 지방을 향하여 그저 동쪽으로 걸어갔다. 마력으로 강화한 신체능력과 육체를 활용해서 벌써 벨트람 왕국의 옆 나라인 가르아크 왕국에 들어가기 직전이었다. 하지만 사람이라고 믿을 수 없는 속도로 가도를 달리면 꼼짝없이 눈에 띄기 때문에, 사람에게 들키지 않도록 산림지대로 이동했다. 덕분에 이동 루트가 쓸데없이 늘었고, 마물과 위험한 짐승을 만나는 일도 많아서 육체적인 피로가 꽤 축적됐다.

　벨트람 왕국이 가로로 긴 나라라면, 가르아크 왕국은 세로로 긴 나라라 가르아크 왕국을 횡단하는 것은 며칠 걸리지 않았다.

　가르아크 왕국 동쪽에는 미개척지라고 불리는, 인간의 지배가 닿지 않는 장대한 공백 지대가 존재했다. 그 너머는 지도도 길도 일절 존재하지 않고 지형도 많이 위험해서 리오의 이동 거리가 줄어들 것으로 예상했다.

　그리고 미개척지 너머에는 야구모 지방이 존재하는데, 그곳은 길도 나 있지 않은 곳을 연 단위로 걸어야 겨우 도착할 수 있다고 했다. 도중에 슈트랄 지방에 있는 짐승, 마족과는 비교할 수 없을 정도로 흉포한 생물도 있어서 가고자 한다면 그야말로 목숨을 걸어야 했다.

그런데도 리오가 야구모 지방으로 향하는 이유는 어릴 적에 어머니에게 들은 부모님의 고향에 가서 묘를 만들고 가슴 속에 숨은 복잡한 마음을 정리하고 싶었기 때문이었다.

뭐, 그건 그렇다 치고 지금 시각은 마침 오후가 될 무렵이었다. 슬슬 국경을 넘어 가르아크 왕국에 들어왔다고 해도 이상하지 않았다.

'한번 길로 나가볼까. 근처에 도시가 있으면 들르자.'

리오는 그러기로 정하고 주변에 우뚝 솟은 높은 나무로 다가가 눈 깜짝할 사이에 타 올랐다. 꼭대기에서 주위를 둘러보고 태양 위치로 현재 있는 곳과 방향을 확인했다.

진행 방향을 보자 모락모락 연기가 피어오르는 게 보였다. 아마도 인가에서 피어오르는 것 같았다. 연기의 양을 보니 도시일 가능성이 컸다.

리오는 드디어 나아갈 방향을 정하고 나무를 내려갔다. 무사히 착지해서 도시와 가도가 있으리라 생각되는 방향으로 달렸다.

도중에 고블린과 오크 같은 마물을 만났지만, 압도적인 속력으로 단번에 빠져나갔다. 우직하게 걸음을 멈추고 싸우는 것은 시간과 노력 낭비였다.

늑대 무리처럼 발 빠른 짐승에게 포위됐을 때만, 위협을 겸해서 스쳐 지나가며 요격했다. 그렇게 울창하게 펼쳐진 나무를 능숙하게 피하며 경쾌한 걸음으로 달리자 10분 만에 삼림지대를 누비듯이 뚫어놓은 가도가 보였다.

리오는 의도적으로 감속했다. 땅을 밟아 기세를 죽이고 걸어서 가도에 올랐다.

길 폭은 10미터 정도. 큰 마차가 나란히 다녀도 넉넉할 정도였다.

리오는 주변에 사람이 없다는 것을 확인하고 남이 봐도 문제가 없을 정도의 속도로 달렸다. 그로부터 2, 30분도 되지 않아 목적지인 도시 부근에 도착했다.

도시로 이어지는 길 끝에 도시를 방문하려는 마차와 보행자가 있어서 적당히 거리를 두고 그 뒤를 따라 걸었다.

도시 부근에 펼쳐진 토지에는 곡식밭, 채소밭, 포도밭, 방목지, 가축 막사 등이 산재해 있었다. 일하는 사람들의 모습이 드문드문 보였다.

가도를 따라 걷자 도시 외곽부에 성벽을 쌓는 풍경이 눈에 들어왔다. 하지만 도시는 지금도 발전 중인지 성벽 밖에 공사 중인 구획이 여럿 보였다. 그 주변에 장인으로 보이는 기운찬 사람들도 있었다.

'가르아크 왕국에 내 지명수배가 뿌려지지 않았으면 좋겠는데.'

리오가 멀리서 사람들 사는 모습을 보며 당면한 문제에 머리를 굴렸다.

현재 벨트람 왕국과 가르아크 왕국은 동맹관계였다. 벨트람 왕국이 요청하면 가르아크 왕국 내에서도 리오의 지명수배가 효력을 가질 수 있었다.

참고로 슈트랄 지방에는 마도선이라 불리는 하늘을 나는 고대 마도구가 존재했다. 통상 운항할 때는 한 시간마다 50노트가 조금 안되는 속도로 이동하니, 이미 가르아크 왕국에 지명수배가 퍼졌을 가능성은 충분히 있었다.

'일단 성문 게시판에서 수배서를 확인하자. 괜찮은 것 같으면 식자재를 사고 세리아 선생님에게 무사함을 알리는 편지를 보내야⋯⋯.'

리오가 손가락을 꼽으며 해야 할 일을 셌다.

사실 아직 식자재를 충분히 사지 못했다.

지명수배로 귀찮은 일에 휘말리는 것을 피하고자 외국으로 탈출하는 것을 최우선으로 생각하며 이동했기 때문이었다. 따라서 미개척지에 돌입하기 전에 여기 가르아크 왕국 안에서 어떻게 해서든 여행 준비를 마쳐야 했다.

리오는 마음을 다잡고 왕도 벨트란트에서 구매한 로브의 후드를 깊이 눌러썼다.

도시 입구인 성문으로 걸어가니 성문 바로 옆에 설치된 게시판에 많은 공문서가 붙어 있었다. 그중에는 지명수배범의 정보가 적힌 종이도 섞여 있었다.

리오는 그것들을 하나 하나 살폈다.

'내 이름은⋯⋯ 없는 것 같아.'

리오는 자기 수배서를 발견하지 못하고 훅 숨을 내쉬었다. 성문을 지나서 도시 안으로 들어가도 될 것 같아 미소 지었다.

일단 안심이 되자 갑자기 배가 고파졌다. 당연했다. 잠깐 쉬며 수분을 보충한 것 외에는 아무것도 먹지 않고 계속 걷기만 했으니까.

성문 앞— 즉 게시판 바로 옆에 다양한 노점이 즐비했다. 프리마켓이 열렸다.

싸구려 여관과 싸구려 술집 건물도 있었다. 밤이 되면 성문을 닫기 때문에 어느 도시든 성벽 밖에 이런 시설이 있었다.

하지만 현재 리오의 관심은 음식 노점에 쏠려 있었다. 성벽 안에 들어가면 맛있는 요릿집이 있을지도 모르지만, 일부러 찾으러 가는 것도 귀찮았다.

'간단하게 정보 수집하는 김에 노점에서 뭐라도 사 먹을까.'

리오는 맛있는 음식 냄새에 끌려 발을 옮겼다. 그렇게 도착한 곳은 소고기 꼬치구이를 파는 노점이었다. 손님도 없어서 마침 잘 됐다 싶어 가게 앞에 발을 디뎠다.

"아저씨. 소고기꼬치 세 개 주세요."

"응, 소동화 여섯 장이야."

리오가 스스럼없이 주문하자 가게 주인인 남자가 힘차게 대답했다.

"그럼 대동화 한 장 드릴게요."

"그래, 거스름돈 소동화 네 장이랑 음식 나왔다. 받아."

리오가 대금과 거스름돈을 교환하고 음식을 받았다.

소고기꼬치는 심플하게 소금으로만 맛을 냈는데, 막 구

워서 식욕을 돋우는 냄새가 났다. 공복은 최고의 조미료라는 말은 괜히 있는 게 아니었다.

그렇게 질 좋은 고기는 아니라 질겼지만, 리오는 눈 깜짝할 사이에 꼬치구이를 해치웠다.

"헤헤, 잘 먹는데, 어린 친구."

가게 주인이 기뻐하며 코를 긁적였다.

"맛있어서요. 그런데 아저씨, 이 나라에 관해 몇 가지만 가르쳐주실래요? 제가 사실 시골의 작은 나라에서 이 도시로 방금 막 왔거든요."

리오가 딱딱하지 않은 높임말로 물었다.

"그래, 좋아. 친구는 보니까 신참 모험가 같네. 친구 나잇대에 모험가가 되겠다는 녀석들이 많이 오가는데, 친구는 거만하게 굴지도 않고 제법인데. 이 도시를 거점으로 삼는다면 환영할게."

"고맙습니다."

리오는 모험가가 아니었지만, 정정하는 것도 귀찮아서 적당히 얼버무렸다.

"그래, 이 나라에 관해서라. 북쪽 프로키시아 제국과는 인근의 소국을 통해 이래저래 옥신각신하지만, 서쪽 벨트람 왕국과 동맹관계고 남쪽 센트스텔라 왕국과도 사이가 나쁘진 않아. 살기 괜찮은 나라야. 특히 이 도시는."

"작지만 북적이고 활기찬 느낌이에요."

리오가 사람들이 사는 모습을 보고 실제로 생각한 것을

말했다.

"그래, 맞아! 그도 그럴 것이—."

"—이 아망드는 리제롯테 님이 다스리는 교역도시니까! 어린 친구, 우리 집 수프 『파스타』도 먹어 보는 게 어때? 리제롯테 님이 개발한 『면』 요리라는 거야."

꼬치구이 가게 주인이 만반의 준비를 하고 자랑스럽게 말하려는데 옆 노점 주인이 말을 가로챘다. 때마침 손님의 발길이 끊긴 모양이었다.

"뭐야, 형님. 내가 지금 말하려고 했는데."

결정적인 부분을 빼앗긴 꼬치구이 가게 주인이 부루퉁한 표정을 지었다.

"헤헤, 너무 그러지 마, 동생. 어린 친구한테 우리 가게도 추천할 거였잖아?"

두 사람은 형제인 모양이었다. 형이 사과하자 동생이 기분 좋게 웃었다.

'리제롯테……. 아니, 그보다 파스타에 면?'

한편 리오는 형제의 대화에 등장한 단어에 귀를 의심했다.

그도 그럴 것이 『파스타』에 『면』이라는 두 단어가 리오— 아니, 아마카와 하루토에게 몹시 낯익었기 때문이었다. 『파스타』가 지구에 있는 이탈리아 요리를, 『면』 요리가 『면(麺)』 요리를 말하는 거라면, 전부 리오가 이 세계에서 먹어본 적 없는 요리였다. 그리고 둘 다 이 세계에 존재할 리 없는 단어였다.

"수프 파스타에 면 요리요……?"

"응, 파스타는 밀을 가공한 식자재야. 리제롯테 님께 듣기로는 면 요리의 일종이래. 성벽 밖에서 파스타를 먹을 수 있는 건 형님 가게뿐이야."

리오가 쭈뼛쭈뼛 묻자 꼬치구이 가게 주인이 득의양양하게 해설했다.

"그럼 그 수프 파스타 일인분만 주실래요?"

백 번 듣는 것보다 한 번 보는 게 낫다. 리오는 직접 주문해서 먹어보기로 했다.

"그렇게 나와야지. 소동화 여덟 장……이라고 하고 싶지만, 어린 친구는 시골에서 상경했다지? 특별히 원가인 소동화 네 장에 해줄게."

가게 주인의 서비스에 리오가 감사해 하고 소동화 네 장을 건넸다.

"감사합니다~. 지금 만들 테니까 조금만 기다려. 그동안 저 녀석한테 리제롯테 님의 훌륭함에 대해 들으라고."

"그럼 부탁해도 될까요?"

파스타를 개발했다는 리제롯테라는 소녀에게 관심이 생긴 리오는 이야기를 듣고 싶어서 꼬치구이 가게 주인을 떠봤다.

"그래, 좋아. 리제롯테 님은 이곳 아망드의 대관(代官)이야. 크레티아 공작가의 영애지. 게다가 가르아크 왕립학원을 열 살에 졸업했대. 그리고 졸업하고 좀 이따가 크레티아 공작님께 이 도시 대관으로 임명받았어."

꼬치구이 가게 주인이 수다를 떨기 시작했다.

이곳 교역도시 아망드는 가르아크 왕국 서부에 있는 크레티아 공작령 중에서도 서쪽에 있었다. 숲의 나무를 벌채해서 개발한 자그마한 도시다. 그리고 리제롯테가 이곳 아망드의 대관으로 취임한 것은 거의 반년 전이라고 했다.

전에는 이렇다 할 특징 없는 여행 중계지점에 지나지 않았지만, 그녀의 취임 이후 아망드는 급속히 개발이 진행된 모양이었다. 지금은 서쪽 벨트람 왕국과 동쪽 가르아크 왕국이라는 두 대국을 잇는 중요한 교역지점이 되었고 인구는 대략 천 명 정도지만, 항상 인구 이상으로 북적였다.

아직 열두 살 소녀에 지나지 않는 리제롯테는 그 외에도 많은 공적이 있는지 꼬치구이 가게 주인이 그 공적들을 자랑스럽게 말했다. 가게 주인이 말하길, 크레티아 공작령에 농업혁명을 불러일으켰다. 지금껏 없었던 새로운 요리 레시피를 계속 고안하고 있다. 다양한 오락과 유희도 고안하고 있다. 최근 들어 설립된 이 도시 최대의 상업조직인 리카 상회의 회장이 리제롯테다— 등등.

"그리고 무엇보다—." "—귀엽지."

꼬치구이 가게 주인이 칠칠치 못한 표정을 짓자 옆에서 파스타 가게 주인이 끼어들어서 형제의 말이 멋지게 겹쳤다.

"헤, 헤에……."

두 사람의 싱크로에 리오가 조금 불편해하며 거리를 뒀다.

하지만 꼬치구이 가게 주인은 리오의 반응을 신경 쓰지 않았다.

"우리 평민에게도 절대 거만 떨지 않아. 가끔 성벽 밖 시장에도 시찰을 나오고는 하는데 요전에는 나한테 웃어줬지 뭐야."

꼬치구이 가게 주인이 실실 웃으며 말했다. 그러자 파스타 가게 주인이 기가 막힌다는 표정을 지었다.

"그건 네 착각이야. 그때 나한테 웃어준 거거든."

"뭐라고? 아무리 형님이라 해도 그 말은 그냥 넘기지 못하겠군!"

리제롯테는 이 도시의 아이돌이었다.

분명 귀족 영애쯤 되면 평민에게는 구름 위의 존재였다. 귀엽게 생긴 모양이고, 다정하게 대해주면 착각하기도 할 것 같았다.

하지만 리제롯테는 아직 열두 살 소녀에 지나지 않고 그들은 겉보기에 족히 서른 줄을 넘었을 거라는 것을 생각하면 쓴웃음을 짓지 않을 수 없었다.

"리제롯테 님을 향한 두 분의 깊은 사랑은 잘 이해했습니다."

리오가 두 사람을 달래듯이 말했다.

"머, 멍청한 녀석! 사랑이라니 그런 송구한 말을!"

"그, 그래! 확실히 우리 둘은 리제롯테 님을 위해서라면 죽을 수 있지만!"

리제롯테를 향한 두 사람의 사랑이 너무 깊어서 리오의 미소가 한층 더 굳어졌다.

"으쌰, 완성이다. 이게 우리 가게에서 만든 수프 파스타다. 뜨거우니까 데이지 않게 조심해."

파스타 가게 주인이 수프 파스타가 든 나무 그릇을 목제 포크, 스푼과 함께 건넸다.

"맛있어 보여요. 이게 **수프 파스타군요**. 과연……."

리오가 그릇을 받아 내용물을 물끄러미 바라봤다. 그것은 틀림없이 아마카와 하루토가 아는 『파스타』의 일종―이탈리아어로 『스파게티』라는 『면』 요리였다.

수프는 투명했고, 맛은 아마도 심플하게 소금 맛 아닐까. 재료로 채소와 베이컨을 넣었고 김이 모락모락 나며 맛있는 냄새가 났다.

"헤헤, 고마워. 면 요리라는 건 포크와 스푼을 써서 먹는 게 일반적인데 친구는 쓰나?"

평민 중에는 식사할 때 포크와 스푼이라는 식기도구를 사용하지 않는 사람이 꽤 있기에 파스타 가게 주인이 물어봤다.

"네. 부탁드려요."

"그거 잘됐네. 가정교육을 잘 받았어. 모험가 녀석들은 귀찮아서 손으로 먹거나, 들고 마셔서 종종 데이거든."

"하하, 이렇게 그릇째로 들고 마시는 건 사양하고 싶네요."

리오가 쓴웃음을 짓고 노점 옆에 있는 의자에 앉았다.

테이블 대신 매대에 그릇을 놓고 드디어 수프 파스타를 먹었다.

먼저 냄새를 즐기고 포크와 스푼을 익숙한 손놀림으로 움직여 식감을 확인해봤다. 보존용 건조 파스타가 아닌 생 파스타를 사용한 것 같았다.

맛은 역시나 심플한 소금 맛이었다. 채소와 베이컨의 맛이 잘 우러났다. 다만, 리오의 취향은 마늘, 고추, 올리브 오일 등으로 매콤한 맛을 조절한 것이었다. 뭐, 그것들은 가격 때문에 제공하기 어려울 테지만.

'건면이 있다면 여행 보존식으로 좋을지도 모르겠네.'

오랜만에 먹은 파스타에 리오가 뺨을 풀며 생각했다. 생 파스타를 만들 수 있다면 건면을 만드는 것도 그리 어렵지 않을 터였다.

"아저씨, 이 파스타는 어디서 파는 거예요?"

리오는 얼른 가게 주인에게 구입처를 물어봤다.

"오, 어린 친구도 파스타에 빠진 거야? 성벽 안에 있는 리카 상회 점포에 가면 살 수 있어. 그거 말고도 리카 상회 점포에서만 판매하는 상품도 있으니까 가보는 게 좋을걸. 가격이 좀 나가지만, 가게 앞 노점에서 고기『만두』도 팔 거야."

"고기만두요?"

"응. 동그랗게 생겼는데 생긴 건 빵이랑 비슷해. 식감은 쫀득하고 폭신한데 이게 놀라울 정도로 부드러워. 그리고 안에는 육즙이 흘러넘치는 다진 고기가 들어있어. 가격이 좀 나가지만, 먹어볼 가치는 있다고."

파스타 가게 주인의 득의양양한 해설에 리오는 팍 꽂히는 것이 있었다. 이것도 아마카와 하루토가 먹은 적 있는 『고기만두』라는 요리와 무척 비슷했다.

"헤에, 맛있을 것 같네요. 나중에 가볼게요."

리오는 웃으며 관심을 보였다. 그리고 잠시 묵묵히 파스타를 먹으며 리제롯테의 불가사의함에 머리를 굴렸다.

'고기『만두』라……'

파스타, 면, 만두― 지구에도 같은 말, 같은 뜻의 식자재와 요리가 존재했다.

그렇다면 지구와 이세계에 우연히 같은 단어가 존재하고 우연히 뜻까지 같을 가능성은 대체 어느 정도일까.

절대로 있을 수 없다고 단언할 수는 없었다.

하지만 하나라면 몰라도 두세 개의 우연이 겹칠 확률은 상당히 낮지 않을까. 더구나 동일인물이 고안한 식자재와 요리라면 더욱 그렇다.

리오의 의심이 확신에 가까워졌다.

어쩌면 리제롯테라는 소녀는 자신과 같은 입장이 아닐까― 그런 의심이 고개를 쳐들었다. 즉 지구에 살던 누군가가 죽어서 리제롯테 크레티아로 이 세계에 환생했다. 그리고 그 누군가는 일본인이었을 가능성이 크지 않을까.

물론 리제롯테는 단순히 얼굴마담이고 그녀가 아닌 제삼자가 전 일본인이며 그녀의 브레인일 가능성도 있으니 완전히 믿을 수는 없었다. 하지만 리오는 어느 쪽이든 리제롯테가 지구의 지식을 이용해 이곳 아망드에 개혁을 일으키고 있을 가능성이 크다고 생각했다.

거기까지 생각이 미치자 갑자기 리오의 사고가 멈추고, 뭔가 적극적인 행동을 일으켜보자는 호기심을 무산시켰다.

만약 리제롯테가 자기와 같은 처지라면 만나서 대화해 보고 싶다는 유혹을 전혀 못 느끼는 것은 아니었다. 왜냐하면 아마카와 하루토라는 인간은 강한 후회를 품고 죽은 사람이었으니까.

하지만 만난다고 뭐가 달라질까. 쓸데없는 미련을 불러일으키는 뒷맛 안 좋은 기억만 갖게 되지 않을까— 그렇게 생각하니 자제하지 않을 수 없었다.

아마카와 하루토는 죽은 사람이다. 지금의 리오는 리오이지 아마카와 하루토라는 사람이 아니다. 그것은 덮을 수 없는 사실이었다.

일단 아마카와 하루토의 기억과 인격이 리오의 육체에 머물러 있지만, 그것은 섞여 있는 것에 지나지 않았다. 아니, **애초에 진짜인지 어떤지조차 확신할 수 없었다.**

그에 따라 설령 지금의 자신이 지구로 돌아가더라도 다시 아마카와 하루토로 사는 것은 불가능했다. 아마카와 하루토가 품은 것이 있듯이, 리오는 리오대로 품은 것이 있기에—.

뭐, 리제롯테 건에 관해서는 자기 말고도 비슷한 처지에 놓인 사람이 존재할 가능성이 있다는 것을 안 것만 해도 행운이었다. 문제를 미루는 것일 수도 있지만, 그것이 반드시 문제가 될 것이라고 단정할 수도 없었다.

그리고 출신도 모르는 사람이 갑자기 고위귀족의 영애를 만나러 가도 만나게 해줄 리가 없었다. 지금은 이 그리운 요리를 맛본 것만으로 충분했다.

"수프 파스타, 맛있었습니다. 일단 리카 상회 건물로 가볼게요. 파스타 사면서 고기만두도 먹어보고요."

리오는 수프 파스타를 마지막 한 입까지 깨끗하게 먹고 노점을 뒤로했다. 가게 주인들이 "또 와, 친구" 하고 따뜻하게 배웅해줬다.

서둘러 성문을 지나 도시 내부로 들어선 리오는 일단 파스타를 사기 위해 리카 상회 건물로 가보기로 했다.

아망드에는 동서로 뻗은 가도를 따라 개통된 중심가에 상점과 여관이 줄지어 있었다. 중앙에는 그야말로 도시의 노른자라고 할 수 있는 큰 광장이 있는데, 그곳에 리카 상회가 본점이 있었다.

'여기가 리카 상회의 본거지인가…….'

리오는 벽돌과 목재로 지은 5층짜리 멋진 건물을 올려다봤다. 다른 건축물보다 한층 크고 고급스러운 느낌이 흘러

넘치는 외관에 자기도 모르게 숨을 삼키게 됐다.

리카 상회 건물 앞에 나온 작은 노점에서 소문의 고기만두를 팔았다. 가격은 대동화 두 장으로 꽤 비싼데도 줄이 늘어서 있었다.

리오도 줄을 서서 본점에 들어가기 전에 구매하기로 했다. 값을 치르고 점원에게 고기만두를 받았다. 크기가 꽤 컸고 뜨끈뜨끈한 반죽은 푹신하고 쫀득했다. 생김새는 중화만두 바오즈와 비슷했다.

광장 구석으로 가서 기대를 품고 고기만두를 먹었다. 한 입 덥석 물자 육즙이 튀어나와 혀를 데일뻔 했다. 중요한 맛은——.

'맛있긴, 한데…….'

생김새는 중화만두인데 맛이 기억 속 고기만두와 달라서 조금 당황했다.

말하자면 후추를 듬뿍 뿌린 양파를 많이 넣은 소금 햄버그 같았다.

어쩌면 고기만두 맛을 낼 때 쓰는 생강이나 굴 소스, 참기름이 없는 것일 수도 있다. 리오는 그런 감상을 품었다.

참고로 『면』과 『만두』처럼 일본어나 지구 말과 발음이 완전히 똑같을 리는 **없지만**, 지구에서 먹는 농작물과 가축, 조미료와 비슷한 식자재는 이 세계에도 많이 존재했다. 예를 들어 소금과 밀가루 등이 있다.

하지만 원산지 때문에 슈트랄 지방에서 구할 수 없는 식자재도 있어서, 지구와 같은 요리나 조미료를 즉각 재현하지 못하기도 했다.

앞으로 미개척지를 지나 야구모 지방에 도착하면 슈트랄 지방에서 구하지 못한 식자재를 얻을 수 있게 될지도 모르겠다. 그렇게 되면 아마카와 하루토의 지식을 활용해 지구 요리를 이것저것 재현해보는 것도 재미있을 것 같다고 리오는 상상을 부풀렸다.

리오는 그런 생각을 하며 고기만두를 다 먹었다. 파스타와 고기만두를 먹고 향수에 젖었는지 **"잘 먹었습니다"**라고 **일본어로** 중얼거렸다.

그리고 리카 상회 건물이 우두커니 서 있는 광장 구석을 바라봤다. 건물 출입구가 열려있어서 누구든 자유롭게 출입할 수 있었다. 실제로 지금도 행상인으로 보이는 남자가 가게 안으로 들어갔다.

리오도 일단은 안으로 들어가 보기로 했다. 가게 안으로 들어가자 바로 정면에 안내를 맡은 여성 종업원이 여러 명 대기 중이었다. 또, 가게에 온 손님이 알아차리기 어려운 위치에 상회에서 일하는 것으로 보이는 경비병 여러 명도 대기하고 있었다.

"리카 상회에 어서 오십시오."

점원들이 리오를 보고 일제히 예의 바르게 접객 인사를 했다. 멋지게 훈련된 동작에 리오는 조금 어안이 벙벙했다.

그러자 부드럽게 웨이브가 들어간 아름다운 머리카락을

가진 소녀가 앞으로 나와 리오에게 다가왔다.

"고객님. 죄송합니다만, 점내에서는 무장을 해제해주셔야 합니다. 만약 무기를 소지하고 계신다면 저희가 보관해 드려도 괜찮을까요?"

서글서글한 미소녀가 붙임성 좋게 미소 지었다. 나이는 리오와 비슷하거나 조금 아래로 보였다. 아직 수습 종업원이라고 해도 믿길 정도로 어렸다.

하지만 묘하게 어른스러워서 실로 돋보이는 소녀였다. 종업원용 에이프런 드레스를 입었는데도 귀족 영애라고 착각할 정도로 기품이 넘쳤다.

"알겠습니다."

리오는 조금 당황했지만, 순순히 응하고 허리에 찬 검한 자루, 허리에 숨긴 단검 두 자루, 다수의 투척용 나이프를 꺼냈다.

대기하던 종업원이 다가와 리오의 무기를 가져갔다. 보관하기 위해 이름을 확인하기에, 리오는 "하루토라고 합니다"라고 인상 좋은 목소리로 대답했다.

참고로 리오는 지금도 로브를 망토처럼 걸치고 머리에 후드를 뒤집어썼다. 얼굴을 숨겨서 조금 수상하게 보이기도 했지만, 일반적인 나그네의 모습이기도 해서인지 무장만 해제하면 입점을 거부하지 않는 것 같았다.

"만약을 위해 몸수색을 해도 괜찮을까요?"

"네, 상관없어요."

리오가 고개를 끄덕이고 양팔을 들어 올렸다.

그러자 여성 종업원이 "실례합니다"라고 말하며 리오의 몸을 공손히 뒤적였다. 몸수색은 몇 초 만에 끝났고 리오가 완전히 무장을 해제했다는 것을 확인했는지 여성 종업원이 소녀를 향해 눈짓하고 고개를 살짝 끄덕였다.

"협력해주서서 감사합니다. 그럼 안내 도와드리겠습니다. 이쪽으로 와주세요."

리오는 소녀의 안내를 받아 안으로 들어갔다. 소녀의 두세 걸음 비스듬히 뒤에서 걸으며 가게 안을 둘러봤다. 1층은 넓고 개방감 있는 공간으로 곳곳에 설치된 상담(商談) 구역에서 손님과 종업원이 상담으로 꽃을 피우고 있었다.

리오도 상담 구역으로 갔다. 주위에 칸막이가 있어서 큰 소리로 말하지만 않으면 상담 내용이 들리지 않을 것 같았다.

"자, 그쪽 의자에 앉으세요."

소녀가 상석을 권하자 리오는 "고맙습니다"라고 인사한 뒤 푹신푹신한 소파에 앉았다. 소녀도 리오를 마주 보며 앉았다.

"다시 한번 인사드리겠습니다. 리카 상회에 어서 오십시오. 저는 고객님을 담당하게 된 롯데라고 합니다. 잘 부탁드립니다."

롯데라고 이름을 밝힌 소녀가 예의 바르게 머리를 숙였다.

나이로 봤을 때, 롯데는 아직 수습 안내원이고 응접하는 다른 직원이 올 줄 알았던지라 리오는 조금 놀랐다.

하지만 경솔하게 동요를 얼굴에 내비치는 어리석은 짓은 하지 않았다. 귀족 영애보다 나으면 나았지 못하지는 않은 롯테의 행동거지를 보니, 확실히 응접을 맡아도 이상하지 않다는 생각이 들었다.

'설마…… 아니겠지.'

리오는 순간 엉뚱한 상상이 떠올랐으나, 그렇지는 않을 거라고 바로 머리 한구석으로 밀어버렸다. 신입다운 어색함이 조금도 느껴지지 않는 롯테는 상회의 훌륭한 전력일 것이다. 리오는 마음을 다잡고 정중히 인사했다.

"정중하게 맞아주셔서 감사합니다. 저는 하루토라고 합니다. 까닭이 있어 홀로 여행 중인지라, 죄송하지만 후드 쓴 채로 실례하겠습니다."

적어도 손님인 이상 롯테가 강제로 후드를 벗으라고 요구할 수 없을 테니 이렇게 말하면 적당히 착각해주겠지— 리오의 인사에는 그런 계산적인 의도가 있었다.

하지만 바로 정면에서 보면 후드 아래에 숨은 리오의 얼굴을 엿볼 수 있었다. 그 사이로 리오의 단정한 외모를 본 롯테는 자기도 모르게 눈을 살짝 크게 떴다.

"아뇨, 저는 괜찮으니 부디 신경 쓰지 마십시오. 그럼 바로 상담을 시작해도 괜찮을까요?"

롯테의 눈에 살짝 호기심이 감돌았지만, 영업 스마일이 무너지는 일은 없었다. 불필요하게 고객의 프라이버시를 침범할 생각은 없는지 바로 본론으로 들어갔다.

"이곳에서 파스타를 판다는 말을 들었는데, 보존이 용이하다면 조금 많이 구매하고 싶습니다. 그리고 그밖에 식자재와 향신료 등도."

"그러십니까. 파스타라면 건면 타입이 있습니다. 고온다습한 환경이 아니면 적어도 1년은 보관할 수 있다고 자부합니다."

"가격은 얼마나 하죠?"

"500그램에 대동화 한 장하고 소동화 다섯 장입니다."

"참고로 보리 가격은 어떻습니까?"

리오가 입가에 손을 대고 생각하며 물었다.

"1킬로그램에 대동화 한 장입니다."

"그럼 파스타 15킬로그램, 보리 10킬로그램을 준비해주시겠습니까?"

리오가 숫자를 제시하자 롯테가 눈을 살짝 크게 떴다.

'평범한 여행객이 사기에는 상당한 양인데…… 괜찮을까?'

파스타 15킬로그램에 보리 10킬로그램이라는 숫자는 도매상이 산다면 모를까, 본인이 쓸 것을 전제로 한 평범한 여행객이 개인적으로 사는 양으로 치기에는 조금 많았다.

그리고 파스타는 신상품이라 한 끼에 어느 정도의 양이 필요한지 아직 사람들에게 알려지지 않아서 귀족과 상인이 아닌 고객은 무게를 잘 이해하지 못하는 사람이 많은 것이 실정이었다.

이런 일로 차이가 생겨서 나중에 상담이 복잡해지는 케

이스가 절대 적지 않은지라 롯데는 숫자가 맞는지 리오에게 확인해보기로 했다.

"파스타 500그램이면 5인분에서 6인분이 나옵니다. 15킬로그램이라면 개인이 소비하기 상당한 양인데 괜찮으십니까?"

"네, 15킬로그램이면 150인에서 180인분이고, 대금은 소동화 네 장과 대동화 다섯 장이죠? 제대로 주문한 것 맞습니다."

리오가 조금 쓴웃음을 지으며 즉각 암산으로 틀림없다는 것을 보여줬다.

"실례했습니다. 건면 타입 파스타 15킬로그램과 보리 10킬로그램을 준비하겠습니다."

즉각 계산을 끝낸 리오에게 감탄하며 롯데가 깊이 머리를 숙였다.

그때, 홍차 도구를 트레이에 담아온 10대 중반의 여성 종업원이 나타났다.

"실례하겠습니다."

조심스럽게 말하고 홍차를 건넸다. 질 좋고 향기로운 찻잎 향이 몽실몽실 피어올라 리오와 롯데의 코를 간지럽혔다.

리오가 살짝 묵례하고 여성 종업원에게 "고맙습니다."라고 인사했다.

"편히 드세요"라고 롯데가 리오에게 홍차를 권했다.

"고맙습니다. 감사히 마실게요."

내준 홍차에 입 대지 않는 것도 실례라 리오는 잘 마시기로 했다. 소파와 테이블 간격이 꽤 떨어져 있어서 받침째로 잔을 가져와 찻잔의 도안과 색상을 감상했다. 그리고 차의 색과 향을 즐긴 뒤에야 홍차를 입에 머금었다.

리오의 세련된 동작에 무심코 롯테의 눈길이 갔다.

"하루토 님, 홍차를 자주 즐기십니까?"

"네, 홍차를 좋아하는 사람을 알거든요. 그녀와 함께 마시며 많이 배웠습니다."

리오가 고개를 끄덕이고 그리운 미소를 지었다. 세리아와 둘이서 날마다 홍차를 마시며 이야기하던 나날이 떠올랐다. 덕분에 귀족 영애가 개최한 다도회에 출석해도 창피하지 않을 정도로 예법을 완벽하게 익혔다.

"어머, 그것참 멋지군요. 홍차는 여자의 음료라고 관심 두지 않는 남성분이 적지 않으니까요. 그렇다면 혹시 이 찻잎이 무엇인지 아시겠습니까?"

롯테가 꽃이 피어나듯 활짝 미소 지으며 물었다.

"독특한 향과 조금 떫은 맛이 나는 풍미, 리즈산 찻잎인가요?"

"헤아리신 대로입니다."

"역시, 좋은 찻잎을 쓰시는군요. 이 다기도 무척 훌륭해 보입니다. 그런데 이 테이블과 소파도 그렇지만, 소액 고객을 대하는 접객용품치고는 조금 고가 아닌가요?"

잠깐 화제로 써보려고 리오가 롯테를 떠봤다.

리오와 롯데가 있는 공간은 칸막이를 쳐놓아서 반쯤 방이나 다름없었다. 그곳에는 소파와 테이블이 있는데, 전부 중요고객을 접대할 때 써도 문제없을 정도의 고급품으로 보였다.

롯데가 기쁘게 미소 지으며 자신에 찬 목소리로 대답했다.

"후후, 최고의 거래를 체결하려면 먼저 상담 환경에 빈틈이 없어야 한다는 것이 저희 상회의 모티브입니다. 거래 규모에 따라 바뀌는 것이 아닙니다."

"……그렇군요. 리카 상회가 급성장한 비결 하나를 알게 됐네요. 롯데 씨를 필두로 종업원분들이 젊고 아름다우셔서 지갑 끈이 쉽게 풀리겠어요."

"어머, 능숙하시네요."

롯데가 입가에 손을 대고 우아하게 웃었다.

"아뇨, 진심입니다. 그것 말고도 이것저것 필요한데 여기서 한 번에 다 사고 싶네요."

"후후. 그렇다면 다시 상담을 재개할까요? 고객님의 요망에 응하는 것이 상인의 임무. 여행에 필요한 물품을 전부 준비해 보이겠습니다."

리오는 롯데와 상담을 재개했다. 부족했던 보존식과 조리도구, 나아가서는 조미료도 구매했다. 덕분에 여행에 필요한 물건을 전부 살 수 있었다.

그중에는 조금 가격이 나가지만 다른 상회에서는 살 수 없는 물건도 있었다. 남쪽 섬나라에서 재배된 다양한 수입

향신료가 그랬다.

목적인 파스타도 샀으니 리오로서는 완전히 만족스러운 성과였다.

"더 필요하신 것은 없으십니까?"

"아뇨, 필요한 물건은 다 샀습니다. 다만, 상회에서 편지 배달도 한다면 부탁하고 싶은데요……."

리오가 상담을 끝내고 마지막으로 물었다. 세리아에게 편지를 보내지 않고 슈트랄 지방을 떠날 수는 없었다.

"일부 지역은 제외되지만, 배달도 맡고 있습니다. 어디로 보내십니까?"

"벨트람 왕국 왕도입니다."

바랐던 대답에 리오가 보낼 곳을 말했다.

"그럼 문제없습니다. 상품 준비에 조금 시간이 걸리니 그동안 편지를 쓰시겠습니까?"

"네, 부탁합니다."

리오는 금화로 상품 대금을 치렀다. 롯테가 여러 가지 준비를 위해 상담 구역을 나가자 여성 종업원이 편지를 쓸 양피지, 깃펜, 잉크 등을 가지고 리오가 있는 곳에 나타났다.

도구를 받은 리오는 잠시 망설이다가 책상 앞에 앉아 깃펜에 잉크를 묻혔다. 술술 손을 움직여 양피지에 깨끗한 글자를 적었다.

그곳에는 여행이 순조롭다는 것, 지금은 가르아크 왕국에 있다는 것, 그것 말고도 도중에 있었던 사소한 일들을 적고 마지막으로 『하루토』라는 이름으로 서명했다.

리오는 다 쓴 편지를 잠깐 그대로 두고 잉크가 마르길 기다렸다가 양피지를 둘둘 말았다. 테이블 위에 있는 촛대에 봉랍을 녹이고 뚝뚝 흘려서 봉인했다. 그 위에 리카 상회의 인영(印影)을 찍어 편지를 완성했다.

어설픈 조직이나 개인에게 배송을 부탁하면 편지가 분실되거나 편지의 비밀이 훼손되기도 하는데, 공작가 영애가 경영하는 리카 상회라면 그 점은 안심할 수 있었다.

리오는 근처에 있던 종업원을 불러 편지를 다 썼다고 전했다. 그러자 종업원이 안쪽으로 돌아가 롯테와 홍차를 내어준 여성 종업원을 데리고 돌아왔다.

상담 구역 밖에 리오가 구매한 상품이 준비돼있었다.

"이걸 벨트람 왕국 왕립학원에서 근무하는 세리아 크렐 님께 보내주세요."

리오가 롯테에게 편지를 소중히 건넸다.

"알겠습니다. 수신처는 벨트람 왕국 왕립학원에서 근무하시는 세리아 크렐 님이시군요. 반드시 보내드리겠습니다. 주문하신 물건이 준비되었으니 확인해주십시오."

수신처가 세리아인 것을 듣고 롯테가 눈을 살짝 크게 떴다. 하지만 그녀 근처에 있는 사람이 주의 깊게 관찰해야 겨우 알아차릴 수 있을 정도의 표정 변화였다.

리오는 옮겨진 상품을 확인하며 배낭에 수납했다. 상당한 양의 상품을 구매했지만, 배낭도 최대 사이즈라서 짐이

착착 들어갔다.

리오가 가득 찬 배낭을 가볍게 짊어지자 롯데 일행이 눈을 동그랗게 떴다.

"힘이 장사시네요. 역시 남자분이십니다."

"여행은 가혹하니까요. 이래 보여도 단련하고 있습니다. 그럼 실례했습니다."

롯데의 말에 리오가 미소 지었다. 인사를 고하고 묵례한 뒤, 발을 돌렸다.

"고맙습니다. 아망드에 오시면 꼭 다시 들려주십시오."

롯데가 리오를 배웅하며 옆에 있는 여성 종업원과 함께 인사했다. 두 사람은 리오가 건물에서 나갈 때까지 고개를 숙이고 있었다.

그리고 리오가 건물 밖으로 나가자 롯데가 고개를 들고 중얼거렸다.

"세리아 크렐이라면 그 마도 명문 크렐 백작가의 재녀지? 왕립학원을 월반해서 졸업한 천재 마도사."

벨트람 왕국 천재 마도사인 세리아의 존재는 옆 나라인 이곳 가르아크 왕국에 사는 그녀도 알았다.

그도 그럴 것이 월반은 성적만 좋아서 할 수 있는 것이 아니라 특정 분야에서 압도적으로 뛰어난 재능을 보여야 했다.

따라서 월반 졸업자는 십 년에 한 명 있을까 말까 할 정도로 드물었고, 귀족사회 정보에 밝은 사람이라면 세리아의 이름을 알만 했다.

또, 세리아는 벨트람 왕립학원 사상 최연소로 월반 졸업한 지라 본인이 생각하는 것 이상으로 유명한 존재였다. 뭐, 그건 그렇다 치고.

"뭔가 미스테리어스한 소년이네요. 리제롯테 님."

옆에 있던 여성 종업원이 롯테— 아니, 리제롯테에게 말했다.

"몰래 여행하는 귀족 자제인가? 그보다 지금의 나는 롯테인데? 코제트."

리제롯테가 눈을 가늘게 뜨고 코제트라 불린 여성을 봤다.

"시찰 시간은 이미 끝났습니다. 어서 저택으로 돌아가서 쌓여 있는 서류 작업을 처리해달라고 아리아와 나탈리가 전언을 보냈습니다."

코제트가 가볍게 어깨를 으쓱하고 고했다.

"어머나, 그럼 어서 돌아가야겠네."

리제롯테가 기분 좋게 미소 짓자 코제트가 흥미 깊게 눈을 크게 떴다.

"오늘은 꽤 기분이 좋으시네요?"

"좋은 기분 전환이었으니까. 꽤 즐거운 상담이었어."

"흐음. 아, 알겠어요. 아까 그 애 잘생겼었죠?"

"아닌…… 건 아니지만, 그건 상관없어."

리제롯테가 기가 막혀 반사적으로 부정하려고 했지만,

후드 사이로 살짝 들여다본 리오의 얼굴을 떠올리고 의미심장하게 대답하고 말았다.

보기 드물게 주인의 재미있는 반응을 봤다는 듯이 코제트가 방긋 웃었다.

"이거 보세요, 역시 그렇잖아요."

"정말, 됐으니까 가자!"

살짝 뺨을 붉힌 리제롯테가 빠른 걸음으로 앞서 걸었다. 코제트가 "데헷" 하고 살짝 혀를 내밀고 그 뒤를 쫓았다.

【 제 2 장 】 ✷ 암살자 소녀

리오가 리카 상회 건물을 나오니 벌써 서쪽 하늘이 붉게 물들기 시작했다. 완전히 해가 지면 도시 성문이 닫히고 출입이 금지된다.

하지만 리오는 여관을 찾으며 천천히 중심가를 걸었다. 여기에 오기까지 상당한 강행군이었고 야외에서 야영하는 생활이 이어졌기에 오늘 정도는 제대로 된 침대에서 느긋하게 쉬고 싶었다.

주위를 어슬렁어슬렁 둘러보니 눈 닿는 곳마다 여관 간판이 걸려 있었지만, 아무 데나 들어갈 수는 없었다. 숙박 시설에도 확실한 차이가 있기 때문이었다.

참고로 리오가 찾는 곳은 욕실이 있는 여관이었다.

이곳 슈트랄 지방의 욕실은 일본인이 상상하는 욕실과 조금 달랐다. 그도 그럴 것이 일본만큼 물 사정이 좋지 않아서 뜨거운 물을 모아 몸을 담근다는 행위가 일반적이지 않았다. 사람이 몸을 푹 담글 정도로 깊은 욕조도 존재하지 않았다.

그래서 욕실이라는 말은 낮은 욕조에 뜨거운 물을 모아 간단하게 머리카락과 몸을 씻기만 하는 시설과 설비를 가리켰다. 그리고 왕후 귀족이라도 되는 게 아닌 이상, 날마다 머리카락과 몸을 씻을 일이 없어서 평민은 씻는 데 돈을 쓰지 않았다.

그래서 작은 목욕통에 뜨거운 물을 넣고 남들이 못 보게만 하면 그곳은 훌륭한 욕실이었다.

하지만 싸구려 여관에 들어가면 그런 욕실도 없는 일이 흔해서, 욕실의 유무는 일본인이었던 리오에게 중요한 선정조건 중 하나였다.

"저기, 거기 있는 오빠!"

리오가 어디서 묵을지 헤매는데 갑자기 뒤에서 누군가가 말을 걸었다. 리오는 뒤를 돌아봤다. 그곳에는 마을소녀 느낌이 나는 튜닉 드레스에 에이프런을 걸친 귀여운 소녀가 서 있었다. 나이는 리오보다 두세 살 아래 정도. 이제 열 살이 됐을까 싶었다.

소녀는 리오를 올려다보며 붙임성 좋게 방긋방긋 웃었다.

"어, 나?"

리오가 자기를 가리키며 물었다.

"응! 혹시 묵을 곳을 찾아요?"

"그렇긴 한데, 너는?"

"나는 저기 있는 여관에서 일해! 혹시 괜찮다면 우리 집에서 묵지 않을래?"

소녀가 가리킨 곳에는 3층짜리 목조 여관이 있었다.

손님이 될 사람을 놓치지 않으려고 소녀가 리오의 팔에 꼭 매달렸다. 아직 어린데 꽤 장사수완이 좋았다.

"욕실과 개인실이 있는 여관을 찾고 있는데, 그러니?"

당연한 일이지만, 밖에서 본다고 욕실이 있는 여관인지 알 수 없었다. 그렇다면 그 여관 종업원에게 직접 물어보는 게 빨랐다. 일부러 영업하러 왔으니 물어보자. 리오가 시험 삼아 자기가 원하는 조건을 말했다.

그러자 소녀가 만면에 미소를 지으며 고개를 끄덕였다.

"그래! 우리 집은 개인실밖에 없거든. 아직 빈방도 있고 목욕통도 빌려줘. 묵고 갈 거지? 응?"

소녀가 기쁘게 웃으며 리오의 얼굴을 들여다봤다. 로브 후드 사이로 보이는 리오의 얼굴을 보고, 순간 홀린 듯이 눈을 조금 크게 떴다.

"그럼 부탁할게."

너무 늦으면 도시에 있는 여관 빈방이 없어질지도 모르고, 조건적으로 문제가 없기에 리오는 고개를 끄덕였다.

"헤헤, 해냈다! 손님 한 분 들어갑니다—! 자, 이쪽이야. 어서, 어서!"

소녀가 뺨을 살짝 붉히고 리오의 팔을 꾹꾹 당겼다.

여관에 들어가자 입구 정면에 아무도 없는 카운터가 있었다. 오른쪽에는 식당으로 이어지는 회전문이 있었고, 안쪽에서 왁자지껄한 소리가 들렸다.

"요금은 선불이고 조식 석식 제공, 하룻밤에 대동화 일곱 장이야. 목욕은 서비스!"

소녀가 식당에서 들리는 웅성거림을 무시하고 쩌렁쩌렁하게 요금을 설명했다.

가격은 싸지도 비싸지도 않았다. 평민이 묵는 평균적인 여관으로, 개인실에 숙박하면 이 정도 가격이었다. 참고로 싸구려 여관 합숙실에서 잠만 자면 대동화 한 장으로 충분했다.

"그럼 잘 부탁해."

리오가 대동화 일곱 장을 건넸다.

"감사합니다~! 아, 맞다! 이름이 뭐야? 나는 클로에야!"

소녀가 그 나이에 맞는 순수한 영업 스마일을 지으며 지금 막 생각났다는 듯이 물었다.

"하루토야."

"하루토구나~. 나보다 나이 조금 더 많지? 잘 부탁해!"

"응, 잘 부탁해."

"에이, 기운이 없잖아~. 하루토는 잘 생겼으니까 후드 벗으면 좋을 텐데. 더 웃어 봐. 자, 미소, 미소!"

리오가 차분한 목소리로 대답하자 클로에가 조금 불만스럽게 입을 내밀었다.

"하하……."

웃으란다고 웃는 것은 어렵지만, 리오는 열심히 웃었다.

"음…… 응. 뭐 좋다 치자. 그럼 방으로 안내할게!"

고개를 끄덕이자 클로에가 활짝 웃었다. 그리고 리오의 손을 잡고 걸었다.

잘 웃는 활기찬 아이— 리오는 쓴웃음을 지었다. 왕립학원에 있었을 때는 닳고 닳은 아이들에게 둘러싸여 지냈던지라 나이에 맞게 행동하는 클로에가 신선해 보일 지경이었다.

타박타박 걸어 리오가 안내받은 곳은 3층 방이었다. 2평 정도 넓이에 침대와 책상 외에는 아무것도 없었다.

"자, 도착. 잠금장치가 없으니까 방을 나올 때는 귀중품을 꼭 챙겨. 그리고 곧 저녁 시간이니까 준비되면 1층으로 내려와. 아, 그 전에 목욕할래?"

클로에가 방 입구에서 설명하다가 물었다.

"아니, 저녁 먼저 먹을게."

"알았어. 그럼 목욕통이랑 목욕물 필요할 때 말해. 일단 다 설명한 것 같은데 물어볼 거 있어?"

"괜찮아. 없어."

"그래. 무슨 일 있으면 말해. ……아, 맞아. 그리고 우리 집 손님 중에 모험가도 많으니까 엮이지 않게 조심하고."

클로에가 중요한 것이 떠올랐다는 듯이 주의사항을 붙였다.

"응, 알았어."

리오가 조금 귀찮아하며 고개를 끄덕였다. 그런 것은 교섭할 때 알려주길 바랐지만, 많든 적든 어느 여관이든 모험가가 있을 테니 포기했다.

참고로 모험가란 모험가 길드라는 조직에 소속된 거친 일을 전문으로 하는 만능꾼이다. 전쟁이 일어나면 용병으로, 평상시에는 마물 퇴치나 위험한 짐승 토벌 같은 일을 했다.

그래서 그런지 모험가는 일반적으로 거친 사람이 많았다. 다 큰 어른이 취해서 싸움을 벌이는 일도 일상다반사였다.

"정말 조심해야 해. 모험가가 아니어도 성인 남자는 바보밖에 없거든. 쉽게 화내고 때리고……. 기분 나쁠 수도 있지만, 하루토는 아직 어리니까 엮이게 돼도 적당히 맞춰주면 때리지는 않을 거야."

클로에가 거듭 주의시켰다. 그 얼굴에 살짝 그늘이 졌다.

"괜찮아. 클로에야말로 일해야 하지? 혼나기 전에 가 봐."

리오가 부드럽게 미소 지었다.

"응. 그럼 나중에 봐."

클로에가 고개를 끄덕이고 돌아가다가 걸음을 멈췄다.

"저기, 식사하고 시간 있으면 또 이야기했으면 좋겠어. 일을 좋아하기는 하지만, 난 또래 친구가 별로 없거든."

클로에가 돌아서서 수줍게 말했다.

리오가 들어간 식당 안에는 많은 사람들이 붉은 얼굴로 떠들고 있었다.

식당 안은 꽤 성황이었다. 그중에는 검을 찬 사람도 있었다. 모험가일 것이다. 후드를 쓴 리오가 들어오자 예의 없이 힐끗거리는 시선이 쏟아졌다.

리오는 그들의 시선을 의도적으로 무시했다.

"하루토, 어서 와! 여기 자리 비었어."

어디에 앉을까 고민하는 사이, 식당에서 음식을 나르던 클로에가 리오를 알아차리고 달려왔다. 후드를 써도 체형 때문에 리오라는 걸 금방 알아차린 모양이었다.

리오는 클로에의 손에 끌려 카운터 자리로 안내받았다.

"바로 요리 내올게. 음료는 어떡할래? 처음 한 잔은 무료야."

"뭐가 있어?"

"무료인 건 맥주랑 포도주, 그리고 벌꿀주. 남은 건 차랑 우유 정도?"

"그럼 맥주로."

"으엑. 하루토, 그렇게 쓴 거 마실 수 있어?"

이 세계에서는 어린 아이여도 술을 마실 수 있는데, 클로에는 아직 맥주의 맛을 모르는 모양이었다. 리오는 피식 웃었다.

"뭐, 그래. 배고프니까 빠르게 부탁해."

"알겠습니다! 오늘은 엄마의 회심작이니까 기대해!"

클로에가 잰걸음으로 주방 안에 들어갔다. 그러자 기다렸다는 듯이 근처 테이블에 앉아 있던 모험가로 보이는 두 남자가 일어섰다.

"어—이, 꼬맹이. 아까 맥주 주문하던데, 마실 수 있어?"

"그래. 매가리 없게 생겨가지고. 우유 주문하는 게 나을걸!"

"맞아!"

벌써 취했다. 남자들이 뭐가 재미있는지 시뻘건 얼굴로 크하하하 호쾌하게 웃으며 리오의 양 옆자리에 친한 척 앉았다.

리오가 남자들의 술 냄새 섞인 숨에 얼굴을 찌푸리고 한숨을 쉬었다. 가까이 있는 남자들이 히죽히죽 웃으며 술안주 대신 리오를 쳐다봤다.

"앗, 하루토를 괴롭히면 안 돼요. 지금부터 식사할 거니까, 그렇지?"

클로에가 카운터에서 요리를 건네고 리오를 감싸며 남자들에게 못을 박았다.

"괴롭히는 거 아니야, 클로에. 처음 보는 애송이가 보여서 말 걸어본 것뿐이야."

"그래. 신입 모험가인가 싶어서 말이야. 선배로서 지도를 해주려고."

남자들이 기분 좋게 웃으며 클로에에게 대꾸했다.

"정말. 하루토, 빵이랑 수프는 마음껏 먹을 수 있어. 빵은 내가 만든 거야."

클로에가 어이없다는 얼굴로 한숨을 쉬고 리오에게 다정히 말을 걸었다. 클로에가 준 목제 접시 위에 볼륨 있는 요리가 놓여있었다.

"와, 맛있어 보여. 이따가 리필할게."

리오가 주머니에서 자기 식사 도구를 꺼냈다. 나이프에 포크 그리고 스푼을 써서 요리에 손을 대기 시작했다. 어머니의 회심작이라고 한 것만큼 맛이 상당히 좋았다.

"맛있다. 맥주도 갖다 줄래?"

리오가 우아하게 음식을 먹으며 클로에에게 부탁했다.

"아, 응" 하고 클로에가 멍한 표정으로 고개를 끄덕이고 주방으로 돌아갔다.

"쳇, 우아하게도 먹네. 귀족님이신가."

리오의 오른쪽에 앉은 모험가가 재미없다는 듯이 혀를 찼다.

식당 안에는 손으로 식사하는 사람뿐, 홀로 식사 도구를 사용하는 리오의 모습은 우아했다. 하지만 잘난 척하는 것 같아 마음에 들지 않았다. 재미없었다.

리오는 남자의 말을 무시하고 묵묵히 요리를 먹었다. 그게 또 짜증이 나서 남자들의 기분을 상하게 했다. 남자들이 결국 트집을 잡았다.

"너 인마. 모처럼 선배가 말을 걸어줬잖아. 후드 정도는 벗으라고."

리오의 오른쪽에 앉은 남자가 후드를 벗기려고 대수롭지 않게 손을 뻗었다.

찰싹, 리오가 남자의 손을 쳐다보지도 않고 쳐냈다. 남자들의 얼굴이 순식간에 뒤바뀌었다. 손을 내쳐진 남자가 위험한 눈빛으로 리오를 노려봤다.

"이 자식…… 버르장머리가 없네."

"그 말 그대로 돌려드리죠. 우리 처음 만난 걸 텐데요."

리오가 한숨을 내쉬고 차가운 목소리로 항의하자 남자들이 미간을 잔뜩 찌푸렸다.

"뭐라고?"

최악의 분위기였다.

"저기요, 저기요, 저기요! 싸움은 거기까지 해주세요!"

맥주를 가져온 클로에가 황급히 말렸다.

"뭐야, 클로에. 이 정도 싸움은 늘 있는 일이잖아? 이 꼬맹이는 특별하다는 거야?"

손을 내쳐진 남자가 척 보기에도 기분 나빠하며 불평했다.

"그, 그런 건…… 아닌, 데요."

클로에가 거친 일에 익숙한 남자의 위험한 눈빛에 짓눌려 몸을 흠칫했다.

"그럼 조용히 있어. 이놈의 버르장머리를 고쳐주려는 것뿐이니까. 어이, 꼬맹이. 후드 벗고 무릎 꿇어. 그럼 용서해주지."

리오의 오른쪽에 앉은 남자가 날카로운 얼굴로 불합리한 요구를 했다.

하지만 리오는 남자들의 감정을 거스르려는 것처럼 묵묵히 요리를 탐닉했다.

주변 구경꾼들 사이에서 키득키득 실소가 올라왔다. "헤 무시당했는데?", "얕보인 거지, 꼴사납게" 하고 누군가가 바보 취급했다.

"이, 이 자식⋯⋯."

체면을 잃은 남자들의 몸이 분노로 부들부들 떨렸다.

"하, 하루토! 어서 후드 벗고 사과해!"

클로에가 겁을 먹고 리오에게 사과하라고 했다.

"⋯⋯후드는 벗고 싶지 않아."

리오가 난처하게 쓴웃음을 지으며 클로에를 보고 고개를 저었다.

"우리는 무시하고 클로에한테만 대답하다니. 너 어떻게 뒷수습하려는 거냐? 엉?"

"명백하게 악의를 품고 말을 거는 사람을 어떻게 상대하라는 겁니까? 올바른 대응방법이 있다면 꼭 좀, 배우고 싶군요."

리오가 어이없어하며 불합리하게 구는 남자에게 물었다.

'이런 사람하고 얽히면 귀찮아져.'

리오는 어릴 적, 힘이 전부였던 슬럼가에서 살았다. 모험가 사회는 슬럼 사회와 비슷한 점이 있었다. 그들의 공통된 사고는 극히 단순했다.

이른바 「얕보이면 진다」는 것이었다. 힘을 생업으로 살기 때문에 한 번이라도 주위에 약한 모습을 보이면 끝까지 그 꼬리표가 따라다녔다.

지금 여기서 리오가 사과한다고 그들이 용서할지도 불분명했다. "사과한다는 건 온전히 네 잘못이라는 것을 인정하는 거군"이라고 더 강하게 비난할 수도 있었다.

"……올바른 대응~? 말 돌리지 마. 지금은 네가 어떻게 뒷수습할 건지 말하는 중이잖아. 네놈이 사과하면 되는 거라고."

리오에게 손을 내쳐진 남자가 자기주장을 밀어붙였다.

리오가 "핫" 하고 비웃고 나이프로 고기를 잘라 포크로 입에 가져갔다.

"너 이 자식, 진짜로 아픈 꼴을 봐야 알아쳐먹을 거냐?"

남자들이 덜컥 소리를 내며 거칠게 의자에서 일어섰다.

"어이, 진, 아시르. 조금 손봐주는 게 좋지 않겠어?"

"그래, 좀 건방지네. 신참 애송이 주제에. 이 도시에서 모험가로 사는 규칙을 가르쳐주라고."

주변에 앉은 모험가들이 리오와 얽힌 남자들을 부추겼다.

"아……."

클로에가 뭔가 말하려 했지만, 남자가 찌릿 노려보자 겁을 먹고 입을 다물었다.

"일어서."

조금 전에 손을 내쳐진 남자가 오른손으로 리오의 멱살을 잡았다. 남자의 키는 2미터에 가까운 것에 비해 열두 살인 리오는 160센티미터 정도밖에 안 돼서 가볍게 들렸다. 기본적으로 싸움에서 멱살을 잡는 행위는 위협 이상의 의미가 없는 악수(惡手)였다. 상대의 반격에 무방비하기 때문이었다,

"하하, 무식하게 힘만 센 건 여전하군. 잘한다, 진. 더 해라!"

구경꾼 중 한 명이 리오를 들어 올린 남자를 부채질했다.

'이 녀석이 진이면 이쪽이 아시르인가.'

뭐, 아무래도 상관없지만— 리오가 차가운 눈으로 두 사람의 얼굴을 쳐다봤다.

"쳇, 뻔뻔한 애송이군."

진이라 불린 남자가 혀를 차고 취한 목소리로 중얼거렸다.

"술 냄새나. 말…… 아니, 숨 좀 그만 쉴래요?"

리오가 얼굴을 찌푸리고 불쾌해 하며 말했다.

"알까보냐."

진이 오른 주먹을 휘둘러 리오의 얼굴을 때리려고 했다.

리오가 아무렇지도 않게 두 손을 움직였다.

"으, 으악!"

다음 순간, 진이 비명을 질렀다. 리오가 갑자기 진의 왼손을 비트는가 싶더니, 진의 자세가 무너지고 앞으로 굴러 세차게 바닥에 처박혔다.

진이 엎드려서 얼굴을 찌푸렸다. 무슨 일이 일어났는지 모르겠다. 그 자리에 있던 모든 사람이 그랬다.

"뭣, 이 자식! 진에게 무슨 짓을 한 거냐?"

"정당방위인 게 당연하잖아요?"

아시르가 놀라서 따지자 리오가 아무렇지도 않게 대답

했다.

그러나 아시르가 물은 것은 그런 것이 아니었다. 어떻게 진을 엎어뜨렸냐는 것이었다. 하지만 리오가 공손하게 해설해줄 리 만무했다.

"언제까지 그러고 있을 셈이야? 이제 그만 진을 놔줘!"

아시르가 초조하게 주먹을 쥐고 리오에게 덤벼들었다.

리오는 진을 풀어주고 재빨리 주먹을 피했다. 그래 봤자 주정뱅이의 펀치였다. 궤도를 읽고 피하는 것은 간단했다.

"피하지 마!"

아무리 주먹을 휘둘러도 리오에게는 맞지 않고 아시르의 숨만 거칠어졌다. 그래도 집요하게 덤벼들자 리오가 다리후리기를 걸었다. 아시르는 화려하게 넘어졌다.

"그건 못 들어주겠네요."

리오가 쓴웃음을 흘리며 꼴사납게 쓰러진 아시르의 등에 고했다.

"이, 이 자식……."

아시르가 분노의 힘으로 세차게 일어섰다. 그러나 리오의 뒤에 서 있는 사람을 보고 갑자기 굳었다. 그곳에는 허리에 숨긴 나이프를 빼낸 진이 서 있었다.

"그걸 쓴다면 저도 봐주지 않겠습니다."

리오도 진의 존재를 이미 눈치채고 있었기에 방심하지 않고 뒤를 보며 견제했다.

"시끄러워. 이렇게 얕보여서 체면이 서겠냐! 이제는 무를 꿇어도 절대 용서해주지 않을 거다, 빌어먹을 애송이!"

진이 분노하며 소리쳤다.

"칼부림만은 참아주세요!"

여관 주인으로 보이는 여성이 주방에서 겁먹은 클로에에게 끌려 나왔다. 나이는 20대 후반인 것 같았다. 그녀가 클로에의 어머니인 모양이었다.

도시 경비병은 술자리에서 일어난 주정뱅이의 싸움 정도로는 움직이지 않았다. 하지만 죽은 사람이 나올 정도로 소란스러워지면 이야기가 달랐다.

"오, 레베카 씨. 미안하지만 체면이 박살 났다고. 이대로 물러설 수는 없어."

진이 광기를 품은 눈으로 리오를 보며 말했다. 물러설 수 없다기보다는 물러설 마음이 없었다. 술 취해 냉정한 사고를 잃은 것도 컸다.

'취해서 벌어진 싸움으로 박살 날 체면이면 좀 더 겸허하게 살라고.'

리오는 지금 당장 달려들어도 이상하지 않을 진이 기가 막혔다.

그러나 그것을 입 밖으로 꺼내 불에 기름을 부을 생각은 없었다. 눈앞에 있는 진 일행을 상대하는 것도 귀찮았다. 얼른 방으로 돌아가 편히 있고 싶었다. 리오에게 진과 아시르는 그 정도 상대에 지나지 않았다. 이 이상의 귀찮은 일은 사절이다.

'아, 공격할 거면 당장 공격해주면 좋을 텐데. 그러면 정당방위라는 명분도 서고.'

리오의 생각이 불경한 방향으로 달리기 시작했다.

입은 화의 근원— 적당히 폭언을 던져서 도발하면 덤벼들테지만, 스스로 욕먹을 짓을 하고 방어하면 그냥 쌍방 잘못이 된다. 탈 없이 정당방위를 성립시키기 위해서는 어디까지나 진이 일방적으로 덮친 것이라는 사실이 필요했다.

그래서 리오는 진에게만 보이게 그를 비웃었다. 진이 분하게 혀를 차고 리오에게 세차게 달려들었다.

"진 씨!"

여관 주인 레베카가 소리쳤지만, 진은 멈추지 않았다. 오른손에 쥔 나이프를 들어 리오의 어깨를 찌르려고 했다.

리오는 작게 한숨을 쉬고 엄습하는 나이프를 향해 오른손을 내질렀다.

진의 나이프와 리오의 팔이 교차했다.

선혈이 흩뿌려지는 일은 없었다. 대신 진의 거구가 허공을 날았다. 진이 아시르에게 부딪쳤고 두 사람이 요란하게 바닥에 쓰러졌다. 당연한 일이지만, 리오도 진도 상처는 없었다. 그러나—.

"크억, 아파……"

아시르의 허벅지에 진의 나이프가 깊숙이 박혔다. 넘어지다가 벌어진 일이리라. 아시르가 새파랗게 질린 얼굴로 고통을 호소하며 환부를 눌렀다.

"아, 아시르 씨! 괜찮아요?"

레베카가 다급히 카운터에서 나왔다.

"아, 아시르? 미, 미안해!"

진이 놀라서 아시르에게 사과했다.

"아파, 아파."

고통으로 얼굴을 일그러뜨린 아시르를 보고 레베카와 진이 냉정함을 잃었다.

"이, 이 자식! 아시르에게 무슨 짓을 한 거야!"

진이 갑자기 분노의 창끝을 리오에게 돌렸다.

"무슨 짓이냐니, 정당방위예요. 당신도 너무하네. 착각하고 동료를 찌르다니."

리오가 당당하게 말했다. 정당방위라고는 하나, 살인이라는 선을 넘는 것에 리오 안의 아마카와 하루토는 강한 거부감을 느꼈다. 하지만 한편으로는 약간의 상해 정도라면 하는 수 없이 간과할 수 있을 정도로 이 세계의 가치관에 물들었다.

그래서 사람에게 반쯤 재미로 악의를 부딪치는 남자가 다쳐도 동정하지 않았다.

"뭐라고? 그건 네놈이 한 거잖아!"

리오의 말에 납득하지 못한 진이 물고 늘어졌다.

"그건 당신이 쥔 나이프잖아요. 나이프로 찌르려고 했으니 방어하는 게 당연하죠. 아니면 설마 닥치고 찔리라는 말입니까?"

"뭐…… 아, 아니, 하지만……."

담담한 리오의 시선과 목소리에 눌린 진이 쩔쩔맸다.

"어서 지혈하는 게 좋을 겁니다. 죽지는 않겠지만 방치해도 되는 상처가 아니니."

리오의 말에 진이 놀라서 아시르를 봤다.

레베카가 초조한 얼굴로 응급처치를 하고 있었다. 클로에를 시켜 알코올과 깨끗한 천을 가져오게 한 모양이었다.

"이제 나이프를 뽑고 소독할게요. 아프겠지만, 참아줘요."

레베카가 말을 마치고 아시르의 허벅지에서 나이프를 뽑았다. 아시르가 고통을 호소했다. 레베카가 상처를 알코올로 세척하고 천을 감자 순식간에 피로 붉게 물들었다.

"어, 어떡하죠? 피가……."

지혈 철칙은 심장에 가까운 동맥을 압박하는 것이지만, 패닉에 빠진 아마추어는 상처만 누르기 쉬웠다. 레베카가 전형적인 그 예였다.

새빨갛게 물든 천을 보고 당황했다.

'……이놈들은 자업자득이지만, 여관 주인은 잘못한 게 없지…….'

싸움 당사자는 리오와 진 일행뿐, 레베카는 싸움에 휘말린 제삼자였다. 그럼에도 필사적으로 피를 지혈하는 그녀를 보니 리오는 참을 수 없는 기분이 들었다.

리오는 한숨을 쉬고 천천히 아시르에게 다가갔다.

"비켜주세요."

"어?"

당황한 레베카의 목소리를 무시하고 리오가 자기보다 훨씬 큰 아시르의 몸을 가볍게 들어 올렸다. 몰래 마력으로 신체를 강화해서 가능한 일이었다.

하지만 주위에서 보면 믿기 어려울 정도로 힘센 사람으로 보여서, 진과 레베카를 포함한 주변 사람들이 놀라서 몸을 굳혔다.

리오는 아시르를 방구석으로 옮기고 붕대 대신 감은 천을 풀었다. 지혈할 곳을 확인하고 천을 다시 세게 묶었다. 그리고 환부에 손을 대고《치료마법》주문을 외웠다.

리오의 손에서 신비한 빛이 희미하게 흘러나왔다.

그러나 그곳에 떠올랐어야 할 술식― 마법진은 나타나지 않았다.

리오는 불가사의한 체질 때문에 마법을 쓰지 못했다. 대신 마법 술식으로 생기는 마력 흐름을 모방하여 마법과 거의 같은 현상을 일으킬 수 있었다.

하지만 조금이라도 마술과 마법을 쓸 수 있는 사람에게는 리오의 행동이 너무나 이상하게 보일 것이다. 그리고 아무리 평민이 마술과 마법을 못 다룬다고는 하나, 이단 같은 이능력을 사람들 앞에서 쓰는 것은 역시 꺼려졌다. 그래서 일부러 구석으로 옮겨 주위에서 보지 못하게 치료했다. 다행히도 아시르는 새빨갛게 물든 다리를 안 보려고 필사적으로 눈을 감고 있었다.

리오는 그 틈에 처치를 끝내고 상처가 막힌 정도로 치료를 마쳤다. 다시 아시르의 몸을 들어 조금 전의 장소에 눕힌 뒤, 압박한 붕대를 풀었다.

"지혈은 했지만, 상처가 벌어질 수 있으니 최소 일주일 정도는 격한 움직임을 삼가세요. 아프겠지만, 걷는 것 정도는 내일부터 가능할 거예요."

리오가 담담히 말하는데 듣는 건지 안 듣는 건지, 그곳에 있는 모두가 놀라서 입을 벌렸다. 그리고 실내에 잠시 침묵이 내렸다.

"지, 진짜냐……." "마, 마법으로 고친 건가?" "어이, 설마 귀족 아니야?" "큰일이야. 귀족한테 손대면 죽는다고."

잠시 후, 동요와 두려움이 뒤섞인 술렁임이 급속히 퍼지기 시작했다.

리오는 신경 쓰지 않고 실내 반응을 냉정하게 관찰하며 자기가 한 일의 이상함을 알아차린 사람은 없는지 살폈다. 아무래도 이변을 알아차린 사람은 없는 것 같았다. 그렇게 생각하니 더는 이 식당에 있고 싶지 않았다.

"클로에."

리오가 이름을 부르고 카운터에 굳어 있는 그녀를 봤다. 치료하느라 묻은 피를 씻으려고 목욕통과 목욕물을 방으로 가져달라고 할 생각이었다.

그러나 흠칫 튀어 오르는 그녀의 어깨, 반사적으로 뒷걸음질 치는 작은 몸, 두려움을 숨기지 않고 바라보는 소녀의 눈을 보고―.

"……미안. 아무것도 아니야. 밥 맛있게 잘 먹었어."

리오는 조금 쓸쓸한 미소를 짓고 방으로 돌아갔다.

◇ ◇ ◇

다음 날 아침, 해가 뜬지 얼마 안 됐을 때쯤 리오는 여관
을 떠나기로 했다.

"어젯밤에 다친 손님을 치료해주셔서 정말 감사합니다.
덕분에 일이 커지지 않고 끝났어요."

프런트에 있던 레베카가 리오에게 깊이 고개 숙였다.

"신경 쓰지 마세요. 가게 주인께서 죄송하실 일이 아니
니까요."

리오가 쓴웃음을 지으며 고개를 저었다.

"아뇨, 제가 더 빨리 말렸어야 했어요."

"모험가가 모이는 술자리에 싸움은 일상다반사죠. 일일
이 말리다가는 일도 제대로 못 할 겁니다. 잘못한 건 당사
자인 저와 그분들입니다."

레베카가 너무 미안해하지 않도록 리오가 옹호했다.

사실 어젯밤, 레베카가 목욕물과 목욕통을 가지고 리오
의 방을 들렀다. 그때 감사와 사과를 여러 번 들어서 리오
는 오히려 죄송해졌다.

"그러니 정말 신경 쓰지 마세요. 저는 슬슬 떠나야 해서

이만."

리오는 얼른 떠나려고 했다.

"저기, 조식 대신 도시락을 만들 테니 잠시만 기다려주시겠어요? 금방 됩니다! 숙박 요금도 돌려드릴게요."

레베카가 카운터에서 돈이 든 작은 주머니를 꺼냈다. 처음부터 돌려줄 생각으로 준비한 것 같았다. 리오가 황급히 고개를 저었다.

"아무리 그래도 숙박 요금은 받을 수 없습니다. 여관 서비스는 충분히 받았으니까요."

"그럼 하다못해 도시락만이라도. 요금에 조식도 포함되어 있어요."

레베카는 말하자마자 리오의 대답을 기다리지 않고 작은 주머니를 카운터 위에 놓은 뒤, 잰걸음으로 주방으로 들어갔다.

'예의 바르고 좋은 사람이지만, 고생이 많다고 할까? 쉽게 속을 것 같은 사람이네.'

리오가 레베카에게 받은 인상이었다.

주방을 보니 클로에와 낯선 소녀가 에이프런을 입고 리오를 보고 있었다. 시선이 마주치자 두 사람이 얼른 주방 안으로 숨었다.

'클로에랑…… 동생인가? 작네.'

클로에가 열 살 전후이니, 동생은 나이가 한 자리일 게 분명했다. 저 나이의 소녀도 이 여관의 훌륭한 전력인가.

그렇게 생각하니 레베카의 고생이 훤히 보이는 것 같았다.

'여기는 여자 셋이서 운영하나? 남편은 한 번도 못 봤네.'

리오는 이 여관에서 남편을 한 번도 보지 못했다. 주방에 틀어박혀 있나 했는데 주방은 레베카 담당이었다.

'……뭐, 상관없지.'

깊이 파고들 이야기는 아니었다. 리오는 자기가 신경 쓰는 것은 좀 아니라는 생각이 들었다.

그러자 레베카가 도시락이 든 작은 꾸러미를 들고 나왔다.

"기다리셨습니다. 빵에 조식 재료를 많이 넣었어요. 클로에가 일찍 일어나서 만들었으니 꼭 드셔주세요."

"감사합니다. 클로에에게도 고맙다고 전—."

"어이! 나 왔다!"

리오가 웃으며 감사를 전하는데 척 봐도 얼큰하게 취한 남자가 입구에서 여관으로 들어왔다. 그는 레베카를 보며 비틀비틀 걸어왔다.

"당신! 또 아침부터 이렇게 취해서는!"

"시끄러워! 술은 마시고 싶을 때 마시는 거야!"

남자가 소리 지르더니 갑자기 레베카를 냅다 때렸다.

리오는 놀랐다. 동시에 이 남자가 남편임을 알았다. 아침 귀가에 취해서 주먹을 휘두르는 것을 보니 멀쩡한 남편은 아니었다.

도저히 참을 수 없는 기분이 들었지만, 가정 문제에 제삼자가 끼어들면 괜히 성가셔질 것 같아 나설 마음은 들지 않았다.

"으으."

하지만 몸을 웅크리고 얻어맞은 곳을 누르는 레베카를 보니 도무지 견딜 수가 없었다. 리오는 한숨을 쉬고 레베카에게 다가갔다. 그리고 위장 주문을 외우고 마력으로 상처를 치료했다.

"어…… 안, 아프네? 고, 고맙습니다!"

레베카는 맞은 고통이 순식간에 사라지자 놀란 표정을 지었다가 리오가 무엇을 했는지 바로 이해하고 송구해 하며 고개를 숙였다.

"뭐야? 뭐한 거야?"

한편, 남편이 리오를 수상쩍어하며 노려봤다. 리오가 무엇을 했는지 이해하지 못했지만, 레베카를 감싸는 행동에 기분이 나빠진 모양이었다.

"그만해! 이분은 손님이야!"

레베카가 황급히 남편 앞을 막아섰다.

'그러면 또 맞을 텐데…….'

리오는 기가 막혔다. 책임감이 강한 것은 알지만, 요령 없는 여자라고 생각했다.

예상대로 남편이 발끈해서 레베카를 때렸다. 리오는 탄식하고 허를 찔러 남편의 움직임을 받아넘겼다. 그리고 살짝 머리를 만졌다.

"《해독마법》."

위장주문을 외우자 리오의 손이 희미하게 빛났다.

몇 초 지나자 남편의 눈에 이성이 돌아왔다.

"술 깨는 마법입니다. 개운해졌겠죠?"

리오가 차갑게 말했다.

"어……? 아, 아아. 미안합니다."

갑자기 사고가 깨끗해지자 남편이 당황했다.

"저한테 사과할 거면 레베카 씨에게 사과해주세요."

리오가 기 막혀하며 슬쩍 레베카 쪽으로 시선을 옮겼다.

남편이 민망한 표정으로 "미안" 하고 여관 주인에게 사과했다. 술주정이 심하지만, 제정신일 때는 함부로 폭력을 휘두르는 사람은 아닌 모양이었다.

"저, 정말 죄송합니다!"

레베카가 굉장히 죄송해하며 리오에게 머리를 숙였다.

"아뇨, 저야말로. 도시락 감사합니다. 그럼 이만."

리오는 일이 더 성가셔지기 전에 떠나려고 인사한 뒤, 여관을 나갔다.

'뭐, 해결된 건 아무것도 없지만.'

이 여관에서 있었던 일은 앞으로도 계속될 것이다.

자기가 한 일은 그저 위선일 뿐, 아무런 의미도 없었다. 그렇게 생각하니 아침부터 조금 우울해졌다.

'어서 가자.'

어두운 기분을 잊기 위해 얼른 도시 밖으로 나가기로 했다.

숲속을 가르는 동쪽 가도를 한동안 걷다가 주위에 인기척이 없는 것을 확인하고 일부러 길을 벗어나 숲속으로 발을 디뎠다.

아직 이른 아침이라 숲속에 안개가 피어올라서 먼 곳까지는 보이지 않았다.

리오는 천천히 달렸다. 얼마 지나지 않아 진행방향에서 바닥에 쓰러진 인영을 발견했다. 가까이 가니 엎드려 있는 게 보였다.

도시 밖으로 한 걸음이라도 나가면 마물과 육식동물에게 습격당할 위험이 있었다. 그리고 숲속에 들어가면 그 위험도가 껑충 뛰었다. 이 사람도 그런 존재에게 습격당했을지도 모르지만, 여행 중에 병으로 쓰러졌을 가능성도 버릴 수 없었다.

리오는 그런 생각을 하며 상대에게 다가갔다. 쓰러진 사람은 온몸을 덮는 로브를 걸쳤다. 실루엣이 작은 걸 보니 어린아이인 게 분명했다.

'어린애가 왜 이런 곳에…….'

예감이 안 좋았지만, 이대로 방치하면 뒷맛이 안 좋았다. 리오는 하는 수 없이 말을 걸기로 했다. "이봐, 괜찮아?"라고 말하며 흔들어 봤지만, 반응하지 않았다.

로브 위로 만지니 체온이 느껴졌다. 살아있기는 한 것 같아 일단 안심하고 후드 사이로 얼굴을 확인하려고 했다.

갑자기 소녀가 눈을 떴다. 희미한 살기를 내뿜으며.

소녀의 손을 보니 날이 긴 나이프를 굳게 쥐고 있었다. 소녀는 리오의 몸에 나이프를 찌르려고 했고—.

리오는 흠칫하고 급히 몸을 비틀었다.

소녀의 나이프가 아슬아슬하게 허공을 갈랐다. 첫 공격을 피할 것을 예상했는지 소녀는 동요하지 않고 다음 공격을 했다.

훅, 소녀가 리오의 목덜미를 노려 강하게 숨을 뱉었다. 입에 작은 피리 같은 대롱을 물고 있었다. —대롱 화살이다.

따끔, 목덜미에 날카로운 고통을 느낀 리오가 얼굴을 살짝 찌푸렸다.

하지만 일단은 거리를 둬야겠다는 생각에 반사적으로 소녀를 들이받았다. 그와 동시에 백스텝으로 소녀에게서 거리를 뒀다.

소녀의 후드가 벗겨지고 무척 사랑스러운 얼굴과 어깨까지 기른 옅은 주황색 머리카락이 드러났다. 나이는 리오보다 두세 살 어린 정도일까.

그러나 그 심홍의 눈동자에는 무서울 정도로 차가운 살의가 숨어있었다. 머리에 달린 여우 귀가 강하게 존재감을 주장했다.

수인인가?! —소녀의 신체적 특징에 리오가 놀라서 눈을 크게 떴다. 하지만 그 직후, 갑자기 몸에서 힘이 빠져 땅에 한쪽 무릎을 꿇었다.

조금 전에 맞은 대롱 화살에는 즉효성 독이 발라져 있었

다. 리오는 떨리는 손으로 목에서 화살을 뽑았다. 그리고 온몸에 독이 퍼지기 전에 환부에 손을 대고 소녀에게 들키지 않게 마력으로 해독하기 시작했다.

소녀는 리오에게 해독 수단이 없다고 착각하고 신체에 독이 퍼지는 것을 가만히 바라봤다.

한편, 리오는 리오대로 몰래 해독하며 소녀의 얼굴을 물끄러미 관찰했다. 문헌을 읽어서 알고 있긴 했지만, 실제로 수인을 보는 것은 처음이었다.

평범하게 살면 슈트랄 지방에서는 수인을 포함한 아인(亞人)을 볼 수 없었다. 리오가 왜 이런 곳에 수인이 있느냐고 놀라는 것도 당연했다.

두 사람이 마주 보고 그러는 사이에 해독이 거의 다 끝났다. 좋아, 움직임은— 리오가 가볍게 악력을 확인하고 살짝 미소 지었다.

반대로 소녀는 리오의 안색이 좋아진 것을 보고 놀랐다. 감정 없는 얼굴에 희미한 변화가 생겼다.

리오는 소녀의 움직임을 방심하지 않고 지켜보며 배낭을 벗어 아무렇게나 땅에 내려놓았다. 몸이 훨씬 가벼워졌다. 전투준비는 끝났다.

다음 순간, 소녀가 리오를 향해 믿을 수 없는 속도로 달려왔다. 미리 《신체능력 강화마법》을 쓴 것이겠지. 하지만 그걸 고려해도—

'빨라!'

리오는 소녀의 질주 속도에 경악했다.

지금까지 리오가 본 사람 중에 소녀가 제일 빨랐다. 아직 어리지만, 수인족이 타고난 신체능력이 꽃을 피우고 있었다.

하지만 그렇다고 뒤처질 생각은 없었다. 마력으로 신체를 강화해 한계를 뛰어넘는 신체 능력을 끌어올리면 리오도 승산이 있었다.

리오가 몸속에서 마력을 방출해 순식간에 신체를 강화했다. 소녀보다 나으면 나았지 못하지는 않는 속도로 바로 옆으로 뛰어나갔다.

소녀는 리오의 속도에 살짝 눈을 크게 떴다가 리오에게 맞춰 진로를 바꿨다.

역시 날 따라 움직이는군— 리오가 냉정하게 소녀의 움직임을 파악하며 로브 속에서 투척용 나이프를 꺼내 소녀의 발을 노려 던졌다.

소녀가 점프해서 피했다. 그녀는 적당한 나뭇가지를 잡고 거꾸로 오르기로 가볍게 나무 위로 올라갔다.

리오는 세차게 땅을 박찼다. 돌풍과 같은 속도로 날아올라 소녀를 향해 돌진했다. 소녀가 황급히 로브 속으로 손을 찔러 넣었다. 투척용 나이프 몇 자루를 꺼내 리오를 향해 던졌다.

리오는 공중에서 바스타드 소드를 뽑았다. 화려하지는 않지만, 꽤 유명한 대장장이가 만든 검이다. 그것을 증명하는 것처럼 검신이 날카롭게 빛났다.

리오가 날아오는 투척 나이프를 향해 검을 휘두른 순간, 금속이 부딪치는 날카로운 소리가 울려 퍼졌다. 소녀가 던진 나이프의 궤도를 읽고 리오가 공중에서 전부 쳐낸 것이다.

리오가 검을 검집에 넣자 소녀가 나뭇가지에서 재빠르게 내려왔다. 대신 방금까지 그녀가 서 있었던 나뭇가지로 리오가 날아올랐다.

리오는 가지를 꺾어 날아오른 기세를 죽이고 근처에 있던 나뭇가지로 뛰어올랐다. 그리고 땅으로 뛰어내렸다. 소녀가 착지 타이밍을 노려 리오에게 접근했다. 그리고 오른손에 든 나이프를 리오의 몸에 찔러 넣었다.

리오는 침착하게 왼손으로 나이프를 든 소녀의 손을 막고 오른손으로 소녀의 턱에 카운터를 넣었다.

소녀는 얼굴을 옆으로 젖혀 리오의 주먹을 피했다. 동시에 나이프를 휘둘러 리오의 몸을 상처 입히려고 했다. 나이프에도 독이 발라져 있을 터였다.

리오는 군더더기 없는 움직임으로 교묘하게 소녀의 공격을 피했다. 소녀는 포기하지 않고 나이프를 휘둘러 리오에게 일격을 더하려고 했다.

몇 초 정도 소녀의 맹공이 이어졌다.

리오는 소녀의 움직임을 자세히 관찰하며 여유를 가지고 적절하고 정확하게 공격을 피했다. 잠시 휙, 휙 바람을 가르는 소리만이 허무하게 울려 퍼졌다.

이윽고 소녀는 조금씩 실력 차이를 느끼기 시작했다. 감정 없는 얼굴에 점점 초조한 빛이 떠올랐다. 동작도 조잡해지기 시작했다.

  리오는 상대의 버릇을 파악하고 일부러 소녀가 공격하고 싶어 할 틈을 만들었다.

  그러자 소녀가 감쪽같이 리오의 꾐에 넘어가 얼굴을 노려 나이프를 옆으로 휘둘렀다.

  '나이프에 너무 의식을 집중했어.'

  리오가 상체를 뒤로 젖혀 소녀의 나이프를 피했다. 그와 동시에 소녀가 나이프를 휘두른 타이밍에 다리후리기를 걸어 신체 균형을 무너뜨렸다.

  소녀의 손과 팔을 잡아 나이프를 빼내고 있는 힘껏 집어 던졌다. 소녀의 몸이 등부터 나무를 향해 세차게 날아갔다.

  소녀는 공중에서 몸을 돌려 균형을 잡고 나무에 착지했다. 두 발로 기세를 죽이고 스프링처럼 나무를 차서 크게 도약해 돌아왔다. 주머니에서 예비 나이프를 꺼내 리오의 심장을 노려 찔렀다.

  마치 짐승 같은 움직임이다— 리오는 소녀의 전투 센스에 감탄했다.

  하지만 리오는 냉정하게 대처했다. 일직선으로 비약해 온 소녀의 팔을 잡고 이번에는 업어치기로 힘껏 땅에 내리꽂았다.

  "커헉……."

이번에야말로 등에 충격을 받은 소녀가 괴로운 소리를 흘렸다. 손발에서 축 힘이 빠지고 나이프를 놓쳤다.

리오는 나이프를 차서 날려버리고 소녀의 몸에 올라타서 깔아 눕혔다.

"여기까지다. 말은 알아 듣지?"

리오가 위에서 체중을 실으며 소녀에게 말했다. 감정 없는 소녀의 눈에 한순간 공포가 스치는 것을 놓치지 않았다.

"으, 으아으. 싫, 어. 싫어, 싫어어! 죽, 죽고 싶지 아나!"

소녀가 고개를 젓고 발버둥 치며 이성을 잃고 날뛰었다.

"이, 이봐, 진정해!"

너무나 필사적인 소녀를 보고 리오가 달랬지만—.

"힉, 히끅. 도, 도와, 줘! 엄, 마, 마마!"

소녀는 전투 중에 보인 냉정함이 거짓말이었던 것처럼 불안정했다.

도저히 대화할 수 있는 상태가 아니었다. —리오는 소녀의 머리에 손을 얹어 수면 마법을 모방해 강제로 재웠다. 소녀의 몸에서 완전히 힘이 빠졌다.

리오는 갖고 있던 밧줄을 꺼냈다. 소녀가 깨어났을 때 날뛰지 못하도록 로브를 벗기고 몸수색을 한 뒤, 단단히 묶었다. 도중에 소녀의 목에 걸린 금속제 목걸이를 보고 얼굴을 찌푸렸다.

"예속의 목걸이잖아."

리오가 눈을 찌푸리며 중얼거렸다.

예속의 목걸이는 노예나 범죄자에게 채우는 아티팩트의 일종으로, 목걸이를 한 사람의 자유의사를 제약하는 물건이었다.

주인으로 등록된 사람이 명령하면 그 명령을 따라야만 한다는 기분이 솟구쳤다. 그리고 강한 의지로 명령에 저항하거나 등록자가 특정 주문을 외우면 차라리 죽는 게 나을 정도로 극심한 고통이 가해졌다.

노예는 소유권의 객체가 되는 재물이라 사람으로 인정되지 않아서 물건처럼 취급당해도 불평할 수 없고 거스를 수 없었다. 설령 속으로 어떤 생각을 하더라도. 그것이 노예이며, 예속의 목걸이는 노예를 노예답게 만들기 위해 존재했다.

리오를 죽이려고 한 이 여우 수인 소녀도 예속의 목걸이를 한 것을 보면 거의 틀림없이 누군가의 노예일 것이다. 필시 암살자로 길러져서 주인에게 리오를 죽이라는 명령을 받았을 터였다.

예속의 목걸이가 있는 이상, 소녀는 리오를 계속해서 죽이려고 할 것이었다. 그러지 않으면 소녀의 몸은 상식을 벗어난 격통에 시달릴 테니까. 그것은 저주나 다름없었다. 소녀에게도, 리오에게도. 그리고 그 저주에서 벗어나기 위한 선택지는 그리 많지 않았다.

죽이는 게 손쉽지만, 리오는 사람을 죽인 적이 없었다. 리오 안에 존재하는 아마카와 하루토의 측면이 살인이라는 선을 뛰어넘는 것에 강한 거부감을 품었기 때문이었다.

그렇다고 안 죽이고 넘겨버리자니 이래저래 귀찮을 예감이 들었다.

리오는 짜증을 숨기지 않고 크게 한숨을 쉬었다. 그리고 잠시 망설이다가 소녀의 목으로 손을 뻗었다. 그러자 손끝이 희미하게 빛나더니—.

철커덕, 소녀의 자유를 구속했던 목걸이가 벗겨졌다. 아티팩트의 마술을 풀어버렸다. 《해주(解呪) 마법》이라는 고난도 마법을 모방한 것이다.

"이봐, 일어나."

리오는 예속의 목걸이를 회수하고 소녀의 몸을 흔들어 깨웠다.

"응…… 으…….."

몇 번 흔들자 소녀가 움찔거렸다.

잠시 후, 번쩍 눈을 떴다. 리오를 보고 황급히 일어나려다가 이미 자신이 구속되어 있다는 것을 깨달았다.

발버둥 쳐보고 전혀 움직일 수 없다는 것을 깨닫자 소녀는 단념했는지 몸을 움츠렸다. 그리고 경계하는 시선으로 리오를 올려다봤다.

"상황은 이해한 것 같군. 죽고 싶지 않으면 아까처럼 날뛰지 마."

리오가 목숨을 언급하며 협박했다. 소녀의 눈이 두려움으로 물들었다.

"……안 날뛰면, 안 죽여, 요?"

"그건 네가 내 질문에 대답하는지 안 하는지에 따라 달라. 명령을 받고 날 죽이러 온 거지? 주인은 벨트람 왕족이나 귀족이고?"

리오의 질문에 소녀가 침묵을 지켰다.

주인에게 해가 되는 짓은 하지 말라고 엄명을 받았을 것이다. 명령을 어기면 극심한 고통이 온몸을 좀먹는 것이 당연한 이상, 거의 본능에 가깝게 규칙을 어기는 것에 거부감이 있을 터였다. 뭐, 그 족쇄는 이미 리오가 벗겨 버렸지만.

"이봐, 이게 뭔지 알아?"

리오가 예속의 목걸이를 들어 보여줬다. 조금 전까지 소녀가 착용하고 있던 것이었다.

"목걸, 이……? 윽!"

소녀가 머리 위에 물음표를 띄우다가 놀라서 눈을 크게 떴다. 구속된 상태로 필사적으로 몸을 움직여 목의 감촉을 확인하려고 했다.

그리고 있어야 할 곳에 있어야 할 감촉이 없다는 것을 깨달았다.

"없……어……. 목걸이…… 없어? 어째, 서?"

소녀가 놀라서 눈을 깜빡였다.

잠시 후, 정신을 차리고 황급히 다시 목걸이 감촉을 확인했다.

"아…… 흐아, 흐윽, 흑, 흑, 으아아아아아앙!"

소녀가 둑이 터진 것처럼 울었다.

"이봐……."

리오는 눈물을 뚝뚝 흘리는 소녀에게 말을 걸지 못했다. 한 가지 알게 된 것은 소녀에게 예속의 목걸이는 그만큼 무거운 족쇄였다는 것이었다.

리오는 한숨을 내쉬고 잠시 소녀가 울고 싶은 만큼 울게 해주기로 했다. 그동안 전투에 사용한 무기를 소녀 것까지 회수했다.

"……이제 됐나?"

울음소리가 가라앉기 시작하자 리오가 말을 걸었다. 소녀가 움찔하더니 리오의 얼굴을 불안하게 올려다봤다.

"이제 목걸이가 없으니까 내 질문에 대답해도 문제없겠지? 너는 누구의 명령으로 나를 죽이려고 한 거냐."

"아, 으……."

리오의 질문에 소녀는 바로 대답하지 못하고 주위를 두리번거리며 킁킁 냄새를 맡았다.

"뭘 경계하는 건지는 모르겠지만, 이곳에는 나와 너밖에 없어. 안심해."

리오의 말에 소녀가 다시 움찔했다. 잠시 후, 소녀가 입을 열었다.

"주, 주인님 이름, 몰라, 요. 가르쳐준 적, 없어요."

일단은 리오가 예상한 범위 내의 대답이었다. 암살이라

는 위험한 일을 맡은 노예에게 필요 이상으로 주인의 정보를 주는 짓은 하지 않을 것이라 생각했다.

"……성도 몰라?"

별 기대는 없었지만, 리오는 물어봤다.

"성? 몰라, 요."

소녀가 이상하다는 듯이 고개를 갸웃거리자 리오가 낙담하며 한숨을 쉬었다.

"하, 하지만! 오라버니 이름, 알아! 스튜어드, 랬어!"

소녀가 급히 말을 이었다. 리오는 눈을 가늘게 떴다.

스튜어드라는 이름이 귀에 익었다. 플로라가 절벽에서 떨어진 책임을 리오에게 덮어씌운 소년과 같은 이름이었다. 그의 본가가 리오의 생존을 알고 어릴 때부터 기른 암살자였던 그녀를 보낸 것이라 생각하면 확실히 이래저래 앞뒤가 맞았다.

"스튜어드……. 그 녀석도 너 같은 여우 수인이야?"

"……오라버니, 수인, 아니야. 인간. 나 훈육한 사람."

소녀가 붕붕 고개를 저었다.

"훈육이라니. 인간이라면, 피가 이어진 건 아니라는…… 건가?"

정상적인 남매 관계라고 생각할 수 없는 소녀의 말에 리오가 미묘하게 얼굴을 찌푸렸다. 노예에게 자기 아이를 낳아 기르게 하는 일이 없지는 않을 것 같아서 확신은 이르다고 생각하고 추가로 질문을 던졌다.

"몰라, 요……."

소녀가 자신 없이 고개를 저었다.

"……질문을 바꾸지. 너는 어디에서 나를 쫓아왔지?"

"당신이, 처음 있었던 곳과, 같아."

"즉, 왕도 벨트란트인가."

"아마, 예쁜 집, 많이, 있는 곳."

"그렇군. 그럼 너 말고도 나를 죽이려는 녀석이 있어?"

"……몰라, 요. 하지만, 아마, 없다……고 생각해."

소녀가 가냘프게 대답했다.

"그렇군. 그럼 마지막 질문이다."

순간, 리오의 분위기가 험악하게 바뀌었다. 소녀의 눈을 깊숙이 바라봤다.

소녀는 시선을 피하지 못했다. 꿀꺽 침을 삼키고 리오의 질문을 기다렸다.

"……넌 아직도 나를 죽일 생각인가?"

"아, 안 죽여, 요."

소녀가 떨며 어색하게 고개를 저었다. 눈은 입만큼 말을 한다. 얼굴에 어떤 표정을 짓든 시선에는 감정이 드러나기 마련이었다.

더는 소녀의 눈에서 아까와 같은 차가운 살의가 보이지 않았다. 많이 두려워하긴 했지만, 달리 특별한 악의를 숨기지는 않은 것 같다고 판단했다.

"……그럼 좋을 대로 해. 장비는 저쪽에 로브와 같이 뒀어."

리오가 한숨을 쉬고 뿌리치듯이 말한 뒤, 소녀를 구속했던 밧줄을 풀기 시작했다.

"어……?"

소녀가 당황한 표정을 지었다.

"여기서 도망쳐도 된다는 말이야. 너를 지배했던 목걸이가 없어졌으니 주인이 있는 곳으로 돌아갈 필요도 없어. 뭐, 그러면 도망 노예가 되긴 하겠지만."

리오의 얼굴이 살짝 어두워졌다. 이해했기 때문이다. 지금 이곳에서 소녀를 해방해 주더라도 그녀에게 주어진 선택지는 그리 많지 않다는 것을.

이곳 슈트랄 지방에는 인간과 아인이 손을 잡고 생활하는 마을이 없었다. 즉, 여우 수인인 소녀가 마을에서 사는 것은 불가능했다.

그렇다고 마을에서 떨어져 살자니 노예로 태어나 자란 그녀가 홀로 자급자족할 수 있는 능력을 갖췄을 것 같지는 않았다.

소녀는 예속의 목걸이로 지배당했다. 그러나 그녀를 구속한 것은 예속의 목걸이만이 아니었다. 소녀가 앞으로도 이곳 슈트랄 지방에서 살아가기 위해서는 노예로 누군가의 소유물이 되는 수밖에 없었다. 그것이 현실이었다. 하지만 가혹한 현실을 이해하지 못했는지 소녀는 멍한 얼굴로 조금 불안해하며 고개를 갸웃거렸다.

"……이 나라를 나가서 동쪽으로 가면 미개척지라는 곳

이 펼쳐져 있어. 그곳 어딘가에 너와 같은 아인이 사는 땅이 있을 거야."

정신을 차리고 보니 리오는 그런 말을 하고 있었다.

"미개척지, 요? 동쪽……?"

"동쪽은 내가 가는 곳…… 지금까지 이동한 방향이야. 벨트람 왕국은 서쪽에 있어. 이 땅에 머물고 사는 것보다는 미개척지에서 네 동료를 찾는 게 살기 편할지도."

"동료, 동쪽, 미개척지……."

소녀가 중얼거렸다. 그 눈에 아주 조금, 희망을 닮은 빛이 떠올랐다.

자유로워지기는 했지만, 소녀는 무엇을 해야 할지 몰랐다. 하지만 리오가 길을 보여줘서 막연하게나마 앞이 보인 기분이 들었다.

리오는 잠시 묵묵히 소녀를 봤다.

"그럼 난 간다. 일단 말해두겠는데 또 습격하면 그땐 봐주지 않을 거야."

그리고 그런 말을 남기고 걷기 시작했다.

분명 자신은 예속의 목걸이를 벗기고 소녀에게 자유를 줬다. 하지만 그것은 단순히 소녀를— 아니, 사람을 죽이고 싶지 않았기 때문이었다. 그래서 소녀가 앞으로 어떻게 해야 하는지 관여할 의리도 의무도 없다—고 리오는 자기 마음에 말했다.

소녀가 버려진 강아지 같은 표정을 지었다. 멀어지는 리오의 등에 손을 뻗으려다가 "아……" 하고 바스러지는 목소리와 함께 거두고 말았다.

소녀는 그 자리에서 잠시 우왕좌왕했다. 하지만 리오가 완전히 안 보이게 되자 그 뒤를 쫓듯이 머뭇머뭇 걸었다.

타박타박, 타박타박.

앞에서 걷는 리오를 놓치지 않게, 그러면서 거리를 두고 소녀는 숨어서 뒤를 쫓았다. 노예에서 해방된 지금, 소녀는 돌아갈 곳이 없었다. 노예였을 적에 돌아오라고 명령받은 곳에는 절대로 돌아가고 싶지 않았다.

그렇게 되니 떠오르는 행선지는 단 한 곳— 리오가 가르쳐준 미개척지라는 곳뿐이었다. 하지만 지식도 지도도 없는 상태로 홀로 막연히 가는 것은 무서웠다.

의지할 수 있는 사람에게 기대고 싶다는 생각이 든 것은 자연스러운 일이었다. 소녀가 자신과 행선지가 비슷한 리오의 뒤를 쫓는 것도 당연했다.

소녀는 그렇게까지 내몰려 있었다. 명령 때문에 어쩔 수 없었다고는 하나, 죽으려고 한 사람에게 기댈 수밖에 없을 정도로—

하지만 한편으로는 어쩔 수 없었다지만, 죽으려고 했다는 죄책감이 확실하게 있었기에—. 솔직하게 기대면 거절당할지도 모른다는 타산적인 예측도 했기에. 그 결과, 몰래 뒤를 쫓는다는 선택지를 골랐다.

그렇게 몇 분 정도 숲 속을 걷던 때였다. 리오가 천천히 멈춰 섰다. 그리고 뒤를 돌아 "나와" 하고 큰소리로 외쳤다.

소녀가 몸을 움찔했다. 기척을 죽였는데 어떻게 알았을까, 신기했다. 소녀는 발버둥 쳐봤자 리오에게는 이길 수 없음을 몸으로 배웠다. 깊이 생각하지 않고 리오의 말에 따라 모습을 드러내기로 했다.

"나한테 아직 볼일 있어?"

쭈뼛쭈뼛 나타난 소녀에게 리오가 물었다.

"저, 저기, 동쪽…… 나도, 같이, 가고 싶어, 요."

소녀가 횡설수설 대답했다. 리오는 오른손으로 머리 감싸며 깊은 한숨을 쉬었다.

"진심으로 하는 말이야?"

"가, 가고 싶어, 요."

소녀가 입술을 꼭 깨물며 수긍했다.

"……뭔가 착각했나 본데, 나는 딱히 너를 도와주려고 노예에서 해방시켜 준 게 아니야. 너를 죽이지 않는 게 나한테 더 좋았을 뿐이라고."

살인의 죄책감을 안고 싶지 않았다. 바로 말하면, 그것이 소녀에게서 예속의 목걸이를 풀어준 이유였다. 소녀의 처지에 분노하지 않은 것은 아니지만, 절대로 순수한 선의를 베푼 것은 아니었다.

"하, 하지만, 어떻게 해야 할지, 모르겠어, 요."

소녀가 중얼거리고 눈물을 글썽이며 고개를 숙였다. 리

오가 민망해하며 머리를 긁었다.

"……나는 너를 노예처럼 다룬 놈들과 같은 인간족이야. 무섭지 않아?"

"나쁜 느낌…… 안 들어, 요."

소녀가 고개를 딱 저었다.

리오는 예속의 목걸이를 벗기려고 생각했을 때부터 어렴풋이 이렇게 되지 않을까 생각했었다. 소녀가 처한 상황을 고려하면 충분히 예상할 수 있었다.

그래서 혹시 소녀가 뒤를 쫓아오지 않을까 싶어서 일부러 달려서 이동했다. 그리고 예상대로 소녀가 리오를 쫓아왔고 지금에 이르렀다.

소녀는 제대로 이해한 걸까? 바로 조금 전까지 암살대상이었던 자신과 행동해야겠다고 생각한 것의 의미를─.

"……나를 죽이려고 한 너한테 내가 아무 생각도 없을 것 같아?"

리오가 담담히 물었다.

"아, 미, 미안, 해요! 목걸이, 아파서, 싫어서……."

소녀가 놀라서 뚝뚝 눈물을 흘리며 황급히 사과했다.

"딱히 화내는 건 아니야. 목걸이의 고통이 어느 정도인지는 모르지만, 네가 명령을 거스르지 못하고 나를 죽이려고 했을 정도라는 건 알아. 하지만 그렇다고 해서 네가 나를 다시 공격하지 않을 거라고 보장하는 건 아니야. 이른바 신용할 수 없다는 거야. 알겠어?"

리오가 탄식하고 괴롭게 설명했다.

속으로는 분명히 소녀를 데려가도 괜찮다는 생각도 있었다. 하지만 동시에 알지도 못하는 전 암살자와 둘이서 여행하는 것에 심리적인 저항을 품은 인간불신적인 부분도 있었다.

"그, 그럼, 모, 목걸이! 해도, 돼요! 되니, 까! 부탁, 합니다. 같이, 데려가, 주세요."

소녀가 울며 필사적으로 애원했다.

"목걸이라니……. 너 그 목걸이 하는 거 싫어하잖아."

본말전도인 소녀의 말에 리오가 기가 막혀 물었다.

"이대로, 혼자, 되는 게 더, 싫어요. 무서워, 요. 부탁, 합니다. 흐흑."

엉엉 울며 고개 숙인 소녀를 보며 리오는 말하기 어려운 불편함을 느꼈다. 무척 괴로운 표정으로 주먹을 꽉 틀어쥐었다.

그리고 몇 번째일지 모를 한숨을 쉬었다.

"알았어. 좋을 대로 해."

리오가 단념하고 말했다. 이대로 몰래 뒤를 쫓아오게 하는 것보다는 같이 행동하는 게 낫다는 소극적인 변명을 마음속으로 하고ㅡ.

"어…… 아, 네, 네!"

소녀는 순간 당황했다가 기뻐하며 고개를 끄덕였다.

"그럼 일단 도시로 돌아가자. 따라와."

리오가 소녀의 전신을 훑고 제안했다.

"저, 저기, 목걸이는…… 안 해요?"

소녀가 벌써 걷기 시작한 리오의 등을 향해 쭈뼛쭈뼛 물었다.

"그런 건 이미 버렸어. 됐으니까 가자. 하루에 이동할 수 있는 시간은 한정되어 있다고."

리오가 터벅터벅 걸으며 대답했다.

"뭐, 뭐하러, 가는, 거예요?"

"제대로 된 장비도 없는 것 같아서. 네 여행 준비하러 가."

소녀는 조금 큰 로브 아래에 추워 보이는 옷 한 벌밖에 걸치지 않았다. 앞으로 시작될 긴 여행을 견디기에는 불안했다. 소녀가 소비할 여행 식자재도 사야 했다.

"고, 고마워, 요."

"……도시 안에 들어갈 건데 후드는 쓰고 있어. 귀찮으니까."

리오가 타박타박 종종걸음으로 쫓아온 소녀를 보고 말했다.

"네!"

소녀가 기뻐하며 고개를 끄덕였다.

"그런데 너 이름이 뭐야?"

리오가 갑자기 생각났다는 듯이 멈춰 서서 소녀의 이름을 물었다.

"라티파, 예요!"

"그래. 알고 있을지도 모르지만, 나는…… 리오다. 잘 부탁해, 라티파."

리오가 작게 한숨을 쉬고 불편하게 자기소개를 했다.

◇ ◇ ◇

그 후, 리오는 라티파를 데리고 다시 아망드를 출발했다. 라티파는 리오만 한 크기는 아니지만, 등에 큰 배낭을 멨다.

리오는 아망드 밖으로 나와 평소와 같은 속도로 숲 속을 달렸다. 라티파의 체력을 측정하기 위해서였다. 그 결과, 무거운 짐을 진 채로는 체력이 그리 오래 버티지 못한다는 걸 알았다.

라티파의 체력 한계를 안 이후에는 리오도 이동속도를 늦추고 그녀가 따라올 수 있을 정도의 속도로 이동하기로 했다. 또, 평소보다 휴식을 자주 취하기로 했다.

숲의 샘 부근에 있는 적당한 바위 터에 앉자 맞은편에 앉은 라티파의 배에서 꼬르륵 공복을 호소하는 비명이 들렸다.

"아, 아니, 에요! 배, 안 고파, 요!"

라티파가 새빨개진 얼굴을 세차게 붕붕 저었다.

"참을 필요 없어. 그러고 보니 아침 먹을 시간이 지났네."

리오는 우스워하고 배낭에서 레베카가 준 샌드위치를

꺼냈다. 그것을 조리용 나이프로 잘라 "자." 하고 라티파에게 건넸다.

라티파가 당황한 얼굴로 샌드위치를 쳐다봤다. 이리저리 눈을 굴리며 샌드위치와 리오의 얼굴을 번갈아 쳐다봤다.

"왜 그래?"

"머, 먹어도 돼, 요?"

리오가 묻자 라티파가 안색을 살피며 쭈뼛쭈뼛 되물었다.

'……지금까지는 허락하지 않으면 식사도 못 한 건가.'

리오가 라티파가 허락을 구한 이유를 가늠했다.

리오의 예상이 맞았다. 라티파는 명령이 없으면 아무것도 할 수 없도록 조교됐다. 멋대로 뭔가를 하면 훈육이라며 벌을 받았다. 무엇을 하든 일단은 다른 사람에게 허락을 구하는 것이 습관화되어 다른 사람에게 의존하는 것이 당연해졌다. 그런 습관이 노예에서 해방됐다고 바로 사라질 리는 없었다.

리오는 라티파와 대화하며 조금씩 그녀의 인격과 정신 상태의 문제점을 분석하기 시작했다. 하지만 갑자기 의식을 개혁시키기도 어려웠다.

같이 있는 동안 조금씩 개선해 나가면 될 것 같았다.

"사양하지 마. 먹어도 돼. 라티파는 어떻게 하고 싶어?"

"……머, 먹고 싶어, 요."

리오가 묻자 라티파가 잠깐 틈을 두고 자기 의사를 보였다.

"그렇구나. 그럼 먹어."

리오가 부드럽게 웃으며 샌드위치를 건넸다.

라티파는 받아든 샌드위치를 가만히 쳐다봤다. 그녀가 먹기 편하게 리오가 먼저 먹기 시작하자 라티파도 머뭇머뭇 샌드위치를 베어 물었다.

"마, 맛있어."

맛을 보더니 이번에는 샌드위치를 급하게 덥석 물었다.

"와구, 와구와구, 웃, 냠, 흑, 우윽."

라티파가 작은 입에 빵을 우적우적 밀어 넣었다. 먹으며 울었다. 노예로 태어나 길러진 그녀에게 이 샌드위치는 지금까지 살며 먹어본 것 중 최고로 맛있었다.

"안 뺏을 테니까, 천천히 먹어. 몸에 안 좋아."

리오가 라티파의 옆에 앉아 부드럽게 등을 쓸어줬다.

"윽, 으, 밥, 흑, 먹이라고, 오라버니, 윽, 그 자식, 매일, 나한테, 우으."

지금까지 해온 식사가 떠올랐는지 라티파가 흐느껴 울었다.

대체 식사 때마다 어떤 취급을 당한 걸까— 리오는 상상해보고 얼굴을 찌푸렸다. 그리고 라티파가 진정할 때까지 가만히 등을 쓰다듬었다.

리오는 물통에 정령술로 물을 채워서 울음을 그친 라티파에게 건넸다.

"자, 물이야."

"고, 고마워, 요."

라티파가 꾸벅 고개를 숙이고 꿀꺽꿀꺽 물을 마셨다. 리오
도 자기 물통에 든 물을 마셨다. 말을 잘 걸기가 어려웠다.

"……조금만 더 있다가 출발하자. 모레까지는 국경을 넘
어서 미개척지로 가고 싶어. 오늘은 갈 수 있는 데까지 가
고, 최악의 경우에는 숲 속에서 야영할지도 몰라."

"알겠어, 요."

라티파가 로브 자락으로 북북 눈물을 닦고 꾸벅 고개를
끄덕였다.

◇ ◇ ◇

그날, 사전에 정했던 대로 리오와 라티파는 가능한 한 이
동에 시간을 들여 가르아크 왕국을 동쪽으로 가로질렀다.

"오늘은 여기서 야영하자. 잠자리를 만들 테니 잠깐만
기다려줘."

해가 지기 전에 야영하기 좋은 움푹 팬 땅을 숲 속에서
발견하자 리오가 제안했다.

"잠자리, 요?"

라티파가 이상하다는 듯이 고개를 갸웃거렸다. 배낭에
든 짐은 대부분 식자재였다. 잠자리를 만들 수 있는 도구
가 있었나? 하는 표정이었다.

"말했잖아? 만들 거야. 조금 떨어져 봐."

리오가 미소 짓고 허리에 찬 검을 뽑았다. 근처에 있는

적당한 나무로 천천히 다가가서 도약하더니 눈으로 좇을 수 없는 속도로 검을 휘둘렀다.

다음 순간, 길고 두꺼운 나뭇가지가 머리 위로 우수수 떨어졌다.

"와아……."

라티파가 눈을 동그랗게 떴다.

리오는 주변에 흩어진 나뭇가지 중에서 제일 두껍고 긴 나뭇가지를 잡았다. 그것을 움푹 팬 땅 가장자리에 꽂아 고정했다. 이것이 앞으로 만들 잠자리의 기둥이었다.

이어서 기둥 양옆에 나뭇가지를 비스듬하게 꽂고 삼각형으로 배치했다. 거기에 밧줄을 사용해 구조를 보강했다.

세로로 긴 텐트와 비슷한 생김새였다.

거기에 초목을 덮어 자연에 녹아들게 위장했다. 나무 사이를 메워 비바람을 막는 것도 겸했다. 이제 문을 만들고 문에도 위장용 초목을 덮으면 잠자리가 될 간이 텐트가 완성됐다. 숲 속의 밤은 금방 추워지고 날씨가 불안정했다. 비와 이슬을 피할 수 있는 것만으로도 만든 보람이 있었다.

순식간에 멋진 잠자리를 만든 리오에게 라티파가 반짝반짝 존경의 시선을 던졌다. 리오는 쓴웃음을 지으며 텐트 입구 근처에 모닥불을 피웠다.

"그럼 잠깐 식사를 만들어 올게. 이 안을 연기로 그슬려줄래?"

"그슬려, 요?"

"안으로 연기를 넣으면 돼. 벌레 쫓는 용도거든."

"네, 네! 맡겨줘, 요!"

라티파가 꾸벅꾸벅 고개를 끄덕였다.

리오는 배낭을 메고 야영지에서 거리를 두려고 걸었다. 짐승이 다가오지 않도록 텐트 바로 근처에 요리 냄새를 남기지 않기 위해서였다.

적당한 장소를 찾아 요리를 시작했다. 수프 파스타를 만들기로 했다.

일단은 간단한 토대를 만들고 냄비를 올린 뒤, 물을 넣고 주운 나무에 불을 붙여 끓였다. 그리고 바닥이 깊은 프라이팬을 불로 달구고 식용유를 뿌렸다. 거기에 나이프로 자른 말린 고기와 이동 중에 채집한 야생초를 넣고 조미료와 향신료를 넣어 볶았다.

가끔 마력으로 바람을 내어 안심할 수 있을 정도로 냄새가 하늘에 흩어지게 했다.

한편, 냄비에 든 물이 부글부글 끓어서 소금을 넣고 또 끓였다. 거기에 파스타를 펼쳐 넣었다. 그 후, 불을 줄이고 파스타를 가볍게 풀었다.

이어서 펄펄 끓게 물 온도를 조절하며 파스타를 삶았다.

절묘하게 삶은 파스타를 프라이팬으로 옮기고 재료와 함께 약한 불에 볶았다. 거기에 데운 수프를 투입하고 맛을 미세하게 조절하면 수프 파스타가 완성됐다. 리오는 매콤한 맛을 좋아하지만, 라티파를 위해 일부러 어린아이도 먹을 수 있게 맛을 냈다.

응? —리오는 갑자기 가까운 뒤에서 느껴지는 기척에 뒤를 돌았다. 요리 냄새에 이끌려 왔는지 라티파가 있었다. 킁킁, 귀여운 코를 움직였다.

역시 여우 수인이구나, 리오가 감탄하며 피식 웃었다. 라티파는 리오가 웃는 것을 보고 창피한지 뺨을 붉혔다.

"자, 다 됐어. 저녁 먹자."

리오가 프라이팬을 들며 말했다. 그릇에 수프 파스타를 넣고 조금 전에 만든 간이 테이블에 놓았다.

"『스파게티』? 이거『스파게티』?!"

라티파가 그릇 안에 든 것을 보고 놀라서 소리쳤다.

"……이 요리를 알아?"

한순간, 말문이 막힌 리오가 살짝 멍한 표정으로 물었다.

"알아, 요! 알아, 요! 먹어도 돼, 요?"

라티파가 고개를 끄덕끄덕하며 기대하는 눈으로 리오의 얼굴을 봤다.

"응, 식기 전에 먹어."

"고마워, 요!"

리오의 허락에 라티파가 해맑고 순수한 미소와 함께 눈을 빛내며 수프 파스타를 먹기 시작했다. 리오는 그녀를 근심스러운 얼굴로 바라봤다.

슈트랄 지방에 『파스타』라는 면 요리가 등장한 것은 거의 최근의 일이었다. 게다가 지금은 아직 한정적으로 일부

지역에서만 판매했다. 적어도 리오는 벨트람 왕국 왕도에서 파스타를 본 적이 없었다.

그리고 『파스타』를 만들었다는 리제롯테는 『파스타』에 『스파게티』라는 다른 명칭을 주지 않았다.

그런데 라티파는 『파스타』를 보고 한눈에 『스파게티』라고 불렀다. 심지어 포크와 스푼을 능숙하게 쓰며 나름 익숙하게 파스타를 입으로 옮겼다.

이것은 대체 무엇을 의미하는 걸까? ―리오의 사고가 정지했다.

"와구, 와구와구."

라티파가 뜨거운 수프 파스타를 정신없이 먹었다.

"……혀 데일라. 천천히 좀 먹어."

리오가 걱정돼서 타이르듯이 살며시 충고했다.

"하, 핫, 뜨거!"

예상대로 라티파는 혀를 데었다. 리오는 쓴웃음을 지었다.

"자, 물."

"고, 고마워, 요."

라티파가 리오가 준 물통을 받아 급히 입으로 가져갔다.

"……이거 『파스타』라는 요리인데, 자주 먹었어?"

라티파가 물을 마시고 진정하자 리오가 물었다.

"흐에? 『파스타』요? 아…… 음, 네, 먹었어, 요."

뭔가 곤란했는지 라티파가 놀라서 표정을 굳혔다. 하지만 잠시 후, 어색하게 미소 짓고 얼버무리듯이 웃으며 고개를 끄덕였다.

"그랬구나. 어쩐지 잘 먹는다 했어. 그렇다니 다행이야."

리오가 감탄하며 말했다. 하지만 속마음은—.

'제대로 된 교육도 못 받았는데 식사 도구 사용법을 배우고 좋은 걸 먹었다는 건가…… 역시 말이 안 돼. 애초에 파스타는 아직 벨트람 왕국 시장에 유통되지 않았어…….'

리오는 라티파가 거짓말을 하고 있거나 숨기는 것이 있다—고 냉정하게 고찰했다. 그리고 그 거짓말 혹은 숨기는 일이 무엇인지 확증에 가까운 한 가지 가설을 세웠다. 라티파도 전생의 기억을 가졌을지도 모른다, 고.

하지만 그렇다면 라티파의 언행이 너무 어린 인상을 줘서 마음이 걸렸다.

그도 그럴 것이 지금까지의 모습을 봤을 때, 라티파의 정신적인 성숙도는 외모와 크게 다르지 않았다. 오히려 외모와 비슷하거나 더 어릴 것 같았다.

노예로 길러져서 정서가 불안정한 탓인지 유치한 면이 강조되어 보였다. 적어도 전생에서 상응하는 사회 경험을 겪은 것처럼 보이지는 않았다. 물론 연기일 가능성이 없는 건 아니지만, 굳이 그럴 필요는 없다고 생각했다. 그렇다면 전생에 그리 나이가 많지 않았던 걸까. 그렇다면 초등학생 정도의 어린아이였을까.

하지만 그렇다면 라티파는 리오와 비교할 수 없을 정도로 비참한 제2의 인생을 산 것이 되지 않는가. 현대 일본에서 풍족하게 살았을 어린아이가 갑자기 인권을 빼앗기고 노예가 되어 애완동물 취급을 당했다.

노예로 태어나 길러진 나는 노예인 나를 당연하게 받아들였을 테지만, 전생의 기억을 되찾았다면 그러지 못했을 것이다.

노예에서 해방되고 싶다. 원래 세계로 돌아가고 싶다. —그런 생각을 하며 살았을 것이다.

그리고 상상을 초월하는 고통과 공포를 맛봤을 것이다.

사는 데 필요한 자유가 주어지지 않았다. 그런데 죽고 싶어도 죽을 수 있는 자유조차 없었다.

라티파가 지금까지 처했던 상황을 상상하고 리오는 기분이 나빠졌다.

그녀는 아직 열 살도 되지 않았을 터였다. 몇 살 때 기억을 되찾았는지는 모르겠지만, 리오와 같은 나이더라도 일곱 살 때 기억을 되찾았으리라. 그리고 라티파의 전생이 초등학생이더라도 전생에서 인생 경험을 고작 10년 정도만 쌓은 것이 됐다.

라티파가 전생과 현생의 햇수를 더한 만큼 인생 경험을 쌓았을 거라고 생각되지 않았다. 리오는 지금의 라티파가 생김새에 맞는 어린아이로만 보이는 이유를 알게 된 것 같았다. 그리고 그녀가 정서적으로 불안정한 이유도 알았다.

"후— 후—."

지금, 라티파는 집중해서 리오가 만든 요리를 먹고 있었다. 어느새 눈에 눈물이 고였다. 하지만 그 표정은 무척 행복해 보였다.

마지막 한입을 삼킨 라티파가 아쉬워하며 빈 그릇을 핥았다.

"아직 더 있어. 먹어도 돼. 자."

리오가 라티파의 그릇을 가져가 한 그릇 더 담아줬다.

"고, 고마워, 요!"

라티파가 기쁘게 웃고 고개를 숙였다. 리오는 식욕이 완전히 사라져버려서 처음 한 그릇만 겨우 비우고 남은 건 라티파에게 주기로 했다.

｜ 막간 ｝ ❊ 라티파의 추억

버스에서 정신을 잃고 의식을 되찾았을 때, 나— 엔도 스즈네는 돌로 된 어두운 방 안에 있었다. 아무래도 돌 바닥에 누워있었던 것 같았다.

싸늘한 공기에 몸을 떠는 와중에 의식이 급속히 각성했다.

실내 온도는 체감상 에어컨을 켠 여름날의 방과 비슷한가. 몸에 걸친 옷은 뻣뻣하고 조악한 얇은 옷 한 벌뿐. 그리고 몸 위에 얇은 모포 한 장이 덮여 있었다. 이러니 추운게 당연했다.

묘하게 목 주변이 무겁다 했는데 금속 목걸이와 사슬이 매달려 있었다.

'뭐지, 이건?'

오싹한 한기에 나는 얇은 모포를 끌어당겼다. 웅크려 앉아 온기를 붙들었다. 작은 몸을 떨며 실내를 머뭇머뭇 둘러봤다.

'어, 어디지…… 여기는?'

살풍경한 방이었다. 가구는커녕 창문 하나 없었다.

이런 방은 내 기억에 없을, 터였다. 그런데 왠지 석연치 않았다. 어디선가 본 것 같기도 하고, 아닌 것 같기도 한— 형용하기 어려운 기시감을 느꼈다.

덜컥 문 여는 소리가 방 안에 울렸다.

내 몸이 움찔거렸다. 튼튼한 금속 문을 머뭇거리며 보니 한 소년이 서 있었다. 기분이 나쁜지 공격적인 표정이었다.

나는 모르게 "히익!" 하고 비명을 질렀다.

왜냐하면, 나는— 아니, 내 안에 있는 또 다른 나는, 알았다. 눈앞에 있는 소년을. 이름은 스튜어드. 피가 이어졌는지는 모르지만, 내게 자신을 「오라버니」라고 부르게 하고 훈육이라며 나를 애완동물처럼 다루는 소년이었다.

"응? 뭐야? 뭐야, 뭐야?"

내 반응을 보고 스튜어드가 기뻐하며 표정을 밝혔다. 그리고 새 장난감을 받은 어린애처럼 종종걸음으로 나를 향해 달려왔다.

"힉, 오, 오지, 오지, 마!"

나는 순간적으로 일본어가 아닌 말로 말했다. 그것은 일본 초등학생인 내가 알 리가 없는 말이었다. 하지만 혀 짧은소리가 났고 묘하게 말을 더듬었다.

"야, 왜 그래? 오늘 이상하게 기운이 넘친다?"

"때, 때리, 때리지 마, 세요!"

스튜어드가 만면에 미소를 지으며 말하자 나는 반사적으로 몸을 웅크리고 방어 자세를 취했다. 본능에 가깝게 몸에 익었다. 이 사람을 거스르면 안 된다고.

"뭐야, 평소에는 말도 거의 안 하는 주제에. 항상 그렇게 반응하라고. 그러면 조금은 다른 방향으로 귀여워해 줄 텐데."

스튜어드가 히죽 웃고 내 목걸이와 이어진 사슬을 강하

게 잡아당겼다.

나는 "꺄" 하고 균형을 잃고 넘어졌다.

"야, 라티파. 얼굴 좀 보여줘 봐."

나를 라티파라고 부르며 스튜어드가 사슬을 잡아당겼다.

내 얼굴이 스튜어드의 눈앞까지 끌려갔다. 흥분했는지 거친 숨이 기분 나빠 온몸에 소름이 돋았다.

"힉, 시, 싫어……."

나는 눈물을 흘리며 고개를 저었다. 스튜어드가 불만스러운 표정을 지었다.

"야, 뭘 건방진 소리를 하는 거야. 나는 네 뭐지?"

"오, 오라, 오라버니, 요."

"그렇지~. 그럼 아까 한 말은 뭐야?"

"미, 미안, 해요! 용서해, 주세요!"

"말 정말 잘하는데. 평소에는 명령받지 않으면 안 하면서. 어떻게 된 거야?"

"모, 몰라, 요!"

내가 묻고 싶다. 분명 나는 라티파다. 하지만 엔도 스즈네이기도 했다.

"……흐—응. 뭐, 됐어."

내 얼굴을 보며 반응을 살피던 스튜어드는 곧 흥미를 잃었다.

나는 안도했다. 하지만 다음에 이어진 말에 다시 절망의 바닥에 처박혔다.

"짜증 나서 온 건데 마음이 바뀌었어. 오늘은 같이 놀아줄게."

그의 말 뒤에 숨은 악의를 파악한 내 얼굴이 무심코 절망으로 일그러졌다.

스튜어드가 씨익 공격적인 미소를 지었다.

내가 반응을 보이고 싫어하면 싫어할수록 이 녀석은 기뻐했다. 내 안에 있는 또 다른 나— 라티파는 모든 것을 받아들였다. 그래서 라티파는 자신의 자아를 죽였다.

하지만 엔도 스즈네인 나는 그렇지 않았다. 그렇다. 엔도 스즈네인 나는 자신이 노예라는 사실에 강한 저항감과 혐오감을 품었다.

그리고 이날부터, 악몽 같은 현실이 시작됐다.

【 제 3 장 】 ✿ 접촉

　아망드를 출발한 지 이틀이 흐르고, 리오와 라티파는 드디어 가르아크 왕국 동부 국경을 넘었다.

　이제부터 드디어 미개척지에 돌입하는데, 들어가자마자 첫 난관에 부딪혔다. 미개척지와 슈트랄 지방을 일직선으로 종단하는, 표고 2천 미터에서 5천 미터 급의 산들이 이어지는 네피림 산맥 때문이었다.

　게다가 산맥을 넘은 뒤에는 넓디넓은 광야와 산이 이어지기 때문에 슈트랄 지방 인간들에게는 굳이 진출할 이유가 없었다. 미개척지라고 불리는 이유다.

　벽지(僻地)의 닫힌 문을 넘기 위해 리오가 질주했다. 그 뒤에는 작은 소녀— 라티파도 있었다.

　"힘들지 않아?"

　리오가 산허리에 멈춰 서서 뒤에서 달리던 라티파에게 말했다.

　"괜찮아, 요."

　라티파가 꾸벅 고개를 끄덕였다. 하지만 숨이 조금 벅차 보였다. 한편, 리오의 표정은 아직 여유가 느껴질 정도로 시원했다.

　"조금 이르지만, 오늘은 이 근처에서 야영하자. 준비할 테니까 그사이에 쉬어. 수분 보충도 제대로 하고."

리오가 오늘 이동은 여기까지라고 선언했다. 라티파가 살짝 겁먹은 표정으로 황급히 고개를 들었다.

"미, 미안, 해요!"

"……왜 사과해?"

리오가 침착하게 물었다.

"나, 발목 잡고, 있어요. 아으…… 두, 두고 갈 거예요?"

라티파가 고개를 숙이고 말했다.

뒤로 갈수록 사라질 것처럼 작은 목소리라 마지막 질문은 리오의 귀에 닿지 않았다. 하지만 그녀의 분위기를 보고 어렴풋이 무슨 말인지 알 수 있었다.

"발목 잡고 있는 거 아냐. 여기는 산맥지대니까. 신나서 막 올라가면 고산병 걸려. 필요하니까 여기서 야영하는 거야."

리오가 머리를 긁적이며 되도록 부드럽게 설명했다.

그러자 라티파는 안도의 한숨을 내쉬었다.

라티파의 처지를 알고 나서 리오는 되도록 그녀를 부드럽게 대했고, 가능한 한 말을 많이 섞기로 마음먹었다. 그렇게 해서 그녀의 불안을 떨치고, 대화하며 언어능력 발달을 이끈다—는 것이 목적이었다.

하지만 리오는 심리상담사가 아니었고, 사람을 잘 사귀는 편도 아니었다. 굳이 따지자면 인간관계가 상당히 서툰 남자다.

그래서 어색하게나마 일단은 상황을 지켜보는 중이었다.

'잘 되면 좋을 텐데…… 노력해야지.'

자기가 할 수 있는 일을 하는 수밖에 없었다. 그렇게 생각하고 리오는 야영 준비를 했다.

그리고 그날 밤.

새로운 트러블이 발생한 것은 두 사람이 잠든 지 얼마 안 됐을 때였다.

"흐으, 흐으…… 으—앙!"

잠자리로 만든 어두운 간이 텐트 안—. 둘이 누워 자면 꽉 차는 좁은 공간에서 라티파가 갑자기 울음을 터뜨렸다.

리오는 번쩍 눈을 뜨자마자 옆에 누운 라티파를 봤다. 바로 옆에 눈을 감고 우는 그녀가 있었다. 이른바 어린아이가 밤에 자다가 우는 그거였다.

무조건이라고 할 수는 없지만, 라티파 나이에 자다가 울음을 터뜨리는 아이는 드물었다. 리오는 그녀가 왜 울음을 터뜨렸는지 몰랐다. 어제는 괜찮았는데.

"이거 봐, 왜 그래? 괜찮아? 어디 아파?"

리오가 울음을 그치지 못하는 라티파에게 허둥지둥 말을 걸었다.

"흑, 싫어어, 여기 어디야. 누가 좀 도와줘어!"

라티파가 눈물을 뚝뚝 흘리며 칭얼거리듯이 잠꼬대했다.

"너, 일본어……."

라티파가 한 말이 리오— 아니 아마카와 하루토에게 낯익은 말이라 자기도 모르게 당황했다. 하지만 라티파는 눈을 감고 있었다.

"잠꼬대……인가?"

리오는 아무래도 의식적으로 꺼낸 말이 아닌 것 같다고 판단했다. 하지만 그냥 잠꼬대로 치부하기에는 이래저래 충격이 큰 내용이었다.

갑자기 라티파가 모포 대신 덮은 리오의 로브를 꼭 쥐고 잡아당겨 끌어안았다. 지금은 훌쩍이고 있지만, 아직 울음은 그칠 기미가 보이지 않았다.

"어떡하지……."

깨우는 게 낫나, 이대로 재우는 게 낫나— 어떻게 해야 할지 모르고 리오는 당황하기만 했다.

"깨어있어?"

리오가 조심스레 라티파를 흔들었다. 그러자 그녀가 다시 일본어로 "엄마, 아빠…… 오빠" 하고 불안하게 중얼거렸다.

리오는 견딜 수 없는 기분이 들어 얼굴을 찌푸렸다. 꿈이라도 꾸는 걸까. 그렇다면 어떤 꿈을 꾸는 걸까. 무심코 상상해버렸다.

따뜻하고 온화한 일상. 흔한 행복 속에 사는, 그런 꿈일지도 몰랐다.

하지만 절대 길게 이어지지 않을 꿈이었다. 그것을 증명하듯 라티파가 눈물을 글썽이며 리오의 품에 얼굴을 묻었다.

리오의 품에 쏙 들어오는 자그마한 몸과 도자기처럼 새

하얀 피부는 무척 덧없어서, 만지면 부서지지 않을까 싶을 정도로 여려 보여서—.

리오는 라티파의 등에 손을 얹고 금방이라도 부서질 것을 만지듯이 톡톡 부드럽게 두드렸다. 그리고 아름다운 연한 주황색 머리카락을 조심스레 어루만져 정리했다.

그녀의 귀여운 여우 귀가 기쁜 듯이 파닥파닥 움직였다. 한동안 리오는 우는 동생을 달래는 오빠처럼 라티파를 진정시켰다.

"으응……"

라티파의 숨소리가 차츰 가라앉았다.

리오는 안도의 한숨을 쉬었다. 아직 로브를 붙잡힌 상태지만, 억지로 빼내자니 가여워서 그대로 두기로 했다.

그러자 리오에게 정신적인 피로가 한꺼번에 밀어닥쳤다. 날마다 달려서 이동하느라 축적된 피로가 수마가 되어 의식을 좀먹었다.

묵직하게 무거워진 눈을 감자 순식간에 의식이 멀어졌고, 리오도 잠에 빠졌다.

다음 날 아침, 눈을 뜬 라티파는 따뜻하고 기분 좋은 무언가에 안겨 있었다.

멍하니 무의식중에 **그 무언가에** 뺨을 문지르다가 아쉬워하며 떼자 드디어 의식이 각성했다. 눈을 몇 번 깜빡인 뒤, 자기가 무엇에 안겨 있는지 확인하고 놀라서 굳었다.

그곳에는 단정한 외모의 소년— 리오가 있었다. 그는 편안한 숨소리를 내며 자고 있었다.

왜, 어째서, 내가 안겼나? —등등, 걷잡을 수 없는 의문이 자꾸만 떠올라 라티파는 패닉에 빠졌다.

'그, 그러고 보니, 나, 운 것 같은데……. 꿈이, 아니야?'

심호흡하며 진정을 되찾은 라티파가 어젯밤 일을 어렴풋이 떠올렸다. 그러나 그것이 현실이었는지 꿈이었는지 구분이 안 됐다.

하지만 누가 자신을 안아주었고 그 따뜻함에 무척 안심한 것은 분명했다. 그리고 지금 상황을 보면 현실에서 일어난 일이었는지도 몰랐다.

등등, 라티파의 생각이 정리되자 이번에는 왠지 형용할 수 없는 창피함이 몰려왔다. 가슴이 무척 두근거렸다. 눈앞에 있던 리오의 로브를 두 손으로 잡고 리오의 얼굴을 쭈뼛쭈뼛 다시 바라봤다.

"흐아아……."

라티파의 하얀 뺨이 급격히 붉어졌다. 자기도 모르게 바보 같은 소리가 흘러나왔다.

"머리카락, 검어……. 역시, 닮았어? 오빠, 오빠……."

리오의 머리카락을 물끄러미 보며 중얼거렸다. 그리고 이번에는 신기한 것처럼 고개를 갸웃거리며 리오의 얼굴을 봤다.

"에헤헤, 오빠."

잠시 후, 라티파가 다시 리오의 품에 얼굴을 묻고 기뻐하며 웃음을 흘렸다. 그것은 구애 상대에게 어리광부리고 싶어 안달이 난 작은 동물 같았다.

그렇게 잠시 리오의 냄새와 감촉을 자기 피부에 새기고 라티파가 천천히 리오의 얼굴을 올려다봤다.

"안녕, 잘 잤어?"

잠에서 깬 리오가 난처한 표정으로, 그런데도 부드럽게 말을 걸었다.

"흐아?! 아, 미, 미안, 미안, 해요! 아윽."

라티파가 허둥지둥 사과하고 황급히 일어나려다가 낮은 천장에 머리를 부딪쳤다. 리오는 라티파의 머리를 부드럽게 쓰다듬었다.

"화 안 났어. 좁으니까 조심해. 괜찮아?"

"네, 네. 에헤, 에헤헤."

라티파가 행복하게 수줍어했다.

그리고 라티파가 밤에 운 날로부터 두 달이 흘렀다.

현재, 리오와 라티파는 네피림 산맥을 넘어 그 앞에 있는 대광야를 빠져나와 오로지 동쪽으로 가는 중이었다. 지도가 없어서 더듬어 가고 있지만, 가끔은 우회하고 가끔은 되돌아가면서도 착실하게 앞으로 나아갔다.

"리오 씨, 뭔가 이상한 냄새가 나요! 아마도 짐승의 피 냄새!"

동쪽을 향해 고원을 달리던 중에 라티파가 외쳤다.

참고로 두 달은 짧은 기간이긴 하지만, 라티파는 리오와 많은 대화를 나눠서 말을 거의 안 더듬게 됐다.

앞에서 달리던 리오가 손으로 신호를 보내고 정지했다.

여우 수인인 라티파의 후각은 리오가 신체 강화로 후각을 강화해도 비교가 안 됐다. 그녀의 코는 어떤 냄새든 정확하게 구분해서 정보를 처리했다.

리오는 라티파의 후각을 신뢰했고, 뭔가 수상한 냄새가 나면 알려달라고 부탁했다. 하지만, 이번에는 좋지 않은 일이었다.

"짐승의 피라……. 근처에 육식동물이 있을지도 모르겠어. 냄새는 어디ー."

리오가 라티파에게 상세히 질문하자 신체 강화로 높아진 청력이 파충류의 날카로운 비명을 포착했다.

"뭐지, 지금……."

"왜 그래요?"

갑자기 날카로워진 리오를 보고 라티파가 고개를 갸웃거렸다. 10초 정도 후, 리오는 괴성의 발신지를 따라 먼 상공 너머를 봤다.

그곳에는 검은 괴조 같은 생물의 무리가 있었다.

날개를 오므리고 리오 일행을 향해 급강하했다. 공기저

항을 한계까지 줄인 그것은 눈 깜짝할 사이에 리오 일행과의 간격을 좁혔다.

"저것은, 새……?! 라티파, 위에서 온다!"

리오가 소리치자 라티파가 허리에 찬 단검을 뽑았다. 하지만 하늘을 나는 존재와 싸우기에는 압도적으로 리치가 부족했다.

게다가 라티파는 《신체능력 강화마법》 이외의 마법을 쓰지 못해서 달리 유효한 공격수단을 갖고 있지 않았다. 따라서 무리가 다가올 때를 노리며 기다릴 수밖에 없었다. 그녀의 작은 몸이 가늘게 떨렸다.

"괜찮아. 움직이지 마!"

리오가 체내의 마력을 조종해 양손에 얼음덩어리를 만들었다. 다음 순간, 두 손을 휘둘러 바위 같은 두 개의 얼음을 괴조 같은 무리를 향해 던졌다.

거대한 얼음덩어리가 마치 하늘을 꿰뚫는 대포처럼 날아갔다. 빨려가듯이 괴조들의 몸에 부딪친 얼음이 부서지고 괴조 같은 생물이 세차게 떠밀려 날아갔다.

그러나 무리의 기세는 건재했다. 리오는 곧바로 제2파를 던졌다.

그러자 무리 속에서 새로 떨어져 나온 두 마리— 그중 한 마리가 리오 일행 가까이에 떨어졌다. 그것을 보고 리오가 놀라서 눈을 크게 떴다.

'용, 아니, 아룡인가?!'

그렇다. 리오 일행을 습격한 괴조 같은 생물들의 정체는 아룡(亞龍)— 용과 비슷하고, 일설에서는 용의 권속으로 불리는 존재였다. 이 무리는 아룡종 중에서도 제일 작은 비룡 무리인데, 한 마리의 길이가 3미터에 달했다.

리오 일행의 눈앞에 쓰러진 거구는 머리에 얼음덩어리를 맞았지만, 아직 미묘하게 숨이 붙어 있었다. 멋으로 용의 이름을 단 것은 아닌지 그 몸은 터무니없는 강도를 자랑했다.

"캬아아아!"

짧은 시간에 네 마리나 되는 동료가 격퇴되자 비룡들이 경계하는지 리오 일행을 포위하듯이 흩어졌다. 리오가 가볍게 얼굴을 찌푸리고 제3파 얼음덩어리를 던졌다. 하지만 선회하며 나는 비룡을 맞추는 것은 직진하는 용을 맞추는 것에 비해 한층 더 어려웠다.

"리, 리오 씨! 잔뜩 와요!"

"응, 정면으로 상대하는 건 헛수고야. 도망친다, 따라와!"

리오가 땅을 박차자 그 뒤를 쫓듯이 라티파도 땅을 박찼다. 두 사람은 도망치는 토끼처럼 움직였다. 비룡도 두 사람의 뒤를 쫓았다. 저질스럽게도 리오 일행을 포위하고 붙었다 떨어졌다 거리를 지키며.

쉽게 놓아주진 않겠다는 건가— 리오가 뒤를 보고 얼굴을 찌푸렸다. 역시나 하늘을 나는 비룡을 따돌리는 것은 어려워 보였다.

"하아…… 하아…… 하아……."

짐을 지고 전력 질주까지 하자 라티파의 숨이 거칠어졌다.

'우리 체력이 다할 때까지 내버려둘 속셈인가. 계속 전력 질주하면 라티파의 체력이 못 버텨. 이대로라면 상황이 악화될 뿐이야.'

즉각 상황을 분석한 리오가 지시를 내렸다.

"라티파, 먼저 가! 저 근처 언덕 그늘에 숨어."

"어, 아…… 하, 하지만!"

갑작스러운 명령에 라티파가 당황했다. 심리적인 저항이 강해 보였다.

"됐으니까, 가! 괜찮아. 나 혼자라면 어떻게든 돼! 알겠지?!"

이번에는 강하게 지시를 내리고, 리오는 대답도 안 듣고 그 자리에 멈춰 섰다.

한순간, 라티파가 속도를 줄일 뻔했다. 하지만 자기가 발목을 잡고 있다는 것을 아플 정도로 이해하고 있기에 부끄러움에 얼굴을 일그러뜨리면서도 그대로 도주를 꾀했다.

비룡 한 마리가 활공해 리오에게 다가왔다.

"미안하지만, 이 앞은 못 지나간다."

리오가 등에 멘 배낭을 벗고 비룡을 향해 하늘 높이 도약했다. 오른손에 든 바스타드 소드로 비룡의 몸통을 노려 찔렀다.

'단단하고 묵직해!'

리오는 손의 감촉에 경악하며 검을 거두었다. 비룡의 목을 잡고 다가가 가볍게 등 위에 올라타고 그 등을 발판 삼아 다른 비룡을 공격했다.

공격받은 비룡이 리오를 쓰러뜨리기 위해 물려고 했다. 리오는 팔에 마력을 집중시켜 완력을 강화하고 엇갈릴 때 검을 휘둘러 비룡의 목을 날렸다.

그 순간, 리오는 왼손으로 돌풍을 만들었다. 역분사 반동으로 제동을 걸어 머리를 잃은 비룡의 등에 착지했다. 그때, 다른 비룡이 리오를 물려고 공격했다.

리오는 동요하지 않고 발판으로 삼은 비룡의 등에 돌풍을 썼다. 리오의 몸이 붕 떠올라 물려고 한 비룡의 공격이 물거품이 됐다.

리오가 공중에서 몸을 돌려 쭉 뻗은 비룡의 목을 위에서 후려치고 왼손을 위로 들어 역분사 해 막 목이 날아간 비룡의 등으로 날아들었다.

리오는 비룡의 등에 착지해 허리에 찬 검집에 검을 넣고 양손을 좌우로 벌려 마력으로 두 개의 화염구를 만들었다. 리오는 화염구를 근처에 있던 두 마리 비룡을 노리고 던졌다.

두 개의 화염구가 아름다운 궤적을 그리며 날아가 비룡들에 직격했다.

폭발과 함께 나온 충격파가 가볍게 공기를 흔들었다. 하지만 비룡들이 입은 피해는 공격으로 크게 균형이 무너진 정도였다. 아룡이라고는 하나, 용의 이름을 단 해수였다.

그 피부는 열에 강한 내성을 가졌다. 하지만—.

"캬아아아!"

리오의 위협이 통한 모양이었다. 비룡들의 리더로 생각되는 개체가 참을 수 없다는 듯이 괴성을 질렀다. 그러자 무리가 뿔뿔이 흩어져 도망쳤다.

한편, 리오가 발판으로 쓴 비룡의 몸은 땅을 향해 낙하했다. 리오는 비룡이 땅에 충돌하기 직전에 착지 충격을 줄이기 위해 아래로 돌풍을 쐈다. 리오의 몸이 역분사로 붕 떠올랐다. 이어서 육체 강도를 한계까지 강화하고 비룡이 땅에 충돌하고 조금 뒤에 리오의 몸도 땅으로 낙하했다.

홀로 도주한 라티파에게는 비룡과는 다른 위협이 엄습했다.

"하아…… 하아…… 하아…… 윽?!"

몰래 언덕 그늘에 숨어 숨을 고르는데 자신 이외의 냄새가 났다.

황급히 주위를 살피자 주룡이라고 불리는 비룡과 다른 아룡이 있었다. 죽음의 그림자가 공포가 되어 라티파의 마음을 좀먹었다.

"히익?!"

라티파가 몸을 떨며 단검을 들었다. 지금까지 암살하는

쪽이었던 그녀는 자신이 습격당하는 상황이 익숙하지 않았다. 신장 2미터 이상, 전체 길이 5미터 이상에 공룡에 가까운 모습을 한 주룡이 꼬리를 채찍처럼 휘둘렀다.

라티파가 익숙하게 반사적으로 도약했다. 빙글 돌아 주룡의 등을 단검으로 벴다. 그러나 신체를 강화했다고는 하나 아직 어린아이인 그녀의 공격은 너무나 가벼웠다. 무기가 단검이라는 것도 한몫했다.

"윽, 따, 딱딱해?!"

표면에 얇게 베인 상처만 남자 라티파가 숨을 삼켰다.

등에 둔탁한 아픔을 느낀 주룡이 노성을 지르자 라티파는 그 등을 발판 삼아 황급히 도약했다. 무리가 없는 공백 지대에 착지한 라티파는 도망치려고 다리에 힘을 실었다. 하지만 그녀가 도망치려고 한 곳에는 이미 주룡들이 진을 치고 있었다.

수에 밀린 라티파의 얼굴이 두려움에 일그러졌다.

사실 그녀의 전투능력이 완전히 발휘된다면 활로는 얼마든지 뚫을 수 있었다. 라티파의 힘은 파워 부족을 받쳐 주는 속도니까.

교란하고 돌아다니면 스태미나가 버티는 한은 계속 도망 다닐 수 있었다. 그리고 시간만 벌면 리오가 구하러 올 가능성이 커졌다.

하지만 처음부터 겁을 먹은 라티파는 냉정함이 부족했다. 예속의 목걸이로 전투를 강요당했을 때와는 달랐다.

그녀는 목숨을 주고받는 상황에 강한 거부감이 있었다.

다대일 전투경험이 전무하다는 것도 화가 됐다.

"캬아아아아!"

조금 전에 등을 베인 주룡이 괴성을 지르며 라티파에게 뛰어들었다.

"싫어!"

라티파가 잔뜩 힘을 주고 점프했다. 상상 못 한 사태에 그녀의 마음속에 생긴 초조함이 이제는 혼란으로 변했다.

주룡들이 라티파의 두려움을 느꼈는지, 서서히 가지고 놀듯이 긴 꼬리를 휘두르며 도발적인 공격을 퍼부었다. 라티파도 어찌어찌 뛰어다니며 공격을 피했지만, 혼란이 가중되어 갔다. 그녀의 움직임이 점점 느려졌다.

"꺄악?!"

그러다가 결국 발이 걸려 넘어졌다. 황급히 일어나려고 했지만, 몸이 움츠러들었다. 팔에 힘이 들어가지 않았다. 다리도 움직이지 않았다.

주룡들이 매섭던 위협을 우뚝 멈추고 천천히 걸어왔다.

"으, 아……. 싫어, 도, 도와줘……. 오, 오……빠……."

한발 한발 다가오는 명확한 죽음의 기척에 라티파가 울상을 지으며 목소리를 쥐어짰다. 도와줘— 그것 말고는 아무것도 생각할 수 없었다.

눈앞에 거대한 그림자— 날카로운 이빨을 가진, 침 흘리는 주룡이 있었다. 조금 전, 라티파가 등에 상처를 입힌 개체였다. 주룡이 유쾌하게 괴성을 지르며 입을 크게 벌렸다.

그때, 멍하니 불길한 해수의 머리를 올려다보는 것밖에 할 수 없었던 라티파의 머릿속에 리오의 얼굴이 떠올랐다. 암살을 꾸민 자신을 구해주고, 보살펴주기까지 하고, 기억 속에 있는 또 다른 자신이 동경했던 청년을 닮은, 너무나 다정한 사람.

"오빠!"

정신 차리고 보니 라티파는 외치고 있었다. 계속 부르고 싶었지만, 부르지 못한 애칭으로.

그때, 옆에서 거대한 바위가 날아와 주룡의 몸을 가볍게 날려버렸다. 갑작스러운 기습에 주룡들이 술렁였다. 라티파는 재빨리 바위가 날아온 방향을 봤다. 그곳에는 검은 로브를 입은, 자기보다 몇 살 위로 보이는 소년이 서 있었다.

라티파의 눈에 희망의 빛이 떠올랐다. 반면에 주룡들은 본능적인 공포를 느꼈는지 천천히 뒷걸음질 쳤다.

리오는 검을 겨누고 강렬한 위압감을 내뿜었다. 그 적갈색 눈이 날카롭고 빈틈없이 주룡들을 좇다가— 리오가 갑자기 달렸다.

바람과 같이 간격을 좁히고 눈 깜짝할 사이에 라티파와 주룡들 사이에 파고들었다. 앞에 있던 개체의 목을 베고 땅을 세게 밟았다.

그러자 리오의 눈앞에 있는 땅이 총처럼 솟아나 주룡들을 덮쳤다.

단단한 피부를 가진 아룡들에게 유효타를 주지는 못했으나, 진형을 무너뜨리는 것은 성공했다. 그곳으로 뛰어들어 검을 휘둘러 치명상을 입혔다.

"캬, 캬아아아!"

몇 마리 정도 수를 줄이자 우두머리로 보이는 개체가 후퇴 지시를 내렸다. 무리가 일제히 후퇴하기 시작했다. 리오는 그들의 뒷모습을 바라보며 작게 숨을 토했다. 오른손에 든 바스타드 소드를 허리에 찬 검집에 넣었다. 그리고 라티파와 눈을 맞췄다.

"미안해. 내 판단이 물렀어. 지금 주룡들과 처음 공격한 비룡들이 연계했는지도 몰라. 우리가 분단되는 걸 노린 거 같아."

리오가 미안함에 얼굴을 일그러뜨리며 사과했다.

"……오, 오빠!"

라티파의 몸에서 온 힘이 빠졌다. 엉엉 울면서 "오빠"라고 부르며 눈물을 뚝뚝 흘렸다.

리오는 「오빠」가 누구를 가리키는 건지 몰랐지만, 라티파에게 다가가 무릎을 꿇었다. 그러자 라티파가 리오에게 안겼다.

"오빠, 무서웠어!"

"응? 아…… 미안해."

설마 오빠가 나? —리오는 순간 당황했지만, 라티파의 등을 어색한 손놀림으로 부드럽게 톡톡 두드렸다.

"아니야, 구해줘서 고마워."

라티파가 오열을 참으며 리오의 로브를 꼭 잡았다.

리오가 "음, 있잖아" 하고 조심스레 말을 꺼냈다. 라티파가 천천히 고개를 들어 리오의 얼굴을 들여다봤다.

"오빠라는 건……."

라티파가 리오의 말을 이해하는데 몇 초의 시간이 필요했다. 멍하니 리오의 얼굴을 보고 있다가 부끄러운지 얼굴을 빨갛게 물들였다.

"어, 아, 그게! 미, 미안해요!"

"아니, 사과할 필요는 없는데……."

라티파가 허둥지둥 사과하자 리오가 난처한 얼굴로 말했다.

"어? 괘, 괜찮아요?!"

라티파의 표정이 확 밝아졌다.

"응? 뭐가?"

"오, 오빠라고 불러도……."

"어, 어어?"

"아, 안 돼……요? 안 되, 겠죠……."

"안 되, 는 건 아니지만, 어째서?"

"리오 씨가, 오빠면 좋을 것 같아서……."

라티파가 말꼬리를 흐리며 리오를 불안하게 올려다봤다.

"……그렇구나."

복잡하고 말하기 어려운 심정에 리오의 얼굴이 어두워

졌다.

여기에 오기까지 특별히 오빠다운 행동을 한 적은 없었다. 라티파와는 언젠가 헤어질 테니, 부드럽게 대하면서도 적당히 거리를 두고 지냈다.

그렇다. 리오는 어디까지나 그럴 셈으로 그녀와 지낸 것이었다.

하지만 라티파가 어떤 생각으로 지냈는지는 다른 문제였다. 처음으로 자다가 운 날을 시작으로 그녀는 리오에게 급속히 마음을 열게 됐다. 노예였을 적에 죽었던 감정이 둑이 터진 것처럼 넘쳐흘렀다.

당연한 일이었다. 라티파는 굶주렸으니까. 다정함에, 애정에, 어리광부릴 수 있는 존재에ㅡ. 따라서 그 욕구의 창끝이 자신을 구해준 리오에게 **의존에 가까운 형태로** 향한 것은 당연하다고 할 수 있었다.

"오…… 리오, 씨……. 미안해요."

쭈뼛대며 리오의 반응을 살피던 라티파가 미안해하며 사과했다. 마치 버림받은 강아지 같은 얼굴이었다. 그런 생각을 하며 리오는 탄식했다.

"상관없어."

"네?"

라티파가 작게 입을 열고 멍하니 리오의 얼굴을 쳐다봤다.

"부르고 싶은 대로 불러."

스스로도 무른 판단이라고 생각하면서도 리오는 그렇게

말할 수밖에 없었다. 자신이 알아차리지 못하는 동안 라티파와 너무 가까워진 것일지도 모르겠다.

"그, 그래도 돼요?"

"응, 괜찮아."

"에헤헤……."

라티파가 터져 나오는 웃음을 참으며 기쁘게 미소 지었다. 아니, 참을 필요 없었다. 이렇게 따뜻한 행복을 느낀 것은 **정말로 오랜만이었으니까.**

【 제 4 장 】 ✳ 엔카운트

아롱에게 습격당한 날로부터 2주가 흘렀다. 그런 날 아침에 있었던 일이다.

"오빠, 오늘 아침은 뭐야?"

라티파가 자기 옆, 좁은 잠자리에 누운 리오에게 찰싹 달라붙으며 아침 식단을 물었다.

"라티파는 뭐가 먹고 싶어?"

리오가 조금 난처한 미소를 지으며 물었다. 그러자 라티파가 신나게 원하는 걸 말했다.

"있지, 『리소토』 먹고 싶어! 치즈 넣은 거!"

라티파가 바란 요리는 『리소토』였다. 그 말은 글자대로 지구에 존재하는 이탈리아 요리인 『리소토』와 같았다.

"『리소토』…… 보리로 죽을 만들면 되지?"

"응, 맞아!"

리오는 『리소토』라는 말이 무엇을 의미하는지 알지만, 낯선 단어를 들은 것처럼 반응했다. 리오는 라티파에게 지구에서 살았던 전생의 기억이 있다고 말하지 않았다. 그것은 라티파도 그랬으나 그녀는 자기가 아는 요리를 해주면 지구에 존재하는 말로 요리 이름을 불렀다. 리오와 친해지며 경계심이 옅어진 것도 있으리라.

리오는 이제 라티파가 전생에 일본인이었다는 것을 의

심하지 않았다. 긁어 부스럼을 만들면 곤란하니, 깊이 파고드는 짓은 하지 않았지만.

"알았어. 그럼 얼른 만들게. 라티파는 좀 더 자도 돼."

리오가 상반신을 일으켰다.

"아니야, 오빠가 요리하는 거 볼래."

라티파가 해맑게 웃으며 고개를 저었다.

"봐도 재미없을 텐데."

"나는 오빠랑 같이 있기만 해도 재미있는데?"

"그렇구나. 그럼 가자."

리오는 쓴웃음 짓고 잠자리를 뒤로했다.

현재, 리오 일행은 미개척지 중앙 앞에 분포한 구릉지에 있었다.

어젯밤에는 조금 높은 언덕에 잠자리를 만들어서 전망이 최고였다. 동쪽을 보자 지평선 너머까지 펼쳐진 대초원이 눈에 들어왔다.

"라티파, 저쪽에 있는 거대한 나무 **안 보여**?"

리오가 리소토를 만들며 지평선 너머를 가만히 바라보고 바로 옆에 앉은 라티파에게 물었다.

"어제도 말한 거? 응, 초원만 펼쳐져 있는데…… 왜?"

방긋방긋 웃으며 리오가 요리하는 모습을 보면서도 빈틈없이 주변을 경계하던 라티파가 이상하다는 듯이 고개를 갸웃거리며 대답했다.

"아니, **안 보인다면** 됐어. 신경 쓰지 마."

얼버무리는 미소를 지으며 리오가 고개를 저었다. 힐끗 쳐다본 **동쪽 지평선에 불쑥 솟은 거대한 나무가 보였다.**

이 나무가 보이기 시작한 것은 어제부터였다. 동쪽으로 나아가다가 멀리서 공간의 뒤틀림 같은 것을 발견했다. 의문스러워 마력으로 가시화해 응시하니 공간의 뒤틀림이 사라지고 하늘을 꿰뚫을 정도로 거대한 나무 한 그루가 보였다.

'역시 마술로 인식하지 못하게 한 거라고 봐야겠지. 마력으로 간파할 수 있는 모양이지만, 그렇게 하지 않으면 저 나무가 보이지 않는 모양이야.'

리오는 자기 눈에만 나무가 보이고 라티파에게는 보이지 않는 이유를 추측했다.

'문제는 누가 그 마술을 걸었는가. 아인일 가능성은 충분해. 학원 도서관에서 읽은 문헌에 의하면 그들은 동포 간의 정이 두터운 모양인데…….'

리오는 학원에 다닐 때 읽은 문헌 내용을 떠올렸다. 미개척지 어딘가에 엘프, 드워프, 수인 같은 아인들이 살고 있으며, 그들은 동포의식이 강했다. 그리고 그들을 박해한 인간들을 미워해 미개척지 깊은 곳에 틀어박혀 살게 됐다는 내용이었다.

리오는 슬쩍 라티파를 봤다.

라티파가 시선을 알아차리고 말을 걸었다.

"응? 오빠, 왜애?"

"……아니, 금방 다 될 거야. 버섯 넣어도 되지?"

"돼. 근데 야생초는 넣지 마."

"알았어."

리오가 웃으며 고개를 끄덕였다. 라티파는 야생초를 먹을 수 있지만, 리소토 재료로 넣으면 야생초의 쓴맛이 기분 나쁘다고 싫어했다.

정신을 차리고 보니 그녀의 취향을 파악하고 자기도 모르게 응석을 받아주고 있었다.

'여하튼 지금은 저 숲으로 가보는 수밖에, 없나.'

가슴 속에 약간 망설임을 품으며 리오는 그러기로 정했다.

어쩌면 그리 머지않은 미래에 라티파와 헤어질 때가 올지도 모르겠다.

하지만 라티파의 앞으로의 인생을 생각하면 동포와 함께 사는 게 행복할 것이다— 라고 리오는 자기 자신에게 말했다.

"자, 완성. 오늘도 많이 이동할 거야. 든든히 먹자."

그날, 리오 일행은 구릉지를 나와 앞에 펼쳐진 대삼림에 도착했다.

'저 나무는 이 숲 속에 있나. 터무니없을 정도로 넓지만, 들어가 보는 수밖에 없어.'

리오는 입구(사실 어디로든 출입할 수 있지만) 근처에서 숲을 보며 결단했다. 라티파가 옆에 서서 불안하게 리오를 올려다봤다.

"오빠, 정말 이 안으로 들어가게? 길 잃어버리지 않을까?"

"괜찮아. **길은 알아.** 오늘은 여기서 야영하고 내일 아침 숲에 들어가자."

리오가 살짝 그늘진 미소를 지으며 대답했다. 덕분에 불안이 가셨는지 라티파가 "응" 하고 기운차게 고개를 끄덕였다.

다음 날 아침, 두 사람은 대삼림 속으로 발을 디뎠다.

몇 분 정도 걸으니 들어온 숲의 입구도 보이지 않았다.

울창하게 자란 녹색 공간은 낮인데도 어두웠고, 하늘을 올려다봐도 햇빛이 나뭇잎 사이로 들어올 정도의 틈밖에 없었다. 땅이 울퉁불퉁해서 똑바로 걷는 것조차 힘들었지만, 리오와 라티파는 타고 난 신체능력으로 가볍게 나아갔다.

시야에 들어오는 것은 나무와 풀뿐. 360도 어디를 봐도 비슷한 풍경이 펼쳐졌다. 보통은 방향 감각을 잃고 길을 잃어 탈출하기 어려우리라.

하지만 리오의 발걸음에는 망설임이 없었다. 가끔 높은 나무에 올라 방향을 확인하고 나아갈 방향을 턱턱 정했다.

그런 리오가 믿음직해서 라티파의 불안이 완전히 가셨다.

도중에 야생동물을 만나는 일도 몇 번 있었다. 예를 들자면, 똑똑하고 집요한 늑대 무리, 몸길이가 4미터를 넘는 날카로운 검치를 가진 호랑이와 비슷한 육식동물 등.

하지만 그것들도 리오가 주체가 되어 능숙하게 물리쳤다. 그렇게 아침부터 시작된 숲 탐색 첫 번째 날은 별 탈 없이 지나갔다.

그리고 문제가 발생한 것은 숲에 들어온 지 이틀째 되는 날이었다.

"오빠, 아주 희미하긴 하지만, 이 주변에서 모르는 냄새가 나. 그것도 여럿."

그렇지 않아도 어두운 숲의 밤은 빨랐다. 슬슬 야영지점을 찾아야 하는 시각이 되자 라티파가 킁킁 코를 움직이며 리오에게 알렸다.

"……지금까지 만난 짐승의 냄새는 아닌 거지?"

"응! 숲 속에 들어와서 만난 짐승 냄새는 전부 기억하니까. 그리 콕 쏘지 않는 걸 보면 짐승이 아닐지도? 냄새가 희미해서 그런가? 뭐지?"

라티파가 이상해하며 고개를 갸웃거렸다.

"그럼 냄새의 주인이 근처에 없다는 거야?"

"아마도, 그런 것 같아."

"그럼 오늘은 이 부근에서 쉬자. **슬슬 목적지에 거의 다 온 것 같아.**"

"정말? 드디어 숲에서 나가는구나!"

라티파가 기뻐하며 웃었다. 리오는 조금 난처한 미소를

지었다.

　그날 밤, 리오 일행은 평소처럼 좁은 잠자리에 나란히
누웠다.
　"오빠, 손잡아도 돼?"
　"그래"라고 대답했지만, 대답하기 전에 라티파가 먼저
손을 잡아 리오는 쓴웃음을 지었다.
　라티파는 손을 잡으면 차분히 잤다. 반대로 리오와 떨어
져 있으면 자다가 울었다.
　"에헤헤. 잘 자, 오빠."
　라티파는 곧 의식을 놓았다.
　그것을 확인하고 리오도 눈을 감았다. 조금씩 의식을 놓
는 한편, 즉각 이변에 대응할 수 있도록 신경 일부를 깨워
놓았다.
　그로부터 몇 시간 후.
　리오가 번쩍 눈을 떴다. 옆을 보니 라티파는 숙면 중이
었다. 리오는 그녀의 손을 떼어내고 잠자리 출입구를 막은
울타리를 열고 밖으로 나갔다.
　왠지 이상하게 가슴이 술렁였다. 새까만 숲 속에서는 생
물의 기척이 조금도 느껴지지 않았다. 주변이 무서울 정도
로 조용했다.
　갑자기 서늘한 바람이 불었다. 오늘은 좀 추웠다. 리오
는 라티파가 감기 걸리지 않게 잠자리 출입구 근처에 모닥

불을 피웠다.

"오빠……?"

잠자리에서 라티파의 불안한 목소리가 들렸다.

"괜찮아. 더 자."

리오가 라티파의 머리를 쓰다듬고 부드럽게 말했다. 자다가 울지 않게 마력으로 마법을 모방해 재웠다.

"응……."

라티파가 이내 편안한 숨소리를 냈다.

리오는 나른하게 한숨을 쉬고 조용히 하늘을 올려다봤다. 모닥불을 피우고, 어둠에 눈이 익숙해져도 그리 멀리까지는 보이지 않았다. 나무 사이로 하늘에 가득한 별이 어렴풋이 보였다.

잠기운이 완전히 날아가서 모닥불로 몸을 데우고 물을 끓여 마셨다.

타닥타닥 타오르는 불이 리오의 얼굴을 밝혔다. 약해지는 모닥불에 가지를 지피는데, 온몸을 쓰다듬듯이 바람이 불어왔다.

응? ―리오가 바람이 불어온 방향을 봤다.

그곳에는 은빛 늑대 한 마리가 있었다. 크다. 길이가 몇 미터는 됐다.

늑대. 어느 틈에, 설마 여기까지 접근하게 하다니?! ―리오는 이를 짓씹었다. 당장 생각을 바꾸고 자리에서 일어나 검집에 든 검으로 손을 뻗었다.

눈앞에 있는 은빛 늑대에게서는 짐승 같은 사나움이 조금도 느껴지지 않았다. 기척이 너무나 희미했다. 어딘가 무기질적이고, 존재감조차 희박했다.

리오는 은빛 늑대를 놓치지 않게 응시했다. 잠깐이라도 눈을 떼면 사라져버릴 것 같았다.

그 순간, 갑자기 은빛 늑대가 빛나더니, 주위에 빛의 격류를 흩뿌렸다.

시야가 새하얗게 물들자 리오는 얼른 눈을 감았다. 위험해, 시각을 빼앗겼다—고 생각한 타이밍에 근처에서 차례차례 기척이 나타났다

'숨어 있었어! 아인인가?! 그런데 여기 있는 걸 어떻게 알았지?'

리오는 놀라면서도 냉정하게 현재 상황을 분석했다.

그러는 사이에도 아인으로 생각되는 그룹이 리오에게 접근했다.

타임 리밋이다. 더는 생각할 시간이 없었다.

리오는 가볍게 땅을 밟아 주변 땅에 마력을 흘렸다. 그러자 라티파가 자고 있는 등 뒤의 잠자리를 감싸듯이 땅이 일어나 울타리를 만들었다.

습격한 자들이 술렁였다. 희미하게 동요가 느껴졌다.

하지만 그 정도로 허점이 생길 만큼 무른 자들이 아니었다.

아직 시력이 회복되지 않았으나, 리오는 자신들이 포위당했다는 것을 알았다. 누군가가 접근하는 기척을 느끼고

얼른 사이드 스텝으로 피했다.

리오가 시각을 잃은 상태에서 훌륭히 기습에 대응하자 습격자들의 분위기가 단번에 긴장됐다.

한편, 리오도 경계 레벨을 끌어올렸다. 첫 공격을 능숙하게 피하긴 했지만, 아직 시야가 흐렸고 상대의 전력은 불명— 낙관적으로 봐도 안 좋은 상황이었다.

그나마 다행인 것은 상대의 목적이 십중팔구 리오 포획이라는 것일까. 죽일 셈이라면 얼마든지 다른 방법이 있었을 테니까. 그렇다면 충분히 대화가 가능할 것이다. 그런 생각으로 리오가 입을 열려고 하자 처음 공격한 기척의 주인이 살짝 혀를 차고 못 기다리겠다는 듯이 다시 리오를 공격했다.

"이봐, 기다려줘!"

리오가 급히 불러 세웠지만, 상대의 기세는 멈추지 않았다. 리오는 하는 수 없이 견제를 겸해 새로운 **마법을 모방한 이능력**을 발동했다.

공격적인 기술은 아니었다. 《범위 탐색 마법》을 모방한 것으로, 주위에 마력을 방출해 소나처럼 마력 반응을 탐지하는 마법이었다. 진짜 목적은 일시적으로 잃은 시력 대신 상대의 인원수와 위치정보를 살피는 것이었다.

『우즈마, 피하세요! 어떤 **정령술**을 쓴 것 같습니다!』

리오에게서 거리를 두고 포위망 한 곳에 서 있던 소녀가 리오가 모르는 말로 외쳤다. 외모에서 보이는 나이는 리오와 동년배로, 조금 긴 실버블론드 머리카락을 가졌고 **머리에 늑대 귀가 달린** 소녀였다.

소녀의 목소리에 반응해 20대 중반으로 보이는, 우즈마라고 불린 여성이 우뚝 멈춰 섰다. 그녀의 등에는 **아름다운 날개가** 나 있었다.

『괜찮아, 주변 오드를 탐지하는 정령술일 뿐이야!』

포위망에 섞여 있는 다른 소녀가 재빠르게 보충했다. 리오와 동년배로 보였고, 에메랄드그린의 길고 아름다운 머리카락과 **살짝 둥근 엘프 귀가** 눈에 띄었다.

『아직 눈은 안 보이는 것 같지만, 우리의 인원수와 위치를 알아낸 모양이에요. 정말이지…….』

엘프 소녀와 나란히 서 있는 키 작은 소녀가 한숨 섞어 중얼거렸다. 리오보다 조금 어려보였고, 머리카락은 불타는 것처럼 붉고 짧았으며 귀는 **엘프 귀와 비슷한 드워프 귀**였다.

'무슨 말인지는 모르겠지만, 분위기가 미묘하게 바뀌었어. 기회다.'

리오는 그렇게 판단하고 시간 벌기를 겸해 대화의 실마리를 잡으려고 입을 열었다.

"기다려줘! 당신들은 아인인가? 그럼 대화를 하고 싶어."

아인이라는 말에 그 자리에 있던 사람들이 얼굴을 찌푸렸다.

『사라 님, 인간족은 비겁한 약탈자입니다. 어린아이처럼

보이지만, 저 녀석은 이렇게 깊은 영역까지 들어올 정도로 노련합니다. 뭔가 좋지 않은 일을 꾸미고 있는 게 틀림없습니다.』

우즈마가 사라라고 부른 은빛 늑대 수인 소녀를 보며 굳건히 진언했다.

『……알아요. 하지만 그의 목적을 알 필요도 있습니다.』

사라가 괴롭게 얼굴을 일그러뜨렸다.

『그렇기에 최악의 사태를 상정해 지금은 당장 붙잡아야 합니다. 이야기는 나중에 해도 됩니다. 이미 우리 동포를 납치했을 가능성도 없지 않습니다.』

우즈마가 강경한 자세로 일관했다.

『……오피아, 근처에 우리 이외의 마력 반응이 있어?』

우즈마의 진언을 고려해 사라가 엘프 소녀 오피아를 봤다.

『응, 저 토벽 안에 하나. 움직이지 않는 걸 보니 마도구일 가능성도 있지만.』

『만약 납치된 동포라면 인질이 될 우려가 있습니다.』

오피아의 말에 우즈마가 차갑게 반응했다. 사라 일행이 살짝 얼굴을 찌푸리자 긴장감이 높아졌다.

'무슨 말인지는 모르겠지만, 말은 통하는 것 같아. 얼른 라티파에 관해 말해야 하나? 아니, 아인도 인종 문제가 있으면 귀찮고 최악의 경우에는 당장 전투로 이어질 우려가 있어. 그럼 지금은 조용히 시력 회복을 기다리는 게……'

리오는 완전히 따돌림당하고 있었지만, 대화에 끼어들

지 않고 방어하며 상황을 지켜보기로 했다. 적극적으로 정보를 내주면 보호해줄지도 모르지만, 그것은 어디까지나 희망적인 관측에 지나지 않았다.

라티파는 수인과 인간 사이에서 태어난 아이라서 차별받을 수도 있고 여우 수인이 다른 아인에게 적대시 받을 가능성도 있었다.

컨디션이 완벽하지 않은 지금 상황에서는 무난하게 대처하는 수밖에 없었다. 덕분에 아직 흐릿하긴 해도 시야가 조금 전보다는 어느 정도 나아졌다.

그러는 동안, 사라 일행도 이야기가 정리된 모양이었다.

『그럼 제가 대표로 대화하며 그의 주의를 끌어보겠습니다. 오피아는 에어리얼에게 부탁해서 저 토벽 안을 탐색해주겠어요? 아르마는 그걸 도와요. 저 안에 우리 동포가 있는 것 같다면 무슨 일이 있어도 구조합시다.』

『오케이, 사라.』『알겠습니다, 사라 언니.』

오피아라 불린 엘프 소녀와 아르마라고 불린 드워프 소녀가 사라의 지시를 받고 고개를 끄덕였다.

『우즈마는 언제라도 그를 구속할 수 있도록 임전 태세로 대기.』

『알겠습니다!』

사라의 명에 우즈마가 용맹하게 수긍했다. 간단하게 협의 끝에 사라가 천천히 리오에게 다가갔다.

"당신의 제안을 받아들이겠습니다. 하지만 우리를 아인

이라는 멸칭으로 부르지 않았으면 좋겠군요."

사라가 슈트랄 지방의 공용어를 사용해 조금 가시 돋친 목소리로 말했다.

"받아주셔서 감사합니다. 호칭으로 본의 아니게 무례를 범해 진심으로 죄송합니다. 다만, 슈트랄 지방의 말에는 대체 가능한 다른 말이 존재하지 않아서 엘프, 드워프, 수인― 괜찮다면 이곳에 계신 여러분의 종족을 가르쳐주시겠습니까?"

리오가 정중하게 감사와 사과를 하고 정보 수집을 겸해 질문했다.

"……저는 은빛 늑대종 수인이지만, 이곳에는 엘프와 드워프를 포함해 많은 종족이 있습니다. 종족을 구별하지 않을 때는 『정령의 주민』이라고 불러주세요."

"그렇군요, 알겠습니다."

많은 종족이 있다는 말에 리오는 마음속으로 웃었다.

아인 사이에 종족 대립이 있을 가능성은 적었다. 이제는 인간족의 피가 흐르는 라티파가 어떤 취급을 받을지 걱정됐다.

『사라, 저 안에 수인 아이가 있는 것 같아! 정령술로 재워놨어!』

그때, 엘프인 오피아가 리오가 모르는 말로 크게 소리쳤다. 다음 순간, 리오 바로 근처에서 포획을 준비하던 우즈마의 노기가 단번에 증폭됐다.

우즈마는 옆에서 리오에게 뛰어들어 문답무용으로 리오의 복부에 주먹을 내질렀다.

설마 갑자기 대화를 중단하고 습격할 줄은 몰랐는지 리오의 반응이 조금 늦었다. 급하게 뛰어올라 위력을 흡수했지만, 데미지를 완전히 막지 못하고 몸이 가볍게 떠올랐다. 몇 미터 정도 붕 떠오르다 땅에 떨어졌다.

『우즈마, 전 아무 지시도 내리지 않았습니다! 도가 지나쳐요! 저는 구속하라고 명령했을 텐데요. 죽일 셈입니까?!』

사라가 먼저 달려든 우즈마의 행동을 질책했다.

『저 녀석의 실력은 미지수이고, 정령술로 육체를 강화했습니다. 그래서 안전책을 펼친 것뿐입니다. 기절했지만, 생명에 별다른 지장은──.』

『조심해요, 뭔가 정령술을 쓰고 있어요!』

우즈마가 변명하자 드워프인 아르마가 외쳤다.

『뭣?!』

우즈마가 기민하게 반응해 리오를 봤다. 리오가 복부에 손을 대고 비틀비틀 일어났다. 이마에 땀이 맺혔다.

『치료 정령술이에요.』

『쳇, 기절시키겠습니다!』

오피아가 리오가 사용하는 정령술을 가르쳐주자 우즈마가 다시 리오를 공격했다. 그 손에 짧은 창이 들려 있었다.

"이봐, 잠깐만! 왜 이러는 거야?! 큭!"

리오가 소리치며 검을 뽑아 우즈마의 공격을 막았다. 그러자 복부에 강한 통증이 달려 얼굴을 일그러뜨렸다.

"갑자기 공격한 점은 사과하겠습니다. 하지만 저 토벽 안에 우리의 동포가 있다는 걸 확인했습니다. 당신에게는 동포 납치 혐의가 있으니 사정을 묻기 위해 구속하겠습니다. 부디 저항하지 마세요!"

지금 상황은 본의가 아닌지 사라가 괴로운 표정으로 상황을 설명했다.

"그건 오해야! 나는 저 아이를 보호하려고—."

"누가 인간의, 그것도 유괴범의 말을 믿을까 보냐. 단념해라!"

리오와 사라가 대화하는 동안에도 우즈마의 공격은 멈추지 않았다. 리오를 압도하며 창을 휘둘렀다. 한편, 복부 데미지가 크고 아직 시력도 회복하지 않아 리오의 움직임이 상당히 둔해졌다. 최악의 상황이었다.

"나는 저 아이를 유괴한 게 아니야. 말 좀 들어줘! 윽, 뭐지?!"

간신히 우즈마의 공격을 피하다 발을 붙잡혀 리오의 움직임이 멈췄다. 시선을 아래로 내리자 땅이 부자연스럽게 솟아 발을 구속한 것이 흐릿하게 보였다.

『쳇, 쓸데없는 짓을.』

우즈마가 뭐라고 중얼거리고 주위를 둘러싼 정령의 주민 중 누군가를 기분 나쁘게 쳐다봤다. 그곳에는 드워프 성인 여성이 무릎을 꿇고 땅에 손을 대고 있었다.

우즈마는 빙글빙글 창을 돌려 리오를 향해 혼신의 일격을 가했다.

리오가 정면에서 공격을 받아 막았다.

'말도 안 되는 힘이다!'

양손에 유례없는 무게가 느껴졌고, 검이 튕겨 날아가고 말았다. 그 순간―.

"커억……."

리오는 온몸에 강력한 전격이 달리는 것만 같은 격통을 느꼈다. 우즈마가 리오의 몸에 손을 대고 초고압 전류를 방출했다.

몸이 마비되고 시야가 급격히 어두워짐을 느끼며 리오는 땅에 쓰러졌다.

마지막으로 눈에 비친 것은 황급히 자신에게 달려오는 오피아와 날카로운 눈으로 자신을 내려다보는 정령의 주민들의 모습이었다.

【 제 5 장 】 ✵ 오해

사라 일행은 의식을 잃은 리오와 라티파를 자기들이 사는 마을로 데려갔다.

리오를 마도구로 구속하고 다른 사람에게 지시해 평소에는 거의 쓰지 않는 청사 감옥으로 호송한 뒤, 자신들은 라티파를 같은 건물 안의 게스트 룸으로 데려갔다.

그곳에서 기다리던 라티파와 같은 여우 수인 노파에게 이번 일을 보고했다. 먼저 사라가 대표로 노파에게 상황을 설명했다.

"······흠, 조금 난폭하게 군 것 아니냐? 우즈마."

노파가 보고를 듣고 우즈마를 차갑게 쳐다봤다.

"하, 하지만, 긴급사태였던지라."

"뭐, 분명 그렇긴 하지만······. 그런데 이 아이는 처음 보는 것 같구나. 이렇게 귀여운 아이가 있었으면 내가 기억 못 할 리 없어."

"네. 그 건에 관해서 말입니다만, 잠자리에 있던 짐에서 이 아이의 것으로 생각되는 여행 도구를 발견했습니다. 어쩌면 우리 마을 아이가 아닐 가능성도······."

사라가 살짝 파랗게 질린 얼굴로 옆에서 설명했다.

"오피아, 그리고 아르마. 포획한 인간족 소년을 당장 이곳으로 데려오너라."

노파가 순식간에 표정을 바꾸고 조금 차갑게 명령했다.

오피아와 아르마가 "네, 넷" 하고 입을 모아 대답한 뒤, 황급히 방을 나갔다. 라티파가 눈을 뜬 것은 바로 그 직후였다.

◇ ◇ ◇

라티파가 눈을 뜨니 그곳은 처음 보는 방이었다.

푹신푹신한 침대, 포근하고 따뜻한 이불.

야영과 비교할 수 없을 정도로 쾌적해서 잠자기 최고였다. 그런데—.

"……오빠?"

라티파가 실내를 두리번두리번 둘러보며 중얼거렸다.

같이 있어야 하는 소중한 사람이 없었다. 대신 낯선 사람이 있었다. 은빛 늑대 수인인 사라, 날개 수인인 우즈마, 그리고 라티파와 같은 여우 수인인 노파였다.

세 사람은 의자에 마주 앉아 지루한 얼굴로 대화하다가 라티파가 일어난 것을 알아차리고 바로 대화를 끊고 다가왔다.

『흠, 일어난 것 같군. 안녕, 동족 소녀야. 기분은 어떠냐.』

여우 수인 노파가 웃으며 정령의 주민이 쓰는 말로 물었다.

"……뭐라고 하는 거야? 오빠, 오빠는 어디 있어?"

그러나 라티파는 노파가 무슨 말을 하는지 이해하지 못

하고 고개를 갸웃거리며 슈트랄 지방 공통어로 되물었다.

그러자 사라와 노파가 신묘한 표정을 지었다.

『인간족의 말. 아슬라 님, 이 아이는 역시…….』

『음. 이 마을 아이가 아닌 것 같구나.』

사라와 노파가 확신하며 말했다.

라티파는 두 사람이 무슨 말을 하는지 이해하지 못하고 경계하며 실내를 둘러봤다. 킁킁 코를 움직여 리오의 냄새가 안 나나 몰래 탐색했다.

그때였다. 라티파의 코가 희미한 리오의 냄새를 포착했다.

틀림없다. 오빠다― 라티파가 안절부절못하다 침대를 뛰어나와 달리기 시작했다.

"아, 이 녀석! 멈추세요!"

갑자기 일어난 일에 늦게 반응한 사라의 제지를 뿌리치고 라티파가 복도로 빠져나갔다.

"《^{인챈트 피지컬}신체능력 ^{어빌리티}강화마법》."

용케 복도로 나가서 유일하게 쓸 수 있는 마법 주문을 외웠다. 그 순간, 갑자기 몸이 가벼워지고 힘이 샘솟았다. 라티파는 리오의 냄새가 나는 곳을 향해 달렸다.

사라와 우즈마가 그 뒤를 쫓았다.

『으음, 상황이 안 좋아진 것 같구먼.』

홀로 남은 아슬라가 얼굴을 흐리며 중얼거렸다.

시간을 조금 되돌려 라티파가 눈을 뜨기 전의 일이다.

리오는 낯선 방의 조악한 침대 위에서 의식을 되찾았다.

여기는 어디인가, 멍한 머리로 의문을 떠올렸다. 감기라도 걸린 것처럼 몸이 무거웠다. 상황을 확인하려고 상체를 일으키려고 하자 복부에 강한 고통이 느껴졌다.

일어나기를 단념하고 몸에서 힘을 뺐다. 치료하기 위해 복부에 손을 대고 마력을 다루려다가 수갑이 채워진 것을 알았다.

'이것은…… 『마봉의 족쇄』인가. 정성스레 목과 다리에도 채워놨군.'

리오는 이를 악물었다. 『마봉의 족쇄』란 장착자의 마력을 봉하는 마도구다. 보통은 하나로 충분하지만, 장착자의 기량에 따라 억지로 효과를 파괴할 수 있어서 고명한 마도사 같은 사람에게는 여러 개를 채우기도 했다.

'이래서는 가만히 있어도 마력제어가 어려운 치료는 무리야. 젠장……'

리오가 얼굴을 찌푸리고 누워서 천장을 올려다봤다. 방 구석에 있는 창살 달린 창문으로 희미한 달빛과 함께 싸늘한 바람이 들어왔다.

게다가 어느 틈에 장비와 옷을 벗겨놓았다. 리오는 지금 얇은 속옷 한 장만 입고 있었다. 실내 기온은 10도를 크게 밑돌았다. 감기에 걸리는 게 당연했다.

조금이라도 몸을 움직여 열을 내고 싶었지만, 지금은 함부로 움직일 수 없었다. 욱신거리는 복부의 고통을 꾹 참으며, 리오는 자연 회복에 전념하기로 했다.

그리고 결코 짧지 않은 시간이 흘렀다. 추위는 이미 한계를 넘었고 동시에 좋지 않은 편안함을 느꼈다. 마침내 리오의 의식이 암전했다. 자면 안 되는데 눈 뜰 기력조차 없었다.

그로부터 완전히 의식을 잃은 것은 몇 분 뒤의 일로, 정신을 차리니 리오는 새하얀 공간에 있었다. 여기가 어디인지, 애초에 무슨 일이 일어났는지도 몰랐다.

"하루토……."

맑고 아름다운 목소리가 울렸다. 리오는 놀라서 주위를 둘러봤다. 어느새 바로 옆에 낯선 소녀가 서 있었다.

길게 기른 아름다운 핑크블론드 머리카락을 나부끼며 루비 같은 눈으로 멍하니 리오의 얼굴을 바라봤다. 그 얼굴에는 감정이 없었지만, 믿을 수 없을 정도로 단정했다.

"너는……."

리오가 중얼거렸다. 어디선가 본 것 같은 얼굴이었다. 하지만 이렇게 압도적이고 신비하기까지 한 미소녀를 잊어버렸을 리 없었다.

"너는, 누구?"

"나? 나는…… 누구일까?"

소녀가 고개를 갸웃거렸다.

"몰라?"

"응……."

리오가 묻자 소녀가 슬프게 고개를 끄덕였다.

"하지만 너는 나를 아는 거지?"

"하루토를? 하루토, 하루토는…… 하루토야."

"그건 대답이 안 돼. 그럼 넌 나를 어떻게 아는 거야?"

어딘가 철학적이고 반복적인 대답에 리오가 무심코 쓴 웃음을 지으며 질문을 바꿨다.

소녀가 사랑스럽다는 듯이 리오의 뺨을 만지고 잠시 후, 리오의 손을 꼭 잡았다. 그 행동이 너무나 자연스럽게 느껴서 리오는 소녀가 하는 대로 소녀에게 손을 내밀었다. 소녀의 손은 무기물처럼 생명감이 없었지만, 신기할 정도로 포근하고 따뜻했다.

"나는, 하루토와 이어져 있으니까."

"나와 이어져 있어?"

리오는 그녀가 무슨 말을 하는지 이해할 수 없었다.

"응. 하지만, 지금은 아직……. 하루토, 나는 너만의 것이니까, 너와 계속 함께할 거니까. 약함도, 강함도, 모든 것을— 너의 모든 것을 받아들일 테니까. 그러니까 포기하지 마. 무서워하지 마, 조금만 너를 믿어줘."

"어째……서……?"

리오가 멍한 얼굴로 간신히 물었다.

그러자 소녀가 잃어버렸던 감정을 되찾은 것처럼 다정하게 미소 지었다.

"왜냐하면, 내게 남은 단 하나뿐인…… 그게, 그게?"

소녀가 눈을 깜빡였다. 당황한 것 같은, 이상한 것 같은 표정이었다. 그리고 놀란 것처럼 눈을 크게 뜨자 갑자기 그녀의 몸이 희미해졌다.

"……미안. 더는, 시간이…… 없는 것 같아."

"시간?"

리오가 소녀에게 물었다. 그러나 소녀는 리오의 질문에 대답하지 않았다.

"미안. 나는, 이런 것밖에, 못하지만, 적어도, 좋은 꿈을. 잘, 자."

소녀가 리오를 살며시 안았다. 그리고 의식이 몽롱해지는 것처럼 소녀의 눈이 흐리멍덩해졌다. 리오도 갑자기 잠이 몰려와 다시 의식을 잃었다.

그리고 잠시 후, 이번에는—.

"하루."

그리운 소녀의 목소리가 들린 것 같았다.

리오는 소녀의 목소리를 알았다. 아니, 아마카와 하루토는 그녀의 목소리를 알았다. 오랫동안 덮어놓아 잊을 뻔했던 기억이 바로 어제 일처럼 되살아났다.

"하루, 일어나라니까~."

하루토는 소꿉친구 소녀— 아야세 미하루의 손에 흔들리고 있었다.

"……일어났어."

"아, 하루, 일어났다!"

눈부셔하며 눈을 뜬 하루토의 얼굴을 보고 미하루가 만면에 미소를 피웠다.

미하루가 웃는다. ―그것이 기뻐서 하루토의 마음이 포근하고 따뜻해졌다.

"무슨, 일이야……. 모처럼 기분 좋게 자고 있었는데."

방 안에 있는 시계를 봤다. 시각은 아직 이른 아침이었다.

"무슨 일이야, 가 아니야. 오늘 소풍 가는 날이야! 빨리 일어나야 해!"

소풍? 왜 이 나이에 소풍을? 아니, 맞아!

오늘은 초등학교 1학년이 돼서 처음 가는 소풍날이라고, 하루토가 무척 중요한 일을 떠올린 것처럼 번쩍 눈을 떴다. 하지만 잠시 망설이다가―

"응― 잘 자, 미이."

하루토는 이불 속으로 파고들었다. 이미 완전히 잠이 깼으면서.

소풍은 무척 기대됐다. 그래서 어젯밤은 좀처럼 잠이 오지 않았다. 하지만 오늘은 괜히 미하루와 둘이서 이러고 있고 싶었다. 하지만 미하루는 오늘 소풍을 굉장히 기대했는지 소중한 물건을 빼앗긴 어린아이처럼 불안한 목소리로 말했다.

"아, 안 돼. 오늘 버스 옆자리에 앉아서 같이 가기로 했잖아!"

미하루의 말에『아, 그건 그거대로 매력적인 것도 같고.』라고 하루토는 생각했다. 그러나 바로 이불에서 나오지는 않았다. 미하루가 난처해 하는 얼굴을 보고 싶어서 자기도 모르게 못되게 굴었다.

"하루, 일어나. 응? 부탁이야."

미하루가 하루토의 몸을 부드럽게 흔들었다.

"응──."

하루토가 기운 빠진 목소리로 대답했다. 미하루가 침대 근처에서 안절부절못하기 시작했다. 이제 그만 일어나줄까─ 하고 하루토가 생각하자─.

"으으, 정말. 꼭 깨울 거야!"

미하루가 하루토가 덮은 이불 위로 올라탔다.

"으아, 잠깐?! 기다려! 미이, 잠깐만! 항복! 일어날게!"

하루토가 황급히 이불에서 얼굴을 내밀자 미하루가 의기양양한 표정으로 웃었다.

"후후, 안녕. 하루."

솔직히 반칙일 정도로 귀여웠다. 하지만 당한 채로 있는 건 재미없었다.

하루토가 장난삼아 "에잇!" 하고 미하루를 이불 속으로 끌어당겼다.

"으아, 하루!"

이불 속에서 미하루를 꼭 끌어안자 미하루의 얼굴이 새빨개졌다.

"뇌줄까?"

하루토가 기뻐하며 물었다. 눈앞에 미하루가 있다. 그것이 너무나 행복했다.

"으으~ 하루, 왜 그래? 왠지 대담한데."

"왜냐면 미이를 엄청 좋아하니까. 응? 뇌줄까?"

지금 나 정말 대담하네, 하고 냉정하게 자신을 바라보며 하루토가 말했다.

"괴, 괴롭히지 마, 하루. 뇌주길 바랄 리가 없잖아."

미하루가 얼굴을 더 붉히며 어물어물 대답했다.

"그렇구나. ……그럼 조금만 더 이러고 있어도 돼?"

적어도 지금만은— 하루토는 미하루를 껴안았다.

한순간, 미하루가 멀리 가버릴 것 같은 기분이 들었지만, 그런 불안을 뿌리치듯이 하루토는 미하루에게 계속 물었다. "응" 하고 미하루가 웃으며 고개를 끄덕였다.

하루토는 미하루의 앞머리를 다정히 어루만지고 뺨을 살짝 쓰다듬었다. 하지만 그 손은 수갑이라도 찬 것처럼 갑자기 자유롭지 못해졌다.

어느샌가 미하루의 체온도 사라지고—.

"일어나세요."

하루토는— 아니, 리오는 누군가의 목소리에 현실로 돌아왔다. 낯선 목소리였다. 어린 소녀의 목소리였지만, 미하루의 목소리가 아닌 것은 분명했다.

아직 자고 싶다. 조금만 더 그 꿈을 꾸고 싶다. ―리오는 마음 깊은 곳에서 간절히 바랐다. 그러나 한번 각성한 의식은 그것을 허락하지 않았다.

"저기, 일어나세요."

몸을 살살 흔들기에 리오는 반짝 눈을 떴다. 그리고 마치 이 세상이 끝난 것 같은 얼굴을 했다. 그곳에 있는 것은 역시 미하루가 아닌―.

엘프 소녀 오피아와 드워프 소녀 아르마가 눈에 들어왔다.

'꿈……이었나?'

열이 났는지 후끈거림과 권태감을 느끼며 리오는 멍하니 생각했다. 말하기 어려운 상실감에 휩싸여, 정신을 차리니 주르륵 눈물이 흘렀다.

아마카와 하루토는 죽은 사람이다. 더는 미하루와 만날 수 없었다. 그러니 더는 미하루를 떠올리지 말자. 지금까지 묻어놓았던 감정까지 눈물과 함께 흘려보냈다.

리오의 안에 미하루에 대한 미련이 아직 남아 있었다. 지금 꿈을 꾸고 통감했다. 하지만 그것을 이해해봤자 미하루는 이 세상에 없었다. 현실은 잔혹했다.

"어…… 안녕하세요."

슬프게 눈물을 흘리는 리오에게 오피아가 머뭇거리며 말을 걸었다.

"안녕, 하세요."

반사적으로 대답했지만, 리오의 눈은 오피아 일행을 보지 않았다. 감정을 억누르며 입술을 꽉 깨물었다.

리오는 문득 몸에 모포가 덮여있다는 것을 깨달았다. 이 종족이라고는 하나 또래 소년의 속옷 차림을 볼 수는 없나 보다. 뭐, 그런 건 아무래도 상관없나— 하고 대충 생각했다.

실내에, 정확히는 오피아와 아르마 사이에 껄끄러운 침묵이 내려왔다.

그때, 방문이 세차게 열렸다.

"오빠!"

라티파가 나타났다. 조금 늦게 사라와 우즈마도 들어왔다. 라티파는 방에 들어오자마자 울음을 터뜨리며 침대에 누운 리오를 끌어안았다.

"……라티파, 왜 울어?"

"오빠가 없었는걸. 싫어, 가지 마. 옆에 있어, 응?"

"나 여기 있잖아."

리오가 쓴웃음을 지으며 다정하게 말했다. 우는 라티파를 보고 있으니 왠지 갑자기 냉정해졌다. 감상적인 기분도 어디론가 사라져버렸다.

"그럼 계속 같이 있어 줄 거야? 어디 안 갈 거야?"

라티파가 리오의 몸을 더 꼭 끌어안았다.

"이런. 조금만 더 부드럽게 안아줄래? 몸이 아파."

리오가 난처한 얼굴로 대답을 얼버무리고 말을 돌렸다.

예스라고 대답할 수는 없었다. 그것은 아마도 거짓말이 될 테니까. 자기를 따르는 어린 소녀에게 정면으로 거짓말을 하는 것은 왠지 모르게 부끄러웠다.

"어? 다쳤어? 왜, 뭐야 이거?!"

라티파가 리오의 손과 발을 구속한 족쇄를 드디어 알아차렸다. 힘으로 벗기려고 했지만, 끄떡도 없었다.

"난 상관없어. 라티파는 나쁜 짓 안 당했어?"

"당했어. 오빠가 다쳤어."

라티파의 직답에 리오는 멍하니 있다가 우스워하며 말했다.

"그럼 다행이네."

"으~ 그렇지 않아! 누가 이랬어?"

라티파가 눈물을 글썽이며 고개를 가로저었다. 그리고 실내를 둘러보며 사정을 알 법한 사라, 오피아, 아르마, 우즈마 네 사람을 쳐다봤다.

라티파가 사정을 설명하라고 사라 일행을 의심스럽게 쳐다봤다.

"저, 저기……."

사라가 무엇부터 이야기해야 할지 모르고 파랗게 질려 입을 우물거렸다. 다른 세 사람도 비슷한 표정이었다.

"이런, 이런. 좀 천천히 걷지 못하겠느냐. 실례하마."

그때, 아슬라가 늦게 등장했다. 리오를 끌어안은 라티파를 보고 작게 한숨을 쉬고 "역시" 하며 머리를 숙였다.

"인간족의 소년이여. 미안하네. 그 소녀에 관해 잠깐 대화를 청하고 싶네. 협력해줄 수 있겠나? 물론 장소는 바꾸지."

"그딴 것보다 당신들이 오빠한테 이랬어? 대답해."

리오가 아슬라의 질문에 대답하기 전에 라티파가 적개심을 표출하며 물었다.

"그래, 윽?! 범상치 않은 살기로구먼."

아슬라가 수긍한 순간, 라티파가 리오를 지키고자 전투태세를 취했다. 사냥개처럼 날카로운 눈으로 실내에 있는 사람들을 노려봤다.

"당신들, 오빠한테 심한 짓을 했어. 용서 못 해."

정신 차리고 보니 어두운 감옥 안에 눈에 보일 정도로 농후한 위압감이 휘몰아쳤다. 그 모든 것을 리오를 제외한 이들에게 내쏟았다. 사라 일행이 긴장한 표정을 짓고 식은 땀을 흘렸다. 날개 수인인 우즈마가 한 발 앞으로 나가 피부를 자극하는 감각을 홀로 받아 막았다.

"그만두어라, 우즈마."

"라티파도. 마음은 기쁘지만, 그만해. 나는 괜찮으니까 일단 대화라도 해보자."

사태가 더 귀찮아지는 게 싫어서 아슬라와 리오가 개입했다.

"오빠가, 그렇게 말한다면……."

라티파가 마지못해 전투태세를 풀었다.

"두 사람에게 감사하네. 장소를 바꿔서 이야기하기 전에 족쇄 먼저 풀지. 우즈마, 열쇠는 어디에 있느냐?"

"……사라 님께 드렸습니다."

아슬라의 물음에 우즈마가 딱딱하게 대답했다.

"그럼 사라야. 어서 수갑을 풀어주거라."

"네, 네! ……실례합니다."

사라가 고개를 끄덕이고 다급히 리오에게 다가갔다. 목, 손, 다리 순으로 구속을 풀었다.

"고맙습니다."

"아, 아뇨! 저야말로, 죄송합니다! 정말로, 미안해요!"

리오가 고마워하자 사라가 허둥지둥 고개를 숙였다.

"그럼 어서 장소를 바꾸지. 따라오게나."

"네. ……그런데 그 전에 상처를 조금 치료해도 될까요?"

리오는 아슬라의 말에 따라 일어나려고 하다가 복부에 강한 고통을 느꼈다. 얼굴을 찌푸리고 상처를 치료해도 되는지 허락을 구했다.

"뭣, 상처를 입힌 채로 방치했단 말인가. 정말 미안하네. 어서 치료하지."

아슬라가 파랗게 질린 사라 일행을 차갑게 쳐다보고 대답했다.

"아뇨, 스스로 할 수 있으니 신경 쓰지 마십시오."

리오는 제안을 거절하고 스스로 치료하기 시작했다.

"그것은…… 정령술. 그대는 야구모 지방의 인간인가. 과연. 하지만 그런 것치고는……."

"이건 역시 정령술인가요?"

리오가 홀로 이해하고 중얼거리는 아슬라에게 물었다.

자기가 마법과 비슷하나 다른 이능력을 다룬다는 것을 잘 알았던 리오는 예전에 왕립학원 도서관에서 그 정체가 무엇인지 조사해봤다.

그 결과, 정령술이라는 수상한 기법이 적힌 책을 발견했는데 이름 외에 자세한 것은 거의 알아내지 못하고 자신의 이능력이 무엇인지만 알고 끝났다.

"말하는 걸 보니 정령술이 무엇인지 모르는 것 같은데 그대는 어떻게 정령술을 익힌 겐가?"

"어느 날, 갑자기 쓸 수 있게 됐습니다."

"……뭣?"

리오가 있는 그대로의 사실을 전하자 아슬라가 눈을 크게 떴다.

"역시 이상한가요?"

"음, 인간족은 우리 정령의 주민보다 정령술 적성이 낮다고 하는데, 애초에 정령술은 하룻밤 사이에 익힐 수 있는 기술이 아니네. 보통은 말이지. 설마……."

아슬라가 의미심장하게 리오를 바라봤다.

"뭔가 문제라도 있나요?"

"아니, 문제는 없을…… 것이야. 괜찮다면 그 이야기도 들려주지 않겠나? 내가 대답할 수 있는 의문이라면 대답할 것을 약속하지."

"부탁드립니다. 그리고 입을 것을 돌려주시면 기쁘겠습니다."

리오가 모포 아래에 속옷만 입은 꼴을 슬쩍 보여줬다. 아슬라가 깊은 한숨을 쉬었다.

"……미안하네. 바로 가져오게 하지. 이미 상태가 나빠졌을지도 모르니 약도 준비하겠네. 오피아, 아르마, 어서 준비하거라."

"네, 넷!"

오피아와 아르마가 입을 모아 고개를 끄덕이고 급한 걸음으로 밖으로 나갔다.

리오는 옷을 갈아입고 방을 이동해 자기소개를 마친 뒤, 라티파를 데리고 다니는 이유에 주변 사정을 더해 설명했다.

슈트랄 지방에서 야구모 지방으로 가고 있다는 것, 도중에 예속의 목걸이에 지배된 노예 라티파에게 공격당한 것, 노예에서 해방된 라티파가 리오를 따라온 것 등등—.

지쳤는지 지루한 이야기에 잠이 왔는지 유일하게 이야기의 진위를 증명할 수 있는 라티파가 이야기하는 도중에 리오의 무릎 위에서 잠들고 말았다. 하지만 리오를 따르는 그녀의 행동이 무엇보다 가장 큰 증거였다.

대화 내용에 따라 리오는 정령의 주민이 마을을 이룬 대삼림에 발을 들인 이유도 설명하기로 했다. 즉, 수인인 라티파를 정령의 주민들이 보호해주길 바란다는 것을—.

"우즈마, 네 경솔함으로 우리 동포를 보호해준 은인에게 한없이 못된 짓을 저지르는 결과가 되었다만, 뭔가 할 말이라도 있느냐?"

모든 이야기를 들은 아슬라가 우즈마에게 날카로운 시선을 던졌다.

"그…… 라티파 양이 수마의 정령술에 걸렸다는 것을 듣고, 저기 있는 인간족…… 그가 그녀를 납치한 것이 틀림없다고 착각해 격분하고 말았습니다."

우즈마가 식은땀을 엄청 흘리며 새파랗게 질린 얼굴로 사정을 설명했다.

"듣자하니 대화 중에 갑자기 공격하지 않았느냐. 리오 도령이 사정을 설명하려는 데도 들으려 하지 않고. 왜 대화가 끝날 때까지 기다리지 않았느냐?"

"그러니까, 그게 격분해서……. 그리고 납치당했을 가능성이 있었던 이상, 최악의 사태를 상정하여 라티파 양을 무사히 구출할 필요성이 있었기에……."

우즈마가 몸을 잔뜩 움츠리고 쩔쩔맸다.

긴급 시의 대응으로 생각하면 우즈마의 행동이 완전히 잘못됐다고 단정할 수는 없었다. 자신들의 땅에 무장한 이방인이 침입해 어린 동포 소녀를 정령술로 재운 상황을 맞닥뜨리면 제일 먼저 납치의 가능성을 떠올리는 것도 당연했다. 그리고 선수를 치지 않으면 최악의 경우에는 라티파가 인질이 될 가능성도, 리오가 정말로 유괴범이라면 충분히 있었다.

하지만 틀리지 않은 대처법이 항상 바른 결과를 불러오지는 않는다. 현실은 수식처럼 명쾌한 방정식으로 해답을 끌어낼 수는 없었다.

"저, 정말 죄송합니다! 최장로(最長老)님! 이렇게 된 바에는 어떠한 처분이라도!"

우즈마가 이 자리의 분위기와 밀려오는 죄책감을 견디지 못하고 마침내 사죄하기에 이르렀다.

"흥, 사과할 상대를 착각한 것 아니냐?"

"리, 리오 님! 죄송, 합니다……."

우즈마가 갑자기 정좌하더니 이마를 땅에 세차게 문댔다. 이른바 무릎 사죄였다. 정령의 주민도 무릎 꿇고 사죄하는 문화가 있구나. ―리오는 눈을 살짝 크게 떴다.

그 행위가 가진 의미가 일본인이 상정하는 무릎 사죄와 완전히 똑같은지는 모르지만, 적어도 사죄의 의사를 표명하는 것은 분명했다.

"저, 저희도 사과드립니다. 리오 님, 정말로 죄송합니다!"

우즈마에 이어서 사라, 오피아, 아르마 세 사람도 리오에게 무릎을 꿇었다.

"……신경 쓰지 않는다면 거짓말이겠지만, 사과를 받겠습니다. 여러분의 영역에 함부로 들어온 저도 배려가 부족했습니다."

연상의 여성과 또래 소녀들이 무릎 꿇고 사과하자 마음이 불편해진 리오는 일단 사과를 받아들이기로 했다.

그리고 앞으로의 관계를 생각하면 쓸데없이 일을 크게 만드는 것은 좋지 않았다.

"리오 도령, 나도 깊이 사과하고 싶구려. 경솔하게 군 우즈마가 확실히 책임지게 하겠다고 약속하지. 그리고 저 아이들에게도 따끔한 맛을 보여주겠네."

아슬라의 말에 사라 일행이 몸을 움찔했다.

"네, 알겠습니다. 그러니 여러분, 일단 고개를 드세요. 계속 그러고 계시면 난처합니다."

리오가 아직도 무릎 꿇고 사죄하는 사라 일행에게 쓴웃음을 지으며 말했다.

"리오 도령, 내일 오전에 마을 장로진을 모아 정식으로 사과하고 싶네. 오늘 밤은 지쳤을 테지. 이 방에서 라티파 양과 함께 쉬게나."

아슬라가 쭈뼛쭈뼛 일어나는 사라 일행을 곁눈질하며 제안했다.

"그럼 말씀하신 대로."

"음, 돌봐줄 사람을 준비하지. 필요한 게 있으면 사양 말고 말해주게나."

"아뇨, 특별히 필요한 것은 없습니다. 많이 배려해주셔서 감사합니다."

"무얼, 당연한 일이지. 그럼 나도 이것저것 준비해야 하니 이쯤에서 실례하겠네. 가자, 아이들아."

아슬라를 따라 사라 일행이 방을 나갔다.

나가기 전에 우즈마와 세 소녀가 깊이 인사하기에 리오도 가볍게 묵례했다.

리오는 아슬라가 완전히 방을 나가기 직전, 자애로운 눈으로 라티파를 본 것을 눈치챘다. 그들이 나가자 리오는 자기 무릎 위에서 자는 라티파를 침대에 눕히고 자신도 침대 위에 누웠다.

◇ ◇ ◇

리오가 잠에 취한 지 얼마 되지 않았을 무렵.

청사 최상층에 있는 회의실에 마을을 대표하는 장로들이 모였다.

"이상이 이번 사태의 자초지종일세. 은인인 리오 도령에게 정식으로 사과하고 라티파 양을 보호해준 것에 사례하는 것이 도리라고 생각하네. 이견은 없나?"

이번 일을 설명하고 세 개 있는 상석의 왼쪽 자리에 앉은 아슬라가 실내에 앉은 장로진을 둘러보며 물었다. 장로진이 복잡한 표정을 지었다.

"사과와 사례에 이견이 있는 사람은 없다고 생각한다. 하지만 우리가 인간족의 문화에 무지하니 우리 상식이 통

용되지 않을 가능성도 있어. 무엇으로 사과와 감사를 표할지는 별도로 검토할 필요가 있겠지."

아슬라와 나란히 상석 중앙에 앉은 늙은 엘프 남성이 말했다.

종족이 다른 이상, 근본적인 가치관에 큰 차이가 있을 우려가 다분했다. 실제로 가치관 차이 때문에 정령의 주민이 인간족과 멀리 거리를 두게 되었다는 역사적인 사실이 존재했다.

따라서 서툴게 사의를 표했다가 역정을 사는 짓은 피하고 싶었다.

"그럼 아예 그 친구한테 필요한 건 없는지 물어보는 건 어떤가? 그래서 우리가 들어줄 수 있는 부탁이면 들어주면 되고."

상석 오른쪽 자리에 앉은 드워프 노인이 제안했다.

"그건 좀 대담하지 않나? 도미니크."

엘프 남성이 옆에 앉은 드워프─ 도미니크를 보며 말했다.

도미니크의 말은 백지 수표를 주고 원하는 금액을 적으라는 것이나 다름없었다. 지급할 수 없는 금액을 적으면 곤란했고, 무엇보다 오히려 결례를 범해 상대의 역정을 살 우려가 있었다. 실내가 단숨에 술렁였다.

"그렇다고 말로만 사의를 표할 수도 없는 노릇일세. 도미니크의 말에도 일리는 있다고 생각하네. 안 그런가, 여러분."

아슬라가 다른 장로들을 보여 말했다. 그러자 엘프 노인이 "음. 뭐, 그렇지" 하고 엄숙하게 고개를 끄덕였고 실내에 있는 다른 장로들 사이에서도 어색하게 찬동하는 소리가 들렸다.

모두 어떻게든 리오에게 사례하고 싶다는 마음이 가슴 한 곳에 있는 것은 같았다.

그런데도 리오를 경계하는 모습을 보이는 것은 인간족을 향한 선입견의 영향이 컸다. 뿌리 깊은 종족문제가 과거에 있었으니 이것만은 어쩔 수 없었다.

"뭐, 우리에게 인간족은 꺼림칙한 존재니까. 모두가 경계하는 것 잘 알고 있어. 하지만 우리 동포를 노예에서 해방하고 일부러 슈트랄 지방에서 이곳까지 데리고 올 정도로 좋은 사람이야. 듣자하니 은혜를 원수로 갚은 것에 대한 보복으로 우리에게 노예를 내놓으라고 할 애송이가 아닌 것은 분명한 것 같은데, 아슬라."

"음, 그 점은 내가 보증하지. 온후하고 이성적인 소년이네."

도미니크의 말에 아슬라가 굳게 단언했다.

"그럼 괜찮지 않겠나? 실드라."

"……그래. 누구 반대의견 있는 사람 있나?"

엘프 노인 실드라가 고개를 끄덕이고 장로진을 둘러봤다. 반대의견을 제기하는 사람이 나타나지 않기에 그대로 의안을 가결했다.

"그럼 사의 건에 관해서는 도미니크가 제시한 안을 따르도록 한다. 달리 뭔가 신경 쓰이는 사람 있나?"

"흠, 그럼 말해도 되겠나?"

"물론이다. 그대가 장로진 중에서는 이 건에 제일 깊이 관련되어 있으니까."

아슬라가 거수하자 실드라가 의젓하게 고개를 끄덕였다.

"다름이 아니라 라티파 양의 일일세. 아직 확실하게 말할 수는 없지만, 노예로 태어나 길러진 탓인지 그 아가씨에게서 정신적인 문제가 엿보였네. 아무래도 그것이 리오 도령에게 의존하는 형태로 나타난 것 같아. 이대로 그 아이를 맡더라도, 안정을 취할 때까지는 리오 도령이 이 마을에 머물러줘야 할 것 같네."

"아— 그러면 리오라는 애송이의 의사는 물론, 살 곳과 돌봐줄 사람, 마을 사람들에게 설명하기 등 이것저것 준비해야 할 것 같군."

아슬라의 말에 도미니크가 머리를 긁으며 말했다. 그러자 실드라와 아슬라가 바로 대책을 세우려고 입을 열었다.

"돌봐줄 사람은 수습 무녀들에게 맡기면 되겠지. 다행히 그와 면식도 있다. 은인에게 폐를 끼친 것을 사죄하는 것도 될 테고."

"음, 사는 곳은 우리 마을에 빈집이 있네. 그곳에서 살게 하면 될 거야. 그리고 후견 역할도 내가 맡겠네."

이야기가 점점 진행됐다. 그때였다.

"있지, 잠깐 괜찮을까?"

회의실 안에 아름다운 여성의 목소리가 천천히 울렸다.

다음 순간, 지금까지 아무도 없었던 곳에 한 여성이 나타났다. 아름다운 꽃을 곁들인 원피스를 입은, 믿기 어려울 정도로 아름다운 묘령의 미인이었다.

땅에 닿을 정도로 긴 녹색 머리카락, 에메랄드 같은 눈. 조각처럼 아름답고 생명감이 희박한 얼굴이었지만, 어딘가 부드러운 인상을 주는 분위기가 감돌았다.

"다, 당신은……."

실내에 있던 장로진이 여성을 보고 일제히 무릎을 꿇었다.

"드뤼어스 님, 정령대제는 아직 멀었사온데, 어쩐 연유로?"

아슬라가 공손히 물었다.

"응, 조금 신경 쓰이는 게 있어서. 물어보려고 왔어."

"호오. 그렇다 하심은?"

"방금 이 근처에서 낯선 정령의 기척이 느껴졌어. 꽤 격이 높은 것 같았는데 반응이 금방 사라져서 말이야. 아무래도 누군가의 계약정령인 것 같은데 짐작 가는 게 없나 싶어서. 어때?"

드뤼어스라 불린 여자가 실내를 둘러봤다.

"……있습니다" 하고 아슬라가 대답했다.

"어머, 그래? 어디 있어?"

"지금은 필시 계약자 소년과 함께 쉬고 있을 것입니다.

내일 오전 중에 이곳으로 부를 예정이온데, 어떠십니까?"

아슬라가 대답하자 장로진이 놀라서 눈을 크게 떴다. 그녀가 말한 계약자 소년은 리오 외에는 없었기 때문이다.

"헤에, 이 방으로 온다고? 그럼 그때는 나도 동석해도 될까?"

"물론입니다. 하오나 그 소년은 인간족의 아이인지라……."

"어머, 별일이네. 인간족이 이 마을에 들렸어?"

드뤼어스가 눈을 살짝 크게 떴다.

"흐—음. 뭐, 상관없어. 그럼 내일 오전 중에 올 테니까 잘 부탁해."

"넷!"

아슬라가 과장되게 황송해하며 수긍했다. 동시에 드뤼어스의 모습이 빛 입자로 변해 사라졌다. 갑자기 나타났다가, 용무가 끝나자 사라졌다. 정말 제멋대로인 존재였다.

"……가버리셨나. 설마 갑자기 나타나실 줄이야, 심장에 안 좋아."

아슬라가 지친 모습으로 한숨을 쉬었다. 다른 사람들도 비슷한 반응을 보였다.

"카하하, 여하튼 준 고위급 정령님이니까. 변덕스러운 분이야. 정령대제 외에는 접견할 기회도 거의 없어. 행운이라고 생각하자고."

"그렇지. 그런데 아슬라. 조금 전의 이야기는 사실인가?"

실드라가 도미니크의 말에 찬동하고 눈을 가늘게 뜨며

아슬라를 봤다.

"음, 드뤼어스 님의 말에 나도 확신했네. **리오 도령은 정령과 계약을 맺었네.** 본인이 자각하지 못하는 게 조금 마음에 걸리지만."

"그런가……. 참으로, 밤중에 두들겨 깨워 일어났더니 사건이 줄줄. 오늘 밤은 정말 요란스러운 밤이군."

실드라가 입가에 쓴웃음을 새겼다.

"정말이야. 이런 건 태어나서 처음일지도?"

도미니크도 동감한다는 듯이 고개를 크게 끄덕였다.

◇ ◇ ◇

다음 날 아침, 잠에서 깨어난 리오는 라티파가 자신의 팔을 끌어안고 자는 모습을 봤다.

어젯밤은 감기에 걸릴 조짐이 보였는데, 아슬라가 준 엘프 약을 마신 덕분인지 지금은 놀라울 정도로 상태가 좋았다. 아직 일어날 기미가 없는 라티파의 머리를 쓰다듬고 있자 누군가가 노크했다.

"네, 일어났어요."

상체만 일으켜 밖을 향해 대답하자 천천히 문이 열렸다. 그리고 은빛 늑대 수인 소녀 사라, 엘프 소녀 오피아, 드워프 소녀 아르마 세 사람이 나타났다.

"안녕하세요, 리오 님."

세 사람이 미리 짠 것처럼 입을 모아 인사했다.

"안녕하세요. 무슨 일이세요?"

리오가 묵례로 인사하고 방 안에 들어온 세 사람에게 물었다.

"아침 준비가 끝나서 여쭤보려고 왔습니다. 드시겠어요?"

사라가 세 사람을 대표해서 대답했다. 그녀들 중에는 사라가 연장자라 리더 역할을 맡는 일이 많았다.

"무척 매력적인 제안이지만, 라티파가 깰 때까지 기다릴 생각입니다. 먼저 먹으면 화내거든요."

리오가 부드럽게 웃으며 고개를 저었다.

사라 일행의 표정이 조금 어두워졌다. 리오에게 달라붙어 새근새근 자는 라티파를 보고 오해라고는 하나 자기들이 정말로 죄송한 짓을 저질렀다는 실감이 나서 다시금 강한 죄책감이 치솟았다.

"……알겠습니다."

사라가 꾸뻑 허리를 숙였다.

"아, 그럼 먼저 차를 드시는 건 어떠십니까? 리오 님."

오피아가 짝 손뼉을 치고 묘안이라는 듯이 제안했다.

"그럼 부탁해도 될까요? 오피아 씨."

"네, 기쁘게 들겠습니다! 그럼 잠시만 기다려주세요."

오피아가 만면에 미소를 지으며 발을 돌렸다.

"아, 저도 도울게요! 오피아 언니."

아르마가 돕겠다며 얼른 오피아의 뒤를 쫓았다. 그렇게

순식간에 리오와 사라 둘만이 방에 남았다.

"어, 아……."

사라는 순간 자기도 도와주러 갈까 했지만, 그녀의 냉정한 사고회로가 차를 우리고 옮기는데 세 사람이나 필요하지는 않다는 결론을 내리고 단념했다.

하지만 또래 이성과 단둘만 남으니 조금 불편했다. 멋대로 오해하고 일방적으로 폐를 끼친 상대라서 더욱 그랬다.

"아, 안녕하세요."

사라는 무심코 인사를 해버렸다. 곧 그 행위에 아무 의미도 없다는 것을 알아차렸는지 피시식 소리가 날 것처럼 뺨을 붉히고 고개를 숙였다.

귀와 꼬리가 파닥파닥 정신없이 움직였다. 리오의 시선이 쏠렸다.

'저거 마음대로 움직이는 건가?'

리오가 신기해하며 고개를 갸웃거렸다.

"저, 저기, 리오 님!"

"네, 왜 그러세요?"

사라가 긴장해서 말을 걸자 리오도 무심코 자세를 바로잡았다.

"그, 리오 님은 라티파가 노예였을 때를, 아십니까?"

사라가 묻기 어려워하며, 그럼에도 묻지 않을 수 없다는 표정으로 질문했다.

"아뇨. 어떤 취급을 받았는지 상상은 되지만, 안 좋은 기억을 떠올리게 하고 싶지 않아서 깊이 파고들지 않았습니다."

"……그렇습니까. 그렇다면 저기, 만약 괜찮으시다면 리오 님이 아는 범위 내에서 들려주실 수 있을까요?"

"결코 재미있는 이야기는 아닐 거예요."

흥미본위로 물을 이야기가 아니다— 라는 뜻을 은근히 비쳤다.

"……네. 하지만 그래도 알고 싶습니다."

사라가 강한 의지를 숨긴 눈으로 리오를 쳐다봤다.

"알겠습니다."

리오는 자신의 추측을 포함해 라티파가 어떤 취급을 받았는지 사라에게 구체적으로 가르쳐줬다.

처음에는 무서울 정도로 감정이 희박했다는 것, 그런 줄 알았는데 마음에 극심한 트라우마를 품고 있는지 가끔 정서가 불안정해진 것, 가혹한 전투훈련을 받았다는 것, 암살자였다는 것, 그리고 자신을 죽이려고 했다는 것, 지금까지 제대로 된 식사를 한 적이 없다는 것—.

충격적인 사실뿐이라 말문이 막혔는지 사라는 말이 없었다. 다만, 이야기를 다 들었을 때는 피가 솟구칠 것 같은 분노를 견디며 몸을 떨었다.

"라티파는…… 우리는 물건이 아닙니다! 그런데!"

"네, 맞는 말입니다. 정말로—."

리오가 갈 곳 없는 분노에 목소리가 거칠어진 사라에게 동조했다. 사라는 동포 의식이 강한 종족이라서 더 강렬한 분노를 느꼈을 것이다.

"―그건 그렇고, 엿듣기는 좋은 취미라고 할 수 없어요."

리오가 문밖을 향해 말했다. 사라가 놀라서 문 쪽을 쳐다봤다. 그곳에는 아슬라, 오피아, 아르마 세 사람이 있었다.

"알고 있었나. 미안하네. 그 아이에게 신경 쓰이는 것이 있어서 말이야."

아슬라가 사과하며 신묘한 표정을 지었다.

"라티파에게 무슨 일이 있습니까?"

사라가 쭈뼛쭈뼛 물었다.

"그것이…… 라티파는 내 혈육일지도 모르네."

아슬라의 말에 일동이 놀라서 눈을 크게 떴다. 아슬라가 쓸쓸하게 쓴웃음을 짓더니 천천히 말을 이었다.

"내 혈육 중, 십수 년 전에 가출한 아가씨가 있네. 자유 분방한 아이였어. 처음에는 마을에서 사는 게 지겨워서 주변을 서성거리고 있을 줄 알았는데 결국 돌아오지 않았다네. 소식도 없어서 마물이나 짐승에게 습격당한 줄 알았건만……."

아슬라가 리오에게 달라붙어 자는 라티파를 봤다.

"저, 정말입니까?! 아슬라 님!"

사라가 당황해서 물었다.

"음. 사라, 네가 태어나고 얼마 되지 않았을 때의 이야기니라. 확신은 없지만, 그렇게 생각하며 라티파를 보면 묘하게 그리운 마음이 들어. 이 아이의 어미 이름을 묻고 싶지만, 무섭기도 하네. ……이 아이의 어미는 이미 이 세상에 없지?"

아슬라가 괴로운 얼굴로 대답했다.

"안타깝게도 라티파의 어머니는 이미 돌아가셨다고 들었습니다."

"그런가……."

아슬라가 침통해 했다.

"응, 오빠? 안녕."

그때, 사람들이 옆에 모여서 이야기를 하니 라티파가 잠에서 깨어나 눈을 떴다.

"안녕. 아침 준비 다 됐대. 먹을래?"

"응, 먹을래~."

라티파가 어리광부리는 목소리로 고개를 끄덕였다. 편안한 그 미소는 절절한 과거를 짊어진 것처럼 보이지 않았다. 지금 그녀는 제 나이다운 행복한 소녀였다.

"리오 도령, 정말로 감사하네."

아슬라가 진심으로 감사해 했다.

"아뇨, 저는……."

리오가 살짝 어두워진 표정으로 떳떳하지 못하게 고개를 저었다.

"……흠. 두 사람, 지금부터 식사하나? 사실 나도 아직 안 먹었다네. 괜찮다면 같이 들겠나?"

아슬라가 숙연한 분위기를 바꾸고자 제안했다.

"네, 물론입니다. 그렇지? 라티파."

"응. ……좋아. 오빠가 좋다면."

라티파가 리오의 옷을 붙잡고 낯을 가리며 고개를 끄덕였다.

"그래. 그러면 이야기가 빠르지. 오늘 오전 중에 리오 도령에게 마을 장로진을 소개하겠네. 아이들아, 식사를 준비해라. 그리고 너희도 같이 들자."

아슬라가 기뻐하며 입가에 미소를 그렸다.

"네, 기쁘게 들겠습니다! 그럼 가져올게요. 가자, 사라, 아르마."

오피아가 솔선해서 움직였다. 잰걸음으로 문으로 갔다.

"네. 자요, 사라 언니. 두고 갈 거예요?"

아르마가 재빠르게 움직이며 반응이 늦은 사라를 불러들였다.

"아, 알거든요."

순간 멍하니 있던 사라가 황급히 달려갔다.

리오는 사라와 아르마에게 라티파를 부탁하고 아슬라와 오피아의 안내를 받아 마을 장로들이 모인 청사 최상층으로 갔다.

마을 청사는 마을 중심부에 있는 거대한 나무집 최상층

에 있었는데, 어젯밤 리오가 숙박했던 방도 청사 안에 있었다. 리오는 나무집 외부를 나선형으로 도는 계단을 오르며 마을을 내려다봤다.

정령의 주민들의 생활은 자연과 완전히 일체화됐다. 숲속에 나무와 돌과 점토로 집을 짓고 살았다. 환상적인 광경이었다. 이내 마을 안에 있는 어느 나무보다 높은 곳에 도착하자 압도적인 존재감을 내뿜는 거대한 나무가 보였다.

"저것은……."

"후후, 거목의 정령— 드뤼어스 님이 머무시는 세계수예요. 저희가 이 땅에 산 것보다 훨씬 먼 옛날부터 존재했다고 해요. 크지요?"

리오가 크게 뜨고 나무를 바라보자 오피아가 자랑스럽게 말했다.

"네, 저 나무를 쫓아 여기까지 왔어요."

"……대단하군요. 저 나무에는 고도의 환영마술 결계가 펼쳐져 있어요. 정령술의 소양이 어지간히 높지 않으면 간파하지 못해요."

리오가 아무렇지도 않게 한 말에 오피아가 눈을 동그랗게 떴다.

"그렇……습니까?"

리오는 당장 실감하지 못하고 고개를 갸웃거렸다. 지금껏 자기 외의 정령술사를 만난 적이 없어서 자기가 어느 정도의 정령술사인지 헤아리지 못했다.

하지만 마술을 부릴 때 술식에 흐르는 마력을 한 번만 이해하면 대부분의 마술을 자유자재로 모방할 수 있는 것은 확실히 반칙 같다고 생각하긴 했지만.

"흠, 리오 도령은 누군가의 가르침을 받아 정령술을 익힌 게 아니지?"

걸으면서 대화를 듣던 아슬라가 천천히 물었다.

"네, 계기는…… 있습니다만, 기본적으로는 독학입니다."

리오는 잠깐 말을 망설였다가 수긍했다.

"그렇군. 터무니없는 재능이구면. 역시—."

아슬라가 생각에 잠겨 말하다 끝에 뭐라고 중얼거렸다. 곧이어 최상층에 도착했다.

"리오 도령, 여기일세. 오피아, 너도 들어와라."

아슬라가 문을 열고 리오 일행을 안으로 들였다. 리오가 먼저 들어가고 오피아가 뒤를 이었다. 안에는 연배 있는 장로들이 의자에 앉아 기다리고 있었다.

"그럼 리오 도령은 여기에 앉게. 오피아는 저분 옆에 앉아 접대하거라."

아슬라가 리오에게 입구 근처에 있는 의자를 권하고 오피아를 방 한구석으로 가라고 지시했다. 그곳에는 묘령의 여성이 서 있었는데—.

"……어?"

오피아는 순간 자신의 눈을 의심했다. 그 묘령의 여성은 마을 상층부의 혈육인 그녀보다도 훨씬 위에 있는 존재로,

조금 전에 리오에게 가르쳐준 거목의 정령 드뤼어스였다. 원래대로라면 이런 곳에 있을 리가 없었다. 그런데—.

"왜 그러지? 얼른 가거라."

아슬라가 동요하지도 않고 태연하게 지시했다.

"아, 네, 넷!"

오피아가 어색하게 고개를 끄덕이고 드뤼어스의 옆으로 갔다. 드뤼어스는 오피아를 보고 기뻐하며 끌어안았고, 오피아는 두려워했다. 조용한 실내에 한 곳만 소란스러웠다.

하지만 다른 장로진은 웃으며 지켜볼 뿐, 주의를 주지는 않았다.

리오는 먼저 자리에 앉아 흥미롭게 드뤼어스와 오피아를 보다가 앞으로 시선을 돌렸다. 상석에 세 자리가 있고, 세 명의 최장로— 하이엘프 실드라, 엘더드워프 도미니크, 여우 수인 아슬라가 앉아 있었다.

"그럼 준비가 끝났으니 슬슬 장로회의를 시작하겠다. 이번에는 인간족 소년을 초대한 관계로 인간족의 말로 진행하겠다."

실드라가 회의 개시를 선언했다. 이번 회의에 한해서 인간족인 리오를 배려해 슈트랄 지방에 사는 인간족의 공통어로 사회를 진행하는 모양이었다.

"인간족 소년이여. 오늘 이런 곳까지 불러내어 미안하다. 그리고 이리 와준 것에 깊이 감사한다. 고맙다."

"저야말로 초대해주셔서 감사합니다."

리오가 앉아서 가볍게 인사했다.

"나는 이 마을에 사는 정령의 주민을 아우르는 최장로 중 하나, 실드라라고 한다. 내 옆에 있는 둘도 최장로인데 아슬라는 이미 알 테지. 이쪽의 드워프는—."

실드라가 일어나 자기소개를 하고 도미니크를 소개하려고 했다.

"도미니크다. 잘 부탁한다, 인간족 친구."

도미니크가 끼어들어 직접 자기소개를 했다.

"보는 바와 같이 호쾌한 남자다. 뭔가 실례되는 일이 있었다면 미안하다. 다른 장로진은 또 다른 기회에 소개하도록 하지."

실드라가 작게 한숨을 내쉬고 쓴웃음을 흘렸다.

"친절함에 감사드립니다. 처음 뵙겠습니다. 저는 리오라고 합니다."

리오가 일어나 간단하게 자기소개를 하고 깊이 허리를 숙였다.

"긴장하지 말게, 리오 도령. 귀하는 우리의 손님이고 은인이다. 착각으로 동포가 그대에게 다대한 피해를 끼친 건에 관하여, 그리고 노예로 붙잡혀있던 동포를 해방혀준 건에 관하여 사과와 용서를 구하며 깊은 감사를 표한다."

실드라의 말에 실내에 있던 장로들이 일제히 일어나 리오에게 머리를 숙였다.

리오는 그들의 진지한 태도에 그 인사와 사과가 거짓이

아니라고 판단했다. 하지만 자기보다 경험이 풍부한 사람들이 일제히 자신에게 머리를 숙이니, 불편함에 쓴웃음이 나왔다.

"사과와 감사의 말씀, 확실히 받았습니다. 사과하신 건에 관해서는 여러분의 영역에 함부로 들어온 제게도 과실이 있습니다. 돌이킬 수 없는 피해를 본 것도 아니고 오해가 풀렸으니 문제없습니다. 불행한 오해였다고 흘려보내지요. 부디 고개를 들어주세요."

리오가 침착한 언행으로 예의 바르게 말했다. 아직 소년으로 봐도 지장이 없는 앳된 외모와 달리 어른스러운 표정을 짓는 리오를 보고 장로들이 감탄하며 숨을 삼켰다.

"관대한 마음 씀씀이, 황송하다."

실드라가 고개를 숙였다.

"그러나 우리가 은혜를 입고 원수로 갚은 것은 사실이다. 그래서 사의를 표하기 위해 무언가 해주고 싶다만, 리오 도령은 바라는 것이 있나?"

그리고 조금 어렵게 말을 이었다. 장로들의 시선이 리오에게 집중됐다.

"바라는 것……이요?"

갑작스러운 말에 리오의 얼굴에 당황하는 빛이 떠올랐다.

그러자 아슬라가 한숨을 내쉬며 설명을 보충했다.

"뭐든 좋네. 종족이 달라서 리오 도령에게 어떻게 사의해야 할지 헤아릴 수가 없더군. 무엇을 요구할지 두려워하는 사람도 있지만."

아슬라가 쓴웃음을 지으며 말했다. 장로들이 미묘하게 민망해하자 리오는 이해하는 표정을 지었다.

"그렇군요……. 그럼 라티파를 거두어주시겠습니까? 제 본래 목적은 동쪽에 있는 야구모 지방으로 가는 것인지라."

리오가 진지한 표정으로 정면에 앉은 실드라 일행에게 고개를 숙였다.

장로들이 어안이 벙벙한 표정을 지었다.

"으음, 리오 도령. 허나 그것은 우리의 바람— 오히려 우리가 리오 도령에게 머리 숙이며 부탁해야 할 일일세. 좀 더 욕심을 부려주게나……."

아슬라가 탄식하며 쓴웃음을 흘렸다. 리오는 천천히 고개를 저었다.

"그렇게 말씀하셔도……. 저는 무책임하게 한 사람의 목숨을 맡기려는 처지입니다."

"리오 도령……."

"하지만 만약 부탁을 들어주신다면 제게만 좋은 일일 수도 있습니다만, 지금 저 아이는 저를…… 무척 따릅니다. 그렇다고 생각합니다. 그러니까—."

"리오 도령, 부탁이니 말을 멈춰주게. 하다못해 우리가 부탁하게 해주게나. 어떤가. 라티파와 함께 잠시 이 마을에서 살아주지 않겠나?"

리오가 말하기 어려워하며 말하자 아슬라가 말을 받아

서 이었다.

"무척…… 감사한 제안입니다만, 괜찮으십니까?"

인간족인 자신이 종족문제의 씨앗이 되지 않겠느냐고 리오가 은근히 내비쳤다.

"상관없네. 어제 우리끼리 끝낸 이야기야. 여기 있는 장로 전원이 승복했어. 그 아이를 위해서라도 꼭 부탁하네."

아슬라가 결연히 수긍했다.

"그래, 사양하지 마. 꼬마, 마음에 들었다. 네가 어떤 인간인지 아슬라에게 들었다만, 실제로 얼굴을 마주하지 않으면 모르는 것도 있지. 그 말대로야. 들은 것 이상의 남자구먼, 꼬마!"

도미니크가 유쾌하게 웃으며 리오를 환영했다.

"음, 아슬라와 도미니크의 말대로다. 마을에 사는 동안 자유롭게 지낼 수 있도록 최대한 배려하겠다. 그동안 뭔가 원하는 것이 생기면 사양 말고 말하게."

"그래. 뭣하면 물건이 아니라 우리 마을 아가씨들과 결혼하고 싶다고 해도 돼. 꼬마는 생긴 것도 괜찮고. 뭣하면 우리 아르마는 어떤가?"

실드라의 말에 도미니크가 기분 좋게 큰소리쳤다.

"도미니크, 너무 설치지 말게. 취했나, 이 양반아."

"카하하!"

아슬라에게 혼이 난 도미니크가 호쾌하게 웃었다.

다른 장로들도 웃어서 실내 분위기가 확 밝아졌다.

"이런, 이런. 리오 도령, 그리되었으니 사양하지 말게. 마을에 사는 동안에 원하는 것을 찾게나. 미안하지만, 우리도 꼭 보답하고 싶어서 그러네."

"……알겠습니다. 그럼 마을에 사는 동안 정령술과 생활에 도움이 될 여러분의 지식을 가르쳐주세요."

리오가 피식 웃고 잠시 생각하다가 드디어 원하는 것을 말했다.

"과연…… 그 정도라면 전혀 문제없네."

"음, 우수한 교사를 준비해야겠군."

아슬라와 실드라가 고개를 끄덕였다.

"자― 그럼 이야기도 정리됐으니 이제 내 볼일 봐도 돼?"

그때, 실내에 드뤼어스의 밝은 목소리가 울렸다. 모두의 시선이 그녀에게 쏠렸다.

"드뤼어스 님. 물론입니다. 하지만 그 전에 당신을 리오 도령에게 소개해도 되겠습니까?"

"그래. 부탁해."

아슬라의 물음에 드뤼어스가 느긋하게 고개를 끄덕였다.

"리오 도령, 저기 앉아계시는 분은 거목의 정령 드뤼어스 님일세. 아까 오피아에게 들었지?"

"어…… 정령이요?"

리오가 놀라서 눈을 동그랗게 떴다. 어딘가 인간에서 벗어난 분위기가 났지만, 드뤼어스는 인간처럼 생겨서 갑자기 정령이라는 말을 들어도 실감이 나지 않았다.

"안녕, 리오. 내가 그 드뤼어스야. 잘 부탁해."

드뤼어스가 순수하게 웃으며 둥실 떠올라 리오에게 다가갔다.

"저야말로, 잘 부탁드립니다."

리오가 당황한 얼굴로 인사하자 드뤼어스가 천천히 리오의 손을 잡았다.

"으—음, 역시. 네 안에서 너무나 약하긴 하지만, 정령의 기척이 느껴져. 잠들어 있는 걸까?"

"……정령? 내 안에?"

리오가 멍하니 의문을 입에 담았다.

"응. 짐작 가는 거 없어? 아마도 계약한 것 같은데."

"계약? 아뇨, 특별히 생각나는 건…….'"

리오가 의아해하며 고개를 저었다. 리오로 살아온 생애의 기억 속에 정령과 계약을 맺은 기억은 없었다.

"그렇구나. 이상하네. 아, 불안해하지 않아도 돼. 말만 계약이지 기본적으로 귀찮은 의무 같은 건 없으니까. 오히려 은혜받는 게 더 클 거야."

리오는 이해가 안 돼서 "네에……" 하고 기운 빠진 맞장구를 쳤다.

"있지, 조금 조사해 봐도 될까? 몸에 해가 가지는 않으니까 안심해."

"……네, 부탁드려요."

리오가 잠시 망설이다가 꾸벅 고개를 끄덕였다.

"그럼 실례할게……."

드뤼어스가 리오의 얼굴을 잡았다. 다음 순간, 자기 속으로 어떤 이물질이 들어오는 것 같은 느낌이 들었다. 리오는 가만히 받아들였다.

"우와아. 너 엄청난 양의 오드를 품고 있구나. 맛있어 보여. 정말로 인간족? 아, 역시 패스가 이어져 있어. 계약한 게 틀림없네. 그리고?!"

드뤼어스는 리오 안에 잠든 정령을 진단하려다 갑자기 눈을 크게 뜨고 몸을 움찔했다. 리오가 드뤼어스의 이변을 알아차리고 물었다.

"뭔가 있습니까?"

"뭔가 있다……고 해야 할까, 네 안에 인간형 정령이 잠들어 있다고 할까."

드뤼어스가 당황한 얼굴로 대답했다. 그러자 실내에서 지켜보던 사람들이 예외 없이 술렁이기 시작했다. 리오는 뭐가 뭔지 알 수 없었다.

"인간형 정령, 이요?"

"으음, 들어보니 인간형 정령의 희소함을 모르는 것 같네. 오피아, 이 아이에게 잠깐 설명해줄래?"

드뤼어스가 오피아에게 설명을 부탁했다.

"어, 아, 네! 어어, 드뤼어스 님처럼 인간 형태로 있을 수 있는 것은 정령 중에서도 준 고위급 이상의 격이 높은 정령뿐이에요. 말할 것도 없이 극히 귀한 존재죠. 두 손으로

헤아릴 수 있는 정도만 있을 거라고 추측하고 있습니다."

오피아가 당황하면서도 필요한 정보를 과하지도 부족하지도 않게 전달했다.

"그런 거야. 즉, 그만큼 희소한 정령이 네 안에 잠들어있다는 것. 나와 동등하거나 그 이상의 힘을 가진 정령이 말이야."

"……드뤼어스 님, 그것은 즉 리오 도령 안에 고위 정령님이 잠들어계실 가능성이 있다는 것입니까?"

살짝 어깨를 움츠린 드뤼어스에게 아슬라가 약간 떨리는 목소리로 물었다.

"그래. 일찍 6대 정령이라 불린 고위 정령들은 천 년 이상 전에 발생한 신마전쟁으로 모두 행방불명이 됐지만, 나도 모든 인간형 정령을 아는 건 아니니까. 리오 안에 잠든 정령이 그 고위 정령일 가능성도 있지 않을까?"

드뤼어스가 표표히 대답하자 실내에 "오오" 하는 술렁임이 퍼졌다.

"어, 고위 정령이면 뭔가 문제라도 있나요?"

리오가 장로들의 반응을 힐끗 보고 드뤼어스에게 물었다.

"없을 거라고 생각해. 아, 그런데 정령을 신앙하는 이 마을 아이들에게는 큰일일지도? 나도 꽤 신격화됐는데 고위 정령이 나타나면 엄청난 소동이 일어날지도 모르겠네?"

"……그럼 본인을 깨워서 고위 정령인지 확인해보면 되지 않나요?"

"그러지 않는 게 좋겠어. 많이 소모됐는지 깊이 잠들어 있거든. 함부로 깨우면 괜히 잠이 길어질 수도 있고, 내버려두면 머지않아 깨어날 거야."

드뤼어스가 리오 안에 잠든 정령을 염려하며 고개를 저었다.

"그렇군요……. 알겠습니다."

몇 가지 신경 쓰이는 점이 있지만, 드뤼어스는 정령의 주민들이 신앙하는 존재였다. 시시콜콜 물으면 실례일 수 있었다. 나머지는 나중에 아슬라에게 물어보면 됐다. 리오는 이 자리에서는 더 질문하지 않기로 했다.

그러자 아슬라가 까다로운 얼굴로 입을 열었다.

"으음. 그건 그렇고 리오 도령 안에 있는 것이 못해도 준고위급 정령이라면 리오 도령을 대하는 것도 이래저래 다시 고려할 필요가 있겠어."

"그게…… 무슨 말씀이십니까?"

리오가 반응을 살피듯이 물었다.

"말하자면, 리오 도령을 성인(聖人)으로서 대해도 되지 않겠느냐는 것이다. 의무가 생기는 것은 아니고 우리가 멋대로 특별시 하는 것뿐이다. 손해는 없다."

리오가 미묘하게 경계하는 것을 알아차렸는지 실드라가 쓴웃음을 지으며 대답했다.

"성인……이요? 아니, 애초에 아무것도 안 했고, 아무 실감도 안 나는데 갑자기 그렇게 부르시면 곤란합니다."

리오가 주눅이 들어 말했다.

"카하하. 사사로운 건 신경 쓰지 마. 이 마을에서 받을 대접이 더 좋아지는 거라고 생각하라고!"

"하하…… 뭐, 그렇게 하겠습니다."

도미니크의 호방함에 리오는 쓴웃음을 짓고 고개를 끄덕일 수밖에 없었다.

◇ ◇ ◇

청사 회의실에서 장로들과 드뤼어스를 만나고 라티파와 합류해 점심을 먹은 뒤, 리오는 아슬라의 안내를 받으며 오늘부터 살게 될 집으로 갔다.

장소는 청사에서 걸어서 몇 분 정도. 마을 중심부에 있고, 주변에 마을의 상층부인 사람들의 집이 많았다. 도착한 곳은 여러 나무를 기둥으로 삼은 거대한 나무집이었다.

"굉장해―! 오빠, 발코니도 있어! 넓어! 경관 좋다!"

라티파가 꺄꺄 기뻐하며 달렸다. 무리도 아니었다. 비밀기지 느낌이 가득한 나무집에는 동심을 설레게 하는 매력적인 무언가가 있었다.

"호호, 기운 넘치는구나. 우리 집은 옆일세. 리오 도령, 언제든 놀러 오게. 가구는 갖춰놓았고 식자재는 나중에 아이들이 가져올 거네."

"하나하나 고맙습니다."

"됐네, 됐어. 일단 집 안을 간단하게 안내하지."

아슬라가 기분 좋게 웃고 집 안으로 들어갔다.

"자, 라티파, 가자. 아슬라 씨가 집안을 안내해주신대."

"응, 알았어!"

리오와 라티파도 집 안으로 들어갔다.

라티파가 현관에 들어서자 "우와아~!" 하고 탄성을 질렀다.

제일 먼저 넓고 개방적인 거실이 눈에 들어왔다. 실내에는 시크한 가구가 배치되어 있고, 미닫이문을 열면 바깥을 볼 수 있는 발코니로 이어졌다. 그 밖에도 안방을 시작으로 한 여러 개의 침실이 있고 주방, 화장실 등의 설비도 충실했다.

솔직히 앞으로 라티파와 둘이서 살기에는 아무리 생각해도 너무 넓었다.

라이프라인은 기본적으로 마도구로 움직였다. 현대 일에서와 비슷하게 쾌적한 생활을 할 수 있을 것 같았다.

"사용할 줄 모르는 생활용 마도구가 있으면 나중에 사라와 아이들에게 가르쳐달라고 하게나. 그리고 마지막으로 안내할 곳은 욕실이네."

"욕실도 있나요? 기대되네요."

욕실이라는 말에 리오의 표정이 활짝 피었다.

"호오, 그 표정을 보니 리오 도령은 목욕을 좋아하는 모양이군. 그럼 기대에 부응할지도 모르겠군. 이 집 욕실이 꽤 좋거든."

아슬라가 자신 있게 미소 지었다. 그 자신감은 리오의 기대를 배신하지 않고 그에게 확실한 고양감을 가져다줬다.

"훌륭하네요, 이게 정령의 주민의 욕실입니까?"

"굉장하다! 오빠! 빨리 들어가 보고 싶어!"

리오는 기본적으로 텐션 기복이 작았지만, 이 집 욕실을 봤을 때만은 그 원칙이 통하지 않았다. 라티파도 눈을 빛냈다.

일단 제대로 된 탈의실이 있었다. 욕탕으로 이어지는 문을 여니 세면대와 욕조가 확실히 구분된 일본식 욕실이 떠오르는 욕실이 있었다. 이거라면 몸을 씻고 욕조에 몸을 담그는 것도 가능했다. 바닥도 벽도 욕조도 전부 목재로 만들었다. 자연 소재로 내추럴한 공간을 연출한 것도 기분 전환에 어울리는 비일상감이 들어서 훌륭했다. 그리고 무엇보다 훌륭한 것은 욕실에서 발코니로 이어지는 문을 열고 나가면 그곳에도 나무 욕조가 하나 설치되어 있다는 것이었다. 이른바 노천탕이었다(물론 울타리가 있어서 밖에서 못 보게 되어있다).

"호호, 기뻐하는 것 같아 다행이군."

리오와 라티파가 기뻐하는 것을 보고 아슬라가 쾌활하게 웃었다.

"저기 실례합니다!"

해가 지기 조금 전, 아슬라가 돌아가고 리오와 라티파가 짐 정리 및 방 분배를 하는데 현관에서 소녀의 목소리가 들렸다.

아마 사라 일행일 것이다. 조금 전, 아슬라가 식자재를 가져오게 시켰다고 했다.

리오는 급히 현관으로 가서 문을 열었다. 예상한 대로 사라, 오피아, 아르마 세 사람이 서 있었다.

"여러분, 안녕하세요."

"아, 안녕하세요!"

리오가 친근하게 맞이하자 사라가 긴장한 얼굴로 인사했다.

오피아도 웃고 있었지만, 기분 탓인지 어색해 보였다. 아르마는 쿨하고 진지한 표정으로 꾸벅 인사했다.

"아슬라 씨께 말씀은 들었습니다. 일부러 오시게 해서 죄송해요. 자, 안으로 들어오세요."

리오는 사라 일행을 보고 조금 위화감을 느꼈지만, 일단 집 안으로 초대했다. 세 사람이 "네"라고 대답하고 쭈뼛쭈뼛 집 안으로 들어왔다.

"라티파, 사라 씨네가 왔어."

"안녕, 라티파."

리오의 소개에 사라 일행이 거실 소파에 앉아 있던 라티파에게 인사했다.

"응, 안녕. 언니들."

라티파도 사라 일행의 안색을 살피며 예의 바르게 인사했다.

어느새 세 사람을 「언니」라고 불렀다. 리오가 장로들과 대화하는 동안 사라와 아르마가 라티파를 맡았는데 그사이 마음을 텄나 보다.

"저기, 리오 님. 오자마자 죄송하지만, 짐을 가져와도 괜찮겠습니까?"

"물론이죠. 잘 부탁드립니다."

사라가 쭈뼛쭈뼛 용건을 꺼내자 리오가 선뜻 승낙했다.

"감사합니다. 그럼 오피아, 부탁해."

"응. 일단 필요한 만큼만 식자재 창고로 옮기자. **우리 짐은 그다음에.**"

사라와 오피아가 대화를 나눴다.

리오는 지금 대화 속에서 물어봐야 할 것 같은 말을 들은 기분이 들었지만, 잘못 들었나 하고 흘려 넘겼다. 그도 그럴 것이 짐을 옮기겠다던 그녀들은 빈손이었다.

"저기, 여러분 빈손으로 보이는데 짐은 어디에 있나요? 옮기는 거 돕겠습니다."

"아, 걱정하지 마세요. 확실히 가져왔습니다. 오피아, 부탁해."

리오가 묻자 사라가 후훗 웃었다. 그리고 리오에게 물어 식자재 창고를 확인하고 그쪽으로 갔다. 무엇을 갖다 두는지 파악하려고 리오도 그녀들을 따라갔다. 라티파도 리오

옆을 걸었다.

"《해방마법》"

마도구로 온도를 낮춰 식자재를 보관하는 창고에서 오피아가 손을 들고 주문을 외웠다. 손 앞의 공간이 소용돌이처럼 일그러지더니 그곳에 온갖 식자재가 나타났다.

"앗?!"

리오와 라티파가 놀라서 눈을 크게 떴다.

"오피아 언니가 사용한 것은 저 팔찌……『시공의 장』이라 불리는 마도구예요. 등록자의 마력으로 시공간적으로 격리된 아공간을 만들어내는 시공마술이 담겨 있어요. 특정 주문을 외우면 온갖 물건을 넣고 뺄 수 있죠."

두 사람이 놀란 것을 알아차린 아르마가 조금 자랑스러워하며 알려줬다.

"굉장하네요. 그런 물건이……. 정령의 주민은 시공마술도 쓸 수 있나요?"

"네. 하지만 연비가 안 좋아서 사용하려면 대량의 오드…… 인간족의 말로는 마력을 소비해요. 그래서 시공마법을 담은 마도구를 만들려면 양질의 정령석이 필요해요."

"정령석이요? 마석이나 마력 결정석이 아니라?"

사라 일행이 짐 정리를 시작한 가운데, 리오가 호기심을 누르지 못하고 아르마에게 물었다.

"네. 마석과 마석을 가공한 마력 결정석과는 달라요. 간단하게 말하자면 상위 호환품이에요."

"그렇군요."

리오가 고개를 끄덕이고 드디어 식자재 정리에 동참했다. 아르마도 작업을 시작했고 어디에 무엇을 둘까, 화기애애하게 작업했다.

가끔 슈트랄 지방에는 존재하지 않지만 지구에서 본 식자재가 하나둘씩 보여서 리오는 남몰래 경악했다.

"이것은……?"

못 본 척할 수 없는 식자재를 발견한 리오가 아르마에게 무엇인지 물었다.

"그건 도를 탈곡한 거예요. 곡물의 일종인데 삶거나 볶아 먹어요."

일본어처럼 『벼』라고 발음하지는 않았지만, 조리법을 들으니 거의 틀림없으리라 판단했다.

"비슷하게 조리하는 곡물이 있지만, 슈트랄 지방에는 없는 식자재네요."

"야구모 지방이 원산지인 식자재니까요. 긴 역사 속에 마을에 들어와 재배된 것 아닐까요?"

"조리하는 것도 먹는 것도 기대되네요."

아르마와 떠들며 작업하는 사이, 대강 식자재를 식자재 창고 선반과 서랍에 정리하고 일단 거실로 돌아왔다.

라티파도 정리하며 사라, 오피아와 수다를 떨었는지 사라 일행이 집에 왔을 때보다 훨씬 안정적으로 보였다.

"그런데…… 저기, 리오 님. 저희는 어느 방에서 자면 되겠습니까?"

차를 우리고 소파에 앉아 모두 한숨 돌리는데 사라가 쭈뼛쭈뼛 물었다.

"……네?"

사라의 말에 리오가 무심코 되물었다.

"어, 저기, 최장로…… 아슬라 님께 듣지 못하셨습니까?"

"어, 무엇을요?"

어렴풋이 이해는 했지만, 리오는 마음을 진정시키려고 일부러 물었다.

"저희 셋도 이 집에서 살며 리오 님과 라티파를 돕게 되었다고……."

사라의 말은 리오가 예상한 대로였다.

"……뭐어?! 언니들도 여기서 같이 사는 거야?"

라티파가 한참 생각하고 나서 기겁했다.

"응, 안 돼?"

"그, 글쎄?"

오피아의 물음에 라티파가 옆에 앉은 리오를 살피며 올려다봤다.

"아니, 그건……."

리오는 난색을 보였다. 서로 소년소녀이긴 하지만 남자 하나에 여자 넷이 사는 생활— 상상만 해도 피곤했다.

"음, 어떻게 부탁드릴 수 없을까요."

사라가 불안해하며 리오에게 부탁했다.

"……여러분은 그, 싫지 않나요? 저는 남자고 무엇보다 인간이라고요? 명령 때문에 온 거라면 무리하지 마세요."

그렇다. 당사자인 사라 일행이 싫은 건 아니지만, 본 적도 없고 잘 알지도 못하는 자신과 함께 살다니— 리오가 그런 생각을 하며 물었다.

"싫지 않습니다! 리오 님은 은인입니다. 그리고 저희는 아무리 사과해도 모자를 지독한 짓을 저질렀습니다. 그러니 속죄할 수 있게 해주세요!"

사라가 열렬히 말하자 오피아와 아르마도 고개를 끄덕였다.

"아니, 하지만, 요……. 딱히 속죄할 필요 없는데……."

리오가 쩔쩔매며 말했다.

"미, 민폐라는 건 압니다! 저희도 리오 님이 싫어하시지 않을까 불안해서…… 분명히 명령받긴 했지만, 하지만 기뻤습니다! 라티파와도 어서 친해지고 싶고요!"

사라가 절박하게 마음을 털어놓았다. 어지간해서는 물러나지 않을 결의가 느껴졌다. 집 안에 잠시 침묵이 흘렀다.

"리오 도령, 실례하겠네."

아슬라가 현관문을 열고 나타났다.

"아슬라 씨……."

당신의 지시입니까, 리오가 시선으로 물었다.

"중간부터이긴 하지만, 이야기는 들었네. 아이들과 동거하는 것 말인데. 리오 도령, 나도 부탁하네."

"그렇게 말씀하셔도…… 안 좋은 것 아닙니까? 세 분은 마을 상층부 분들의 혈육이지요? 인간인 저와 함께 살면 안 좋은 소문이—."

리오가 일어나서 아슬라에게 다가가 작게 말했다.

"그렇기 때문이네. 이미 마을에 리오 도령과 라티파의 소문이 퍼졌어. 마을 상층부가 소문을 종기처럼 다루면 오히려 그게 안 좋은 소문을 만들 걸세."

아슬라가 딱 잘라 고개를 저었다.

"괜찮은, 건가요?"

"괜찮아. 최장로인 내가 보증함세. 그리고 이것은 라티파를 위한 조치이기도 해. 리오 도령은 훗날 마을을 떠날 셈이지? 그럼 리오 도령에게 의존하는 상태로 있는 건 안 좋아. 보호자로, 친구로 저 아이 곁에 있어 줄 사람이 필요하지 않겠나. 저 아이들은 아직 미숙하지만, 모두 좋은 아이들이라네."

아슬라의 말이 맞았다. 리오는 라티파의 장래를 생각하면 보수적인 생각을 버려야 한다고 반성했다.

"……그러네요. 제게도 라티파에게도 정말 고마운 말입니다."

"오오, 그럼 괜찮은 건가?"

"네, 세 분께 폐가 아니라면……."

그렇게 리오와 라티파와 정령의 주민 소녀들의 동거가 결정됐다.

그날 밤, 앞으로 시작될 새로운 생활을 축하하며 리오 일행은 작은 만찬회를 열었다. 참가자는 동거 멤버인 리오, 라티파, 사라, 오피아, 아르마와 마을 최장로인 아슬라, 실드라, 도미니크 총 여덟 명이었다.

저녁이 되자 주방에서 만찬 준비를 했다. 요리는 사라, 오피아, 아르마 셋이 주도했는데, 리오도 도우미로 나섰다.

"리오 님은 편히 쉬세요."

그러나 예상한 대로 이런 말이 돌아왔다.

"앞으로 같이 살 거니까 그렇게 신경 쓰지 말아요. 서로 지치잖아요? 그리고『님』도 안 붙였으면 좋겠습니다."

리오가 쓴웃음을 지으며 말하자 세 사람이 눈을 마주 봤다.

"저기…… 그럼 리오 씨, 로 괜찮으실까요?"

사라가 대표로 물었다.

"네, 괜찮아요. 집안일도 비슷하게 부탁해요. 자세히 분담하는 건 나중에 정하기로 하고 일단 오늘은 같이 요리하지 않을래요? 서로의 요리 실력을 확인하는 것도 겸해서."

"나, 오빠 요리 먹고 싶어!"

리오가 제안하자 라티파가 곧바로 이야기에 끼어들었다. 세 소녀, 그 중에서도 특히 사라는 리오에게 집안일을 맡기려니 미안한지 티가 났다. 하지만 라티파의 한 마디에 나중에 다시 생각하기로 하고 리오의 제안을 받아들였다.

각자 무엇을 만들지 이야기하고 드디어 요리를 시작했다.

사실 리오는 요리하고 싶어서 견딜 수가 없었다. 그도 그럴 것이 식자재 창고에 슈트랄 지방에서는 구할 수 없는 식자재가 산처럼 있었다. 지구 요리를 이것저것 재현해보고 싶었다. 라티파도 기뻐할 것이 분명했다.

만들기로 한 것은 파스타, 오믈렛, 햄버그로 어린아이가 좋아할 만한 양식뿐이었다.

솜씨 좋게 요리하면서 다른 사람을 방해하지 않은 리오의 훌륭한 움직임에 사라와 아르마가 감탄하며 눈을 크게 떴다.

"후후, 다 같이 요리하니까 즐겁네."

오피아가 방긋방긋 웃으며 기쁘게 요리했다.

"리오…… 씨, 오피아 언니만큼 요리를 잘하시네요."

아르마가 말했다. 아직 『리오 씨』라고 부르는 게 조금 불편해 보였다.

"우, 우리도 질 수 없습니다!"

사라가 의지를 다잡고 한층 더 진지하게 요리에 몰두했다.

시간은 순식간에 흘렀고 만찬회 시간이 다가왔다.

"카하하, 꼬마가 만든 요리 맛있구먼!"

리오 일행이 살게 된 집 식당에서 도미니크가 금속 컵에 든 술을 꿀꺽 들이켜고 기분 좋게 웃었다.

"재료는 친숙하나 발상이 신선한 요리다. 이 나이에 좋은 체험을 했다."

"음, 멋진 솜씨일세. 나는 이 토마토가 든 달걀 요리가 마음에 들어.”

실드라와 아슬라도 리오의 요리에 입맛을 다셨다.

“나는 이 감자와 치즈를 넣은 게 좋아. 술안주로 최고야. 아르마, 넌 어떠냐?”

“저는 이 고기 요리요. 만드는데 손이 가지만, 그러는 보람이 있어요.”

아르마가 대답하고 햄버그를 냠냠 먹었다.

“에헤헤, 오빠 요리 맛있어!”

라티파가 만면에 미소를 지으며 자랑스럽게 파스타를 먹었다.

“리오 씨, 이번에 만든 요리 가르쳐주세요.”

“오, 오피아, 실례잖아요?!”

오피아가 편하게 부탁하자 사라가 황급히 주의시켰다.

“괜찮아요. 대신 저한테도 마을 요리를 가르쳐주세요.”

이래저래 기분 좋게 마을 생활이 시작됐다.

정령환상기

❲ 제 6 장 ❳ ❈ 마을 생활

리오와 라티파가 마을 생활을 시작한 다음 날.

리오는 집 근처 광장에서 아슬라와 오피아에게 정령술을 배우는 중이었다.

"리오 도령은 마술을 모방해 정령술을 쓴다고 들었는데, 그렇다면 아직 진정한 의미로 정령술을 쓴다고 할 수 없네. 일단 정령술이 무엇인지 설명하지."

"잘 부탁드립니다."

"음. 처음에는 추상적인 이야기라 이래저래 이해하기 어려운 것이 많을 테지만, 리오 도령은 정령술을 다루는 데 필요한 능력을 이미 갖추고 있고 격 높은 정령과 계약했네. 이미 일류 정령술사가 된 게지."

아슬라가 유쾌하게 미소 짓고 설명을 계속했다.

"애당초 정령술이란 오드로 마나에 자신의 의사를 전해 세계의 현상을 바꾸는 기법이라네. 오드가 생명 에너지…… 즉 인간족의 말로 마력이라면, 마나란 자연 에너지 그 자체. 정령술을 쓰니 리오 도령은 오드 감지와 목격, 그리고 마나 감지도 할 수 있을 텐데, 맞는가?"

"분명히 오드를 감지하고 목격할 수 있습니다. 마나는 눈에 보이지는 않지만 대기 중에 무언가 신기한 힘이 존재한다는 것은 느꼈습니다. 지금까지 반신반의했지만요."

이 세계에서 처음 정령술을 썼을 때— 아니, 수수께끼의 소녀에게 정령술을 쓰는 방법을 배웠을 때, 리오는 제6감에 눈을 뜬 것 같은 느낌을 받았다. 감각이 예민해지고 원래는 느낄 수 없는 것까지 느낄 수 있을 것 같았다.

'지금 생각해보니 그 아이가 내 계약정령이었는지도 모르겠어.'

리오는 그 순간, 환상처럼 나타나 최소한의 조언만 남기고 사라져버린 소녀를 떠올렸다. 그때의 소녀는 무척 피폐해 보였다. 깊이 잠들어 있다는 드뤼어스의 말처럼.

"그런가. 보통은 그 영역에 도달하려면 결코 짧지 않은 수련을 쌓아야 하는데, 처음부터 준 고위급 이상의 정령과 계약을 맺은 리오 도령은 특별한가 보군."

"정령과 계약을 맺으면 정령술 재능이 개화하기 쉬워지나요?"

"그렇다고 볼 수 있네. 술자와 계약정령은 패스를 통해 깊이 이어지지. 정령이란 명백한 자아를 가진 마나 그 자체. 마나를 조종하는 정령술과 친화성이 발군이야."

"……정령이 명확한 자아를 가진 마나, 인가요?"

자연 에너지인 마나가 명확한 자아를 가지면 정령이 된다는 것이리라.

"음. 처음에 말했지. 정령술이란 오드로 마나에 자신의 의지를 전해 세계의 현상을 바꾸는 방법일세. 마나가 술자의 의사를 파악해 세계의 현상을 바꿀 수 있는 것은 애당초 마나가 막연한 자아를 갖고 있기 때문이네. 정령은 마나가 어떤 기적적인 사정으로 명확한 자아를 가진 존재라네."

"과연……. 그래서 모습을 갖추고 커뮤니케이션도 가능한 거군요. 인간형 외에는 어떤 정령이 있습니까?"

"그것은 실제로 보는 게 빠를 걸세. 오피아."

"네, 최장로님. 에어리얼."

아슬라의 말에 오피아가 고개를 끄덕이고 자신의 계약정령을 불렀다.

그러자 그녀 곁에 빛 입자가 모여 총 길이 4미터에 이르는 독수리 비슷한 생물로 실체화했다. 신비한 현상을 목도한 리오는 숨을 삼켰다.

"부르면 이렇게 실체화하는데, 정령은 보통 영체화하여 술자의 몸속에 있는 경우가 많네. 정령에게 계약자의 몸속은 오드의 공급원. 있기 좋을 게야."

"드뤼어스 님처럼 말은 못 하나요?"

리오가 오피아에게 달라붙어 장난치는 에어리얼을 보며 물었다.

"못 하지. 우리말을 이해하고 계약자와 간단한 의사소통은 가능하지만, 대화할 수 있는 것은 인간형 정령뿐일세. 리오 도령의 계약정령도 눈을 뜨면 많은 대화를 나눌 수 있을 거네."

"깨어나면 이것저것 물어봐야겠네요."

"음. 뭔가 궁금한 게 있으면 내가 아는 범위에서 가르쳐주지."

"감사합니다. 그럼 한 가지 궁금한 게 있는데, 저는 술식 계약으로 마법을 습득할 수 없습니다. 지금까지는 무슨 특수 체질인 줄 알았는데, 이것도 정령과 계약했기 때문입니까?"

술식 계약이란 일종의 마술— 마술로 몸속에 술식을 새겨 마법을 습득하는 의식이다. 하지만 리오는 계약할 때마다 술식이 몸속에 새겨지는 단계에서 반드시 튕겨 나와 계약이 강제적으로 중단돼 지금까지 단 한 번도 술식 계약에 성공하지 못했다.

"바로 그러하네. 몸속에 술식을 새겨서 마법을 쓸 수 있게 하는 것은 인체를 마도구로 개조하는 것과 같아. 즉 생명으로서는 부자연스러운 상태가 되는 거지. 정령은 자연적인 존재니까. 계약자의 몸이 부자연스럽게 개조되는 걸 싫어하네."

"오랜 의문이 풀렸습니다. 그럼 정령과 계약하지 않으면 술식 계약으로 마법을 습득할 수 있나요?"

"결론부터 말하자면 가능하네. 하지만 그 대가로 정령술은 쓸 수 없게 돼. 마법도 오드로 마나를 움직여 세계의 현상을 바꾼다는 점은 정령술과 비슷하나, 마법의 경우에는 마나를 움직이는 것이 술자 본인이 아닌 술식이라네. 인체에 술식이 있으면 마나가 술자의 의사를 정확하게 파악하지 못한다네."

"즉, 정령술이나 마법은 양자택일. 어느 한쪽을 습득하면 다른 한쪽은 습득할 수 없다……. 거기까지는 알겠습니다만, 슈트랄 지방에는 정령술이 전혀 보급되어 있지 않습니다. 무슨 이유라도 있나요?"

"리오 도령은 실감이 안 되겠지만, 정령술은 마법보다 습득하기 어려워. 처음에 언급했다시피 정령술을 쓰려면 오드 감지와 목격, 마나 감지를 할 수 있어야 하니까. 그에 비해 마법에 필요한 기능은 오드 감지뿐. 인간족은 인족 중에서도 유독 정령술 적성이 적으니 말일세. 마법은 간단하게 습득할 수 있으니 마법을 준용했을 걸세. 슈트랄 지방에 사는 인간은 자기들에게 마법을 내려준 칠현신도 있으니 더욱 그랬을 것이고."

"칠현신……이요? 육현신이 아니라?"

리오가 눈을 크게 떴다. 그가 아는 한, 슈트랄 지방에서 신앙하는 다신은 『육현신』이라고 불렸다. 『칠현신』은 들어본 적이 없었다.

"아아, 인간족의 역사에는 육현신으로 이어져 오는가? 우리의 역사에는 천 년도 더 전에 일어난 신마전쟁기에 슈트랄 지방에 나타난 신이 일곱이었다고 이어져 오네. 일곱 번째는 다른 여섯에게 추방되어 인간족의 역사에서 말소된 거겠지."

"그런 역사가……."

역사의 엇갈림에 관심이 생겼지만, 지금은 정령술을 배우는 시간이었다. 이야기가 엇나가지 않게 리오는 깊이 묻고 싶은 것을 꾹 참았다.

"음. 참고로 동쪽 야구모 지방에 사는 인간족 중에는 정령술을 쓰는 사람도 있다네. 그쪽에는 신마전쟁기에 마법이 보급되지 않았거든. 리오 도령은 야구모 지방 출신인가? 슈트랄 지방에서 온 것 같다만, 그 검은 머리카락은 야구모 지방에 사는 인간족의 것 같은데."

"아뇨, 제 출신지는 슈트랄 지방입니다. 부모님은 야구모 지방에서 슈트랄 지방으로 이주하셨습니다만……."

"오오, 그랬는가. 그래서 야구모 지방으로 향하는 게로군."

"네."

리오가 불필요한 부분은 말하지 않고 얼버무리듯이 미소 지으며 짧게 수긍했다.

"그렇군. 흠, 미안하네. 이야기가 다른 데로 가버렸군. 무슨 이야기를 하고 있었지?"

"마법과 정령술의 차이와 거기에서 파생한 칠현신 이야기요. 최장로님."

오피아가 가르쳐주자 아슬라가 쾌활하게 웃었다.

"오오, 그랬구나, 그랬어. 미안하구나, 오피아. 그러고 보니 리오 도령, 물어보고 싶은 것이 있네만."

"뭔가요?"

"음, 나는 정령술만이 아니라 마법도 쓰네. 정령술이 적합하지 않은 일도 있으니까. 허나 인체를 개조해 마법을 익히는 것은 피하고 있네. 그래서 한 가지 묻고 싶은 것이 있는데, 라티파는 마법을 습득했나?"

"한 가지뿐입니다만. 설마 라티파는 정령술을 못 쓰는 겁니까?"

리오가 살짝 어두운 표정으로 물었다.

"아니, 문제는 없네. 마술로 몸속의 술식을 없애는 것도 가능해. 그 아이가 정령술을 익히기 전에 조치하지. 그때는 오피아, 네가 가르쳐주는 게 어떠냐."

"직접 가르치지 않아도 괜찮으세요? 라티파는 최장로님의……."

오피아가 아슬라의 안색을 살피며 물었다.

"괜찮아. 나는 그 아이를 엄하게 지도하지 못할 것 같거든."

아슬라가 환히 웃으며 대답했다.

"주제넘은 짓을 했습니다. 죄송합니다."

오피아가 꾸벅 고개를 숙였다.

"됐다, 됐어. 그럼 하던 이야기로 돌아가지. 정령술은 쓰는 사람의 역량에 따라 마법보다 자유자재로 현상을 바꿀 수 있고, 마법으로 불가능한 것도 할 수 있어. 예를 들어, 에잇."

아슬라가 설명하며 정령술로 자그마한 화염구를 만들었다. 화염구가 순식간에 사람, 동물, 검, 창, 다양한 형태로 변했다.

"굉장하네요……. 술식대로 현상을 바꾸는 마법으로는 마법을 발동한 후에 불의 형태를 자유자재로 못 바꿉니다.

그런 거군요."

리오가 눈을 동그랗게 뜨고 화염구를 바라봤다.

"음. 리오 도령이 마법을 모방해 정령술을 쓰면, 마나도 리오 도령이 상상하는 마법 정도로만 현상을 바꾼다네. 더 자유자재로 정령술을 쓰려면 기존개념을 버려야 해. 일단 잘하는 속성부터 손 쓰는 게 좋겠지. 리오 도령은 어떤 정령술을 잘하나?"

"잘하는 정령술이요? 특별히 잘하고 못 하고는 없는 것 같은데요. 마법도 개인에 따라 습득할 수 있는 것과 없는 것이 있지만, 지금까지는 모방하지 못한 마법이 없어서……."

리오가 대답하자 이번에는 아슬라가 눈을 동그랗게 떴다.

"호오, 보통은 개인에 따라 적성이 있는 속성이 있건만. 리오 도령은 하이엘프인 오피아처럼 만능형인가. 그럼 익히고 싶은 정령술부터 익히는 게 좋겠군. 어떤 정령술이라도 습득할 수 있다네. 예를 들면 마음만 먹으면 하늘도 날 수 있어."

"하늘을요?"

"음. 오피아, 보여주거라."

"네."

오피아가 고개를 끄덕이자 주변 바람이 그녀를 휘감듯이 일었고, 그녀의 몸이 붕 떠올랐다. 리오가 놀라서 눈을 크게 떴다.

"굉장하네요. 저도 할 수 있습니까?"

"물론이지. 하늘을 날 수 있으면 리오 도령의 여행도 훨씬 편해질 거야. 먼저 공중에 뜨는 것부터 시작해서 조금씩 익숙해지면 비행 연습을 하는 게 좋겠네."

"노력하는 보람이 있을 것 같네요. 지도 부탁드립니다."

리오가 의욕에 찬 미소를 지으며 허리를 숙였다.

리오가 아슬라와 오피아에게 정령술을 배우고 있을 무렵, 사라와 아르마는 집 거실에 마을 아이 두 명을 불러 라티파에게 소개했다.

"이 아이가 라티파야. 지금은 인간족의 말만 할 수 있지만, 아르슬란이랑 벨라가 친하게 지내줘."

사라가 아르마 옆에 앉은 라티파를 소개했다.

"네—엣! 라티파, 나는 벨라예요. 잘 부탁해요!"

"으, 응. 나는 아르슬란이야. 잘 부탁해."

라티파 맞은편 소파에 앉은 은빛 늑대 수인 벨라가 기운차게 인사하고 사자 수인인 아르슬란이 수줍어하며 이름을 말했다. 벨라와 아르슬란은 마을 상층부 혈육(벨라는 사라의 동생)으로 장차 마을을 이끌 교육을 받는 아이들이었다.

두 사람은 또래 아이들의 중심이었다. 라티파가 첫 친구로 두 사람을 사귀고 다른 아이와도 줄줄이 친해지게 하려고 사라 일행이 소개시킨 것이다.

"자, 잘 부탁해. 라티파, 예요."

라티파가 쭈뼛쭈뼛 자기소개를 했다.

"에헤헤, 친구가 늘어나는 건 대환영이에요! 먼저 다 같이 이야기해요!"

벨라가 일어나서 라티파 옆에 앉았다. 그리고 "그럼, 질문입니다!" 하고 질문을 던졌다. 아르슬란도 수줍어하긴 했지만, 라티파와 친해지려고 열심히 말을 걸었다.

라티파는 얼마 되지 않아 두 사람에게 마음을 열었다.

"아르슬란 군, 뭔가 이상하네요. 라티파의 눈을 안 보려고 해요. 얼굴도 조금 빨간 것 같구요."

긴장했는지 어딘가 어색한 아르슬란을 보고 벨라가 고개를 갸웃거렸다.

"수줍어하는 거야. 라티파는 귀여우니까."

"네, 그러네요."

사라와 아르마가 웃으며 말했다.

"뭣, 아, 아니야! 아니거든! 뭐라는 거야, 두 사람!"

아르슬란이 얼굴을 새빨갛게 물들이며 부정했다.

"에헤헤, 아르슬란 군 말이 맞아. 벨라가 더 귀여운걸. 낯가리는 거지? 나도 그래."

라티파가 말 그대로 아르슬란의 반응을 받아 막았다.

"와아, 기뻐요! 하지만 라티파가 더 귀여운걸요."

벨라가 라티파를 끌어안았다.

"아, 아니, 그런 게 아니라……."

한편 아르슬란은 우물우물 조금 전의 말을 정정하려고 했지만, 벨라의 목소리에 묻히고 말았다. 저질러버렸다며 어깨가 조금 처졌다.

"후후, 간지러워, 벨라."

라티파가 벨라와 뺨을 맞대고 간지러워하며 웃었다. 두 사람의 귀가 기쁘게 파닥거렸다.

"이제 많이 친해졌으니까 밖에서 놀래요? 라티파를 모두에게 소개해도 될까요? 사라 언니."

잠깐 장난치다가 벨라가 만족하고 말했다.

"그래. 하지만 말이 안 통하는 아이도 있을 테니 너희가 다른 아이들과 잘 중재해줘. 알았지?"

사라가 주의사항을 늘어놓고 허락했다.

"물론이지요!"

"응, 빨리 가서 술래잡기하자!"

벨라와 아르슬란이 라티파의 손을 잡고 현관으로 달려 갔다.

밖으로 나오자 마침 정령술 수업을 끝내고 돌아온 리오, 오피아, 아슬라 세 사람과 마주쳤다. 리오의 얼굴을 보고 라티파의 표정이 확 밝아졌다.

"아, 오빠! 어서 와!"

"와아, 라티파의 오빠인가요? 멋있어요!"

벨라가 리오의 얼굴을 보고 수줍어했다.

"호호, 떠들썩하구먼."

"아, 최장로님. 안녕하세요."

"안녕하시어요."

아르슬란이 아슬라의 얼굴을 보고 꾸벅 인사했다. 벨라도 따라 했다.

"라티파, 놀러 가?"

"응. 지금부터 밖에서 놀 거야. 그래도 돼?"

리오의 물음에 라티파가 쭈뼛쭈뼛 물었다.

"당연히 되지. 잘됐다. 저녁 만들고 기다릴 테니까 놀다와. 둘 다 라티파와 친하게 지내줘서 고마워."

리오가 라티파에게 놀다오라고 허락해주고 벨라와 아르슬란을 마주 봤다.

"네. 라티파의 오빠가 마을 밖에서 온 인간족이군요. 사라 언니에게 이야기 들었어요. 잘 부탁드리어요."

"자, 잘 부탁합니다."

벨라가 예의 바르게, 아르슬란이 머뭇머뭇 인사했다.

"고마워. 나야말로 잘 부탁해."

"네, 입니다!", "네!"

리오가 마주 인사하자 벨라와 아르슬란이 고개를 굳게 끄덕였다.

"그럼 저와 사라 언니는 애들이랑 같이 갈게요."

"뒷일을 잘 부탁드려요. 리오 씨, 오피아."

사라와 아르마는 보호자 역할로 라티파 일행을 따라가는 모양이었다.

"네—. 차 마시고 저녁 만들고 기다릴게요. 다녀오세요."

오피아가 리오와 아슬라와 함께 외출하는 멤버를 배웅

했다.

"네, 다녀오겠습니다. 잠깐, 이 녀석들. 너희 마음대로 먼저 가면 안 돼요!"

사라가 당황해서 라티파 일행의 뒤를 쫓았다.

"호호, 떠들썩하구먼."

아슬라가 미소 지으며 중얼거렸다. 리오도 입가에 부드러운 미소를 그렸다.

◇ ◇ ◇

그리고 마을 생활이 시작되고 몇 개월이 흘렀다.

배울 것은 많았고, 당황스럽고 소란스러운 나날을 보내며 리오와 라티파는 조금씩 마을 생활에 익숙해졌다. 그러던 어느 날의 일이다.

리오가 아슬라, 오피아와 함께 정령술 수업을 하는데 라티파가 엄청난 속도로 달려왔다.

"오빠!"

라티파가 충돌 직전에 속도를 줄이고 리오를 끌어안았다. 목덜미에 팔을 감고 등에 달라붙어 눈 깜짝할 사이에 어깨로 얼굴을 내밀었다.

"아이쿠, 무슨 일이야?"

리오가 살짝 비틀거리며 묻자 이번에는 벨라와 아르슬란, 거기에 사라까지 나타났다.

"이 녀석들!"

사라가 등장하자마자 라티파, 벨라, 아르슬란을 혼냈다.

"라티파, 무슨 짓 했어?"

무방비하게 뺨을 문지르는 라티파에게 리오가 재차 물었다.

"사라 언니가 쉬는 시간을 안 줘. 오빠랑 만나면 안 된대!"

"이상하게 고자질하지 마세요. 공부가 끝나면 만나도 된다고 했잖아요. 저는 도중에 빠져나가서 화내는 겁니다."

라티파가 불만스러운 얼굴로 말하자 사라가 논리정연하게 반론했다.

라티파가 볼을 부풀렸다.

"매일매일 공부만 해서 재미없는걸. 나도 정령술 배우고 싶어."

"라티파는 배워야 할 것이 아주 많아요. 정령술도 조금씩 배우고 있잖아요."

"하지만 오빠랑 같이하는 게 좋아."

"억지만 부리면 안 됩니다."

사라가 단호히 고개 저었다.

"싫은걸. 흥이다. 사라 언니는 불뚱이야."

라티파가 중얼거렸다. 사라가 기가 막혀 입을 벌리고 말을 잃었다.

"뭣…… 라티파! 여기 정좌하세요. 앉으세요!"

"싫어~."

"큭, 애가……."

라티파가 혀를 날름 내밀며 손가락으로 아래눈꺼풀을 당기자 사라의 몸이 가늘게 떨렸다. 푹신푹신한 귀여운 귀와 꼬리가 위협적으로 바짝 섰다.

"사, 사라, 라티파가 쓸쓸했나 봐."

지금까지 조용히 지켜보던 오피아가 황급히 사라를 달랬다.

"맞아요, 사라 언니. 라티파는 리오 오빠랑 만나고 싶었을 뿐이에요. 우리보다 공부도 많이 하는데 숨 돌리는 것도 필요하다고 생각해요."

벨라도 지원사격을 한— 그때였다. 날개가 퍼덕이는 소리와 함께 하늘에서 인영이 내려왔다.

"무슨 일인가? 소란스러운데……."

나타난 것은 날개 수인인 우즈마였다. 모여 있는 사람들을 둘러보다 아슬라와 리오를 확인하고 놀라서 눈을 크게 떴다. 그리고 곧바로 황송해 하며 무릎을 꿇었다.

"최, 최장로님과 리오 도령, 안녕하십니까……."

아슬라가 고개를 끄덕였고 리오도 어색한 정령의 주민의 말로 인사했다.

그러자 우즈마가 리오를 보고 놀라서 눈을 동그랗게 떴다.

"벌써 정령의 주민의 말을 하실 수 있게 된 겁니까?"

"네. 일상회화라면 어찌어찌. 아직 어색하지만요. 라티파와 함께 배웠습니다."

리오가 우즈마의 질문에 더듬더듬 대답했다.

"놀랐습니다. 그리고, 그……. 지난번 일은 정말로 죄송했습니다."

"……아, 아뇨. ―아직 말이 익숙하지 않아서 지금부터는 슈트랄 지방 말로 실례하겠습니다. ……지난번 일로 우즈마 님이 근신처분을 받으셨다고 들었습니다. 부디 신경 쓰지 마세요. 저는 신경 쓰지 않으니까요."

처음에 왜 사과하는지 몰라서 대답하는데 잠깐 시간이 걸렸다.

"우즈마, 오랜만입니다. 근신은 언제 풀렸습니까?"

사라가 대화에 참여해 질문을 던졌다.

"오랜만입니다, 사라 님. 오늘부로 근신이 풀렸습니다."

"그렇군요. 오늘부터 업무에 복귀합니까?"

"아뇨, 전사의 업무는 아직 휴업 중입니다. 외출할 수 있게 되어서 먼저 리오 님께 다시 사과드리려고……."

우즈마가 리오를 보고 송구해 하며 얼굴을 흐렸다.

리오가 쓴웃음을 짓고 "신경 쓰지 마세요"라며 어깨를 움츠렸다.

"그럼 우즈마는 오늘 아무 일도 없습니까?"

리오와 우즈마 사이에 흐르는 어색한 분위기를 느낀 사라가 신경 써서 질문했다.

"네. 특별히는."

"그렇군요……. 그럼 오랜만에 대련하지 않겠습니까?"

"아, 네. 괜찮습니다만……."

우즈마가 조심스레 고개를 끄덕였다.

"오오, 우즈마 씨랑 사라 누나 대련해?! 보고 싶어!"

"사라 언니, 파이팅이에요!"

대련이라는 말에 아르슬란과 벨라가 갑자기 흥분했다.

"누가 세?"

라티파도 관심이 생겼는지 두 친구에게 물었다.

"그야 우즈마 씨지."

"사라 언니예요."

아르슬란과 벨라의 목소리가 겹쳤지만, 대답은 달랐다.

"아니지, 우즈마 씨는 전사들의 장이야. 사라 누나도 강하지만, 아직 이긴 적 없잖아."

"그렇지 않아요!"

"그런 걸 편들기라고 한대, 벨라."

"으으으!"

아르슬란과 벨라가 외야에서 설전을 벌였다.

"하지만 나는 오빠가 제일 세다고 생각해!"

그때, 라티파가 못 참겠다는 듯이 끼어들었다.

"리오 오라버니께는 죄송하지만, 사라 언니가 더 강해요."

"우즈마 씨가 제일인 게 틀림없어!"

벨라와 아르슬란이 라티파의 말을 일축했다.

하지만 라티파도 지지 않았다.

"아니야. 오빠는 아롱 무리도 내쫓았다고!"

"호오, 아룡 무리를……." "역시나군."

우즈마와 아슬라가 감탄했다. 사라와 오피아가 경외심이 담긴 눈으로 리오를 바라봤다.

"별것 아닙니다. 아직 수련하는 몸이에요."

"저기, 리오 씨. 괜찮으시다면 저와 대련해주시겠습니까? 새벽부터 늦은 밤까지 항상 홀로 수련하시는 걸 보고 한번 싸워보고 싶었습니다."

쑥스러워하며 겸손해하는 리오에게 사라가 조심스럽게 부탁했다.

"오빠, 힘내!"

"사라 언니도 힘내요! 이렇게 된 거 누가 제일 강한지 싸워서 확실하게 하는 거예요!"

리오가 승낙하기 전에 라티파와 벨라가 먼저 불타올랐다. 두 사람에게는 리오와 사라의 대련이 확정된 것이나 다름없었다.

그냥 공부를 땡땡이칠 구실이 생겨서 기쁜 것일 수도 있지만.

"그럼 해볼까요?"

소녀들의 순진무구한 기대를 배신할 만큼 리오는 뻔뻔하지 못했다.

"네, 부디!"

사라가 기쁘게 수긍했다.

우즈마가 하늘을 날아서 훈련용 무기를 가져왔다.

어느새 소문이 퍼졌는지 하나둘씩 구경꾼이 모였고, 대련을 시작할 무렵에는 자그마한 이벤트가 열린 것처럼 보였다.

제비를 뽑아서 처음에는 리오와 우즈마가 대련하게 됐다.

사용 가능한 정령술은 신체 강화뿐이라는 규칙도 정하고 리오는 바스타드 소드를, 우즈마는 짧은 창을 들고 광장에서 대면했다. 심판은 사라다.

그리고 드디어 대련이 시작됐다.

"시작!"

시작 신호와 함께 우즈마가 리오에게 돌진했다. 날개가 만든 추진력도 더해져 그 속도가 마치 강궁으로 쏜 화살과 같았다. 순식간에 거리를 좁히더니 우즈마가 사전 연습이라는 듯이 리오를 날카롭게 찔렀다.

리오는 깨끗하게 공격을 포기하고 필요 최소한의 동작으로 몸을 옆으로 비켜 피했다.

"오오!" 하고 구경꾼들이 환성을 질렀다. 그동안에도 우즈마는 눈사태처럼 정신없이 창을 내질렀으나, 리오는 깔끔한 동작으로 모든 공격을 깨끗하게 피했다.

우즈마는 놀란 표정을 짓고 일단 리오와 거리를 뒀다. 그리고 이번에는 낮은 자세로 창을 쥐고 땅을 기듯이 돌진해 품으로 파고들어 아래에서 위로 치솟아 오르며 창을 휘둘렀다.

리오가 정면에서 공격을 받았다.

그러나 우즈마는 있는 힘껏 창을 밀어붙였다. 리오의 몸이 공중으로 붕 떠오르자 팔에 힘을 싣고 발을 박차며 날갯짓해 리오의 몸을 밀어 올려 날려버렸다.

'정말 굉장한 힘이야.'

리오가 부유하며 우즈마의 완력에 감탄했다.

물론 리오도 정령술로 신체를 강화했지만, 인간족인 리오와 수인족인 우즈마는 순수한 신체 스펙이 너무 차이가 났다. 그만큼 정령술로 강화한 신체 능력치에도 차이가 여실히 드러날 수밖에 없었다.

"하앗!"

강건한 외침과 함께 우즈마가 비상해 공중에 떠오른 리오를 추격했다. 공중에서 정확하게 리오의 팔다리를 노려 단숨에 네 번을 찔렀다.

리오는 팔다리와 몸을 틀어 모든 공격을 종이 한 장 차이로 피했다. 그리고 찔러 들어 온 우즈마의 창이 되돌아가기 전에 왼손으로 창 자루를 잡고 반대로 그녀의 몸을 끌어당겼다. 리오는 검을 휘두르고 우즈마의 몸을 노려—.

일섬, 검을 뉘여 베었다.

우즈마는 즉시 창을 놓고 위로 날아올라 리오의 검을 아슬아슬하게 피했다.

리오는 왼손에 든 창을 고쳐 들고 자루 끝을 잡아 위에 있는 우즈마를 향해 휘둘렀다. 그러나 창끝은 허공을 갈랐다. 공중에서 그녀를 따라잡는 것은 어려워 보였다.

두 사람이 거리를 두고 땅에 착지한 순간— 우즈마가 다시 리오에게 돌진했다. 리오는 우즈마에게 아무렇지도 않게 창을 집어 던졌다.

"큭!"

창을 되찾기 전에 자발적으로 반환받자 우즈마의 반응이 조금 늦었다. 황급히 창을 잡느라 생긴 우즈마의 틈을 놓치지 않고 리오가 달려들었다.

공수역전.

우즈마가 자세를 바로잡기 위해 즉각 뒤로 물러나려고 했다.

그러나 리오는 그녀를 놓치지 않겠다는 듯이 거리를 좁히고 창을 자유자재로 휘두를 수 있는 공간을 죽여 방어할 틈을 주지 않고 날카롭게 검을 휘둘렀다.

"큭……."

열세에 몰린 우즈마. 무수한 공격에 압도돼 간신히 리오의 공격을 막고는 있지만, 공격할 수가 없었다. 리오가 휘두르는 것이 진검이었다면 이미 무수한 상처를 입었으리라.

리오는 우즈마의 순간의 틈을 찔러 검을 크게 휘두르며 강력한 일격을 먹였다.

받아 막은 창이 날아가고 반동으로 우즈마의 몸이 뒤로 밀려났다. 창을 쫓아 도약해 공중에서 창을 잡았다.

"……귀하를 전사로 인정하지. 진심으로 대할 필요가 있겠어.”

우즈마가 조금 전까지의 분위기를 바꾸고 착지와 동시에 선언했다.

리오의 몸에 오싹 한기가 돌았다. 굶주린 들짐승이 눈앞에 있는 것 같았다.

그때, 우즈마가 순식간에 거리를 좁히고 리오의 몸을 세차게 찔렀다.

짓눌릴 것만 같은 압박에 리오는 얼른 옆으로 스텝을 밟았다. 그와 동시에 옆에서 따끔따끔 기분 나쁜 기척이 나서 이번에는 백스텝을 밟았다. 다음 순간, 공기를 찢는 소리와 함께 리오가 직전까지 있었던 곳에 우즈마의 창이 지나갔다.

“호오, 용케 피했군. 그럼 이건 어떤가!”

우즈마가 환희하며 억세게 땅을 밟고, 있는 힘껏 창을 휘둘렀다.

‘무거워!’

얼른 검으로 받아 막았지만, 완력 차이를 느낀 리오는 뒤로 뛰어 창의 위력을 죽였다.

“대련의 영역을 조금 넘은 것 아닌가요?”

리오가 쓴웃음을 지으면서도 즐겁게 물었다.

“미안하다! 요 몇 달, 이 정도의 강자를 상대할 기회가 없었거든!”

우즈마가 사나운 미소를 지으며 외쳤다.

우즈마는 약간 싸움꾼 기질이 있는 것 같다는 생각이 들자 리오의 입가에 살짝 미소가 떠올랐다. 남 말할 처지가 아니었다. 가끔은 이렇게 아무 생각 없이 싸우는 것도 좋을 것 같았다. 리오는 전력으로 부딪치는 상대와 싸우며 조금씩 달아오르는 것을 느꼈다.

하지만 현재 기량으로 지고 있지는 않지만, 신체능력으로는 수인족인 우즈마가 크게 이기고 있었다. 이대로 싸우는 것은 조금 어렵게 느껴졌다.

그럼 조건을 호각으로 만들면 된다. 리오가 자신의 몸속에서 오드를 대량으로 방출했다. 오드 밀도를 높여 모두 신체 강화에 쏟아 넣었다.

정령술로 하는 신체 강화는 신체에 두른 오드의 양에 비례해서 신체능력이 향상되기 때문에, 순수한 신체능력이 수인보다 못하다면 정령술로 신체 강화를 해 더 강력해지면 된다고 리오는 생각했다.

"으음, 이 얼마나 대단한 오드 양과 밀도란 말인가."

야외에서 관전하던 아슬라가 눈을 크게 떴다. 옆에 있던 사라와 오피아도 숨을 삼켰다. 흥미 위주로 모인 마을 주민들도 같은 상황이었다.

리오가 내린 답은 간단했지만, 하고자 한다고 누구나 할 수 있는 일은 아니었다. 대량의 오드를 방출해도 그것을 한 번에 흡수할 수 있는지 없는지는 별개의 이야기였다.

대량의 오드를 응축시켜 몸에 두르려면 상당히 치밀한

제어기술이 필요했다. 관객들이 놀라는 것도 당연했다.

"지금까지는 진심이 아니었다는 건가."

우즈마가 씨익 웃었다.

"아뇨, 진심이었습니다. 전력은 아니었을지도 모르지만."

"과연. 하지만 아직도 전력이 아닌 것 같다만!"

우즈마가 말하며 리오에게 접근해 창을 휘둘렀다.

"아뇨, 꽤 아슬아슬합니다."

리오가 정면에서 공격을 받았다. 조금 전처럼 힘에서 밀리는 일은 없었다.

"가쁜한 얼굴로 잘도 말하는군! 하앗!"

우즈마가 창을 내지르자 리오도 요격하려고 재빠르게 손을 움직였다.

그 직후, 리오와 우즈마의 무기가 수차례 부딪쳤다. 금속 무기였다면 불꽃이 튀었을 것이다. 두 사람의 공방은 접전처럼 보였지만, 조금씩 우즈마가 밀리기 시작했다. 리오가 한 발도 움직이지 않는 것에 비해 우즈마는 돌아다니며 사방팔방에서 공격했다. 이내 우즈마의 숨이 거칠어졌다.

"대단하군. 아무리 공격해도 맞는 느낌이 안 나!"

우즈마가 기뻐하며 오기로라도 리오를 움직이려고 창끝을 아래에서 추켜올려 필사의 일격을 넣었다.

그러나 리오는 반 보 옆으로 이동해 깔끔하게 창을 피했다. 그리고 거두던 검으로 우즈마를 베었다. 리오의 검은 그녀의 몸으로 정확하고 확실하게 들어갔고, 직격하기 직전 아슬아슬한 위치에서 멈췄다.

우즈마는 절대로 피할 수 없는 일격이었음을 알았다.

"……제 패배입니다. 송구합니다. 조금 흥분했습니다."

순간, 분해서 표정을 일그러뜨렸지만, 냉정하게 패배를 인정하고 예의 바르게 인사했다.

"아뇨, 즐거웠습니다. 괜찮으시면 또 상대해주세요."

"네, 부디!"

리오가 악수를 청하자 우즈마가 바로 마주 잡았다. 뭔가 느낀 것이 있는지 리오와 대련하기 전에 있던 어색함이 사라지고 시원해진 표정이었다.

두 사람이 펼친 격전의 결과를 구경꾼 대부분이 어안이 벙벙한 얼굴로 쳐다봤다. 한편, 라티파는 다소곳한 가슴을 자랑스럽게 펼쳤다.

"봐, 아르슬란 군, 벨라. 내가 말했지? 오빠가 제일 세다고!"

"으, 응. 네 오빠 굉장한데."

라티파의 말에 아르슬란이 멍한 표정으로 대답했다.

"아, 아직 사라 언니는 지지 않았어요! 우리 언니는 강하다고요!"

벨라가 동요하면서도 있는 힘껏 허세를 부리며 기대를 담아 사라를 바라봤다.

'베, 벨라~ 허들 높이지 마! 난 우즈마도 못 이겨봤다고!'

순진무구한 동생의 기대를 온몸으로 받으며 사라는 폭

포처럼 식은땀을 흘렸다.

◇ ◇ ◇

리오가 우즈마, 사라와 대련하고 며칠 뒤.

이른 아침, 아직 자는 사람이 많은 시간. 리오는 사라와 대련하고 있었다. 리오에게 패배한 날 밤부터 사라는 리오에게 같이 연습해달라고 부탁했다.

"움직임이 둔해졌어요. 슬슬 쉬죠."

"아직, 아직 괜찮……습니다! 하다못해 스치기라도!"

호흡이 여유로운 리오에 비해 사라의 숨은 거칠었다. 기분 탓인지 말투도 평소보다 조금 거칠었다. 하지만 그런데도 목제 나이프를 들고 리오를 공격했다.

"마을 전사인 여러분은 훌륭한 신체능력을 갖췄습니다. 하지만 쓸모없는 동작이 많아요. 그것은 사라 씨도 마찬가지입니다. 아직도 동작에 쓸모없는 부분이 있어요."

리오가 사라의 공격을 피하며 조언했다.

미개척지 숲에 틀어박혀 동족끼리 사이좋게 살아서 그런가, 마을 전사들의 전투 스타일은 한결같이 자연에 사는 생물을 상대하는 것에 특화되어 있었다.

동족끼리 싸우는 일이 없어서 대인 전투는 기껏해야 시합형식으로 모의전을 하는 모양이었다. 또 개개인의 신체능력이 높고, 그것만으로도 충분히 강한 탓인지 대인 전투

기술은 그리 중시하지 않는 경향이 있었다.

그래서 그들의 대인 전투 방법은 좋게 말하면 용맹과감, 나쁘게 말하면 저돌맹진하기 쉬웠다. 교활하게 상대의 틈을 노리거나 완급을 조절해 상대를 동요시키거나, 기교적인 움직임에 의지하는 것보다 단순히 힘과 속도에 의지하는 전투 방식을 좋아했다.

그것은 사라도 그러했다.

"아, 압니다!"

사라는 그렇게 말하며 리오에게 크게 찌르기를 넣었다.

리오는 간단하게 사라의 손을 잡고 자세를 무너뜨려 집어 던졌다. 사라는 공중에서 몸을 돌려 땅에 착지했다.

"사라 씨는 냉정한 것 같은데 의외로 오기가 있네요."

리오가 피식 웃었다.

"으으~! 왜냐하면, 왜냐하면, 아직 승부는 끝나지…… 않았는걸요!"

사라가 분한지, 아니면 창피한지 얼굴을 새빨갛게 물들였다. 그것을 얼버무리듯이 다시 기운차게 달려 리오에게 다가갔다.

"두 분, 안녕하세요. 리오 씨, 저희도 참가해도 될까요?"

"안녕! 나도 할래~!"

그때, 자고 일어난 아르마와 라티파가 나타났다. 그녀들도 사라와 함께 리오에게 연습을 부탁했는데, 둘 다 아침에 약한지 이렇게 늦게 참가하는 일이 많았다.

뭐, 그래도 아직 이른 아침이라 식사 시간까지 연습할 시간은 충분했다.

"그럼 어제 가르쳐준 자세를 확인하며 느긋하게 대련할까요?"

오피아가 식사 준비가 다 됐다고 말할 때까지 리오 일행은 연습으로 땀을 흘렸다.

◇ ◇ ◇

아침 연습을 끝낸 리오 일행은 야외 발코니에 있는 의자에 앉아 오피아가 만든 샌드위치를 아침으로 먹었다.

"으으, 결국 오늘도 리오 씨에게 공격을 맞추지 못했어. ……아, 맛있다."

고개 숙이며 중얼거린 사라가 풀이 죽어 샌드위치를 먹었다. 기분 탓인가 늑대 귀가 평소보다 처진 것 같았다.

"사라 언니, 멋지게 당했죠."

아르마가 지적하자 사라의 늑대 귀가 움찔 반응했다.

"그, 그건 아르마도 저랑 비슷했잖아요."

"저는 사라 언니만큼 저돌적이지 않거든요."

"윽……."

리오에게 여러 번 비슷한 지적을 받아서 그런지 사라는 반론하지 못했다.

"사라 씨가 열중하는 점은 좋습니다. 다만, 열중해서 동작이 단조로워지는 건 조금씩 고쳐가요."

사라 앞에 앉은 리오가 살짝 쓴웃음을 지으며 격려했다.

사라의 표정이 순간 멍해졌다.

"네, 네……. 부탁드립니다."

그리고 부끄러워하며 뺨을 붉혔다. 샌드위치를 두 손으로 들고 작은 입으로 작은 동물처럼 냠냠 베어 물었다.

"사라 언니, 얼굴이 빨개요."

아르마가 옆에 앉은 사라를 힐끗 보고 말했다. 사라가 덜컥 과장스러운 반응을 보였다.

"뭣, 그, 그럴 리가 없습니다!"

"그런 뜻으로 좋아한다고 한 건 아니니까 말이죠."

아르마가 테이블을 사이에 두고 앞에 앉은 리오에게 들리지 않게 중얼거렸다.

"다, 당연하죠! 무, 무슨, 바보 같은 말을 하는 겁니까?!"

사라의 뺨이 한층 더 빨개졌다.

"후후, 무슨 말을 하는 거예요? 사라."

테이블을 사이에 두고 리오 옆에 앉은 오피아가 우스워하며 물었다.

"에, 엘프인 오피아라면 들었을 텐데요?! 귀가 좋으니까!"

"우후후, 글쎄요? 그렇죠? 리오 씨, 라티파."

오피아가 리오와 리티파에게 말을 돌렸다.

리오는 중간부터 무슨 말인지 안 들려서 고개만 갸웃거렸다. 그런데 리오와 사라 중간에 앉은 라티파가 천천히 입을 열었다.

"있지, 사라 언니가—."

"라, 라티파!"

사라가 황급히 일어나 라티파의 입을 막았다.

"읍~?!"

"아, 아무것도 아닙니다. 리오 씨! 아무것도 아니에요!"

리오가 사라의 기세에 눌려 고개를 끄덕였다.

"네, 네. 그런데 라티파가 괴로워하니 놓아주세요."

리오가 쓴웃음을 지으며 지적하자 사라가 황급히 라티파의 입에서 손을 떼고 "미, 미안해요."라고 말했다. 라티파가 "정말!" 하고 귀엽게 뺨을 부풀렸다.

그것을 보고 오피아와 아르마가 재미있어하며 키득키득 웃었다. 리오가 피식 웃자 라티파도 데구루루 웃기 시작했다.

유일하게 사라만 창피해하며 뺨을 붉혔다.

"아, 맞다. 리오 씨, 두 달 뒤에 정령대제가 열리는 거 아시나요?"

한바탕 웃자 오피아가 문득 생각났는지 말을 꺼냈다.

"네, 들었어요."

"사실은 말이죠. 요즘 마을 상층부 사이에 리오 씨의 요리에 대한 평판이 좋아요."

"그래요?"

리오가 눈을 동그랗게 떴다. 처음 듣는 말이었다.

"네. 전에 장로회의 때, 리오 씨께 배운 요리로 점심을 만들었어요. 그랬더니 아주 호평을 들었지 뭐예요."

"그렇군요. 그런데 그것과 정령대제가 무슨 관련이 있나요?"

"정령대제 뒤에 만찬회가 열리는데 그때 리오 씨께 배운 요리를 만들어보고 싶어요. 그리고 갑작스러운 부탁이라 죄송하지만, 마을 여자들에게 요리를 가르쳐주시겠어요?"

"네, 괜찮아요. 도움이 된다면, 기꺼이 해드릴게요."

리오가 흔쾌히 승낙했다.

"감사합니다! 그럼 가까운 날에 요리교실을 열게요. 자세한 건 나중에 연락할게요."

오피아가 표정을 확 밝히고 꽃처럼 웃었다.

정령의 주민이 사는 이 마을에서는 이곳 유필리아 대륙의 동서고금을 원산으로 하는 다양한 식물을 재배했다. 애당초 정령의 주민은 대륙 각지에 흩어져 살던 사람들이 인간족의 박해를 피해 이 땅으로 이동한 역사가 있다. 이주 과정에서 각지의 다양한 식물을 갖게 됐고 오늘날까지 관리·재배한 것이다.

정령의 주민은 높은 농업기술을 가졌고 거목의 정령 드뤼어스가 관리하는 대삼림은 식물에게 천국 같은 토양이라 온갖 작물이 최고의 상태로 성장했다.

이 마을은 그야말로 음식의 낙원이었다.

리오도 그 은혜를 받아, 마을에 살기 시작하면서부터 전생의 지식을 활용해 일식, 양식, 중식 상관없이 많은 요리를 재현하느라 애를 태웠다. 또 사라 일행 중에 특히 요리를 좋아하는 오피아에게 정령의 주민이 자랑하는 미식 요리를 배웠다. 오피아도 리오가 만든 요리에 관심이 있어서 지금은 서로 가르쳐주고 배우는 관계가 됐다.

그런고로 리오 일행이 사는 집에는 매일 지구산 요리와 정령의 주민의 요리가 식탁에 올라왔다. 가끔 아슬라와 일부 장로진을 초대하면 리오의 요리를 먹고 입맛을 다셨다. 그러자 점점 소문이 소문을 불렀고, 리오에게 요리를 배운 오피아가 자기 손으로 만든 지구산 요리를 장로회의에 대접하게 됐다.

그 결과, 반응은 최고— 꼭 리오에게 요리교실을 열어달라는 이야기로 발전했다. 리오는 제안을 받아들여 마을 여자들에게 요리를 가르쳐주기로 했다.

참가자는 젊은 여성층이 주였고(10대 중반까지는 인간족처럼 성장하지만 이후로는 갑자기 노화속도가 감속하는 장명종인지라 외모 나이와 실제 나이가 일치하지 않는 사람이 많지만) 총 오십 명을 넘었다.

현재 마을 공민관에 있는 대조리실에는 식욕을 불러일으키는 냄새와 함께 앞치마를 걸친 여자들의 왁자지껄한 목소리가 울려 퍼졌다.

두 마디 대답으로 받아들였지만, 예상 이상으로 참가자

수가 많았고 남자는 자기 혼자인 공간에서 리오는 왠지 묘하게 근질근질 마음이 불편했다.

하지만 받아들인 이상은 확실히 책임을 다해야 했기에 마음의 가면을 쓰고 교사라는 역할에 몰두했다.

일단 레시피를 메모한 종이를 각 그룹에 배포하고 직접 조리하며 손놀림이나 불 조절 등 요령과 주의점을 설명했다. 이어서 레시피와 리오가 직접 요리하는 것을 보고 그룹별로 조리하게 했다.

리오는 어시스턴트 오피아와 나뉘어 각 그룹 조리대를 돌며 학생들의 작업을 지켜봤다. 실제로 조리하기 시작하자 질문이 쏟아지고, 요리하다가 막히는 그룹이 나오면 그때그때 대응해서 해결했다.

지금도 마침 곤란에 처한 그룹을 발견했다.

"사라 언니, 아르마 언니. 이 토마토소스, 신맛이 너무 세지 않아?"

라티파가 작은 숟가락으로 토마토소스를 떠서 할짝 핥고 물었다.

"으음, 확실히……." "신맛이 좀 세네요."

사라와 아르마가 토마토소스를 맛보고 표정을 흐렸다.

"으으, 리오 오라버니가 만든 건 이것보다 덜 시었어요."

벨라가 소스를 맛보고 귀와 꼬리를 부르르 떨었다.

그러자 그때. 리오가 나타났다. 손에 든 작은 숟가락으로 토마토소스를 맛보고 조언했다.

"좀 더 약한 불로 졸여서 수분을 날리죠. 졸아들면 물을 넣어서 농도를 조정하고, 맛 확인은 자주자주 해주세요. 그래도 안 되면 육수를 넣고 끓이세요."

"그렇구나. 아직 덜 졸였던 거군요."

"토마토는 가열하면 신맛이 날아가니까요. 맛이 어우러지고 단맛도 나옵니다. 육수는 너무 많이 넣으면 토마토소스 맛을 해치니까 되도록 조금만 넣어주세요."

아르마가 이해하자 리오가 해설을 덧붙였다.

옆에서 라티파와 벨라가 시끄럽게 떠들었다.

"에헤헤, 이제 맛있는 라이스 크로켓이랑 양배추 롤을 먹을 수 있겠어요."

"아냐 씨 그룹은 치즈 오믈렛이랑 치킨 토마토소스 찜을 만들었대. 나중에 교환하자."

"으으~ 기대돼요!"

조리교실은 순조롭게 진행됐다.

잠시 후, 조리가 끝난 그룹이 하나둘씩 나오기 시작했다.

"그럼 남자분들이 배를 곯고 있을 테니 완성한 그룹부터 식당으로 이동해주세요. 식기 전에 먹어보죠. 먹은 뒤에는 정리만 하면 되니까 편히 드세요."

리오의 지시에 작업이 끝난 그룹이 식당으로 이동했다. 먼저 조리를 끝낸 것은 요리 경험이 풍부한 여성 그룹뿐, 어린 소녀들로 구성된 그룹은 완성이 늦었다.

하지만 큰 문제는 없어서 리오는 작업이 끝난 조리대를

돌며 간단하게 정리하고 남은 식자재를 회수했다. 어시스턴트도 필요 없어져서 오피아는 라티파 조에 들어갔다.

모처럼이니 리오도 자기가 먹을 요리를 만들기로 했다.

프라이팬에 버터와 양파, 작게 자른 닭다리 살을 넣고 빠르게 볶았다. 양파가 적당히 익자 토마토소스를 넣고 섞었다. 거기에 남은 버터라이스를 넣고 밥알이 날아다닐 때까지 볶았다. 눈 깜짝할 사이에 치킨라이스를 완성했다.

이어서 빠르고 대담하게, 그러면서도 정밀하게 프라이팬과 손을 움직여 오믈렛을 만들었다. 완성한 오믈렛을 치킨라이스 위에 올리고 한가운데를 갈라 마무리로 토마토소스를 뿌리면 폭신하고 촉촉한 오므라이스가 완성됐다.

재료가 아직 남아있어서 오므라이스를 하나 더 만드니 마지막으로 남은 두 그룹도 조리가 끝났다. 그중 한 조에서 라티파가 달려왔다.

"오빠, 같이 먹자!"

"언니들은 저쪽 그룹 사람들이랑 같이 먹을 텐데? 나는 됐으니 다 같이 먹어."

해맑게 웃는 라티파에게 리오가 조금 난처한 얼굴로 대답했다. 다른 그룹은 리오와 접점이 없는 소녀들만 있는 그룹이라 외부인인 자신이 끼는 건 피하는 게 낫겠다고 생각했다.

"뭐어~? 오빠는 어쩌고?"

"나는 적당히 먹을게."

"싫어. 오빠랑 같이 먹는 게 좋아!"

라티파가 떼를 썼다. 그러자―.

"맞아. 같이 먹자, 리오 군. 응? 부탁해."

"어, 괜찮으세요?"

이름 모르는 고양이 수인 소녀가 옆에서 말을 걸기에 리오가 살피며 물었다.

"물론이지! 리오 군. 이 마을에서 반년 가까이 살았는데 사라 님 그룹을 빼면 교류가 거의 없으니까. 계속 이야기 해보고 싶었어. 그렇지? 얘들아."

고양이 수인 소녀가 뒤를 돌아봤다. 어느새 그녀와 같은 그룹 소녀들이 모여서 고개를 끄덕였다. 외모 나이는 모두 10대 중반 정도로 리오보다 연상으로 보였다.

"알겠습니다. 그럼 기꺼이 그렇게 할게요."

분위기상 거절하기 어려워 리오는 사라 일행, 연상의 소녀들과 함께 식사하기로 했다. 식당으로 이동해서 빈 테이블에 만든 요리를 놓았다.

음식 모양은 모두 합격. 피어오르는 냄새가 식욕을 자극했지만, 사라 일행을 제외한 소녀들의 시선은 자기들이 만든 요리보다 리오가 만든 오므라이스에 집중됐다.

"저기, 리오 군. 이거는 무슨 요리야? 실습 때 만든 건 아닌데."

"『오므라이스』야!"

고양이 수인 소녀가 흥미로워하며 묻자 리오 대신 라티

파가 대답했다. 오므라이스는 라티파가 제일 좋아하는 음식이다.

"헤에, 이것도 슈트랄 지방 요리야?"

"네, **지역마다 이름은 다르지만요.** 라티파는 『오므라이스』라고 부릅니다. 많이 만들었으니 괜찮으시면 같이 드세요."

라티파를 힐끗 보고 이번에는 리오가 거짓말로 대답했다. 라티파가 모호하게 맞장구치며 어색하게 웃었다.

리오는 작게 한숨을 내쉬고 의도적으로 라티파에게서 시선을 돌렸다.

"와! 고마워, 리오 군!"

그때, 고양이 수인 소녀가 갑자기 리오의 팔에 달라붙었다. 모두 놀라서 눈을 크게 떴다.

"아, 아냐 씨, 이제 먹을까요? 식겠습니다."

사라가 조금 당황해서 말했다. 고양이 수인 소녀의 이름은 아냐인가 보다.

"응, 모처럼 만든 요리니까. 먹자."

아냐가 고개를 끄덕이고 리오의 팔을 놓았다. 그리고 솔선해서 요리를 앞 접시에 덜었다. 변덕스럽다고 할까, 자유분방한 사람이라는 인상을 받고 리오는 쓴웃음을 지었다.

"오빠는 내가 덜어줄게!"

라티파가 자기 몫보다 리오의 몫을 먼저 덜어줬다.

"이렇게 귀여운 동생이 덜어주고 좋겠다, 리오 군."

아냐가 생글생글 웃었다.

"네, 정말로. 제게는 과분한 귀여운 동생이에요."

"에헤헤, 나한테 귀엽다고 하는 남자는 오빠뿐이야."

리오가 뻔뻔하게 수긍하자 라티파가 행복해하며 수줍어했다.

요리를 다 나누고 드디어 식사를 했다.

"흐아아! 이 오므라이스, 맛있어요!"

벨라가 리오가 만든 오므라이스를 먹고 조금 과장스러울 정도로 감상을 늘어놨다.

"벨라, 내가 오빠가 만든 요리 맛있다고 했지?"

"네! 역시 리오 오라버니예요!"

"둘 다 고마워."

리오가 요리 실력을 칭찬해준 라티파와 벨라에게 고마워했다.

"응, 응. 리오 군은 사라 님이나 다른 분들께 들은 대로의 아이 같아."

아냐가 진지하게 고개를 끄덕이며 말했다.

"어떻다고 하던가요? 조금 관심이 가네요."

"응, 예의 바르고, 다정하고, 잘생겼고, 강하고, 우리말도 금방 배울 정도로 머리가 좋고, 정령술 실력도 굉장하다고. 침이 마르게 칭찬했어!"

리오의 물음에 아냐가 낭랑하게 대답했다.

"아, 아냐 씨!"

사라, 오피아, 아르마 세 사람이 부끄러워하며 뺨을 붉혔다. 특히 사라가 엄청 당황했다. 자기들이 리오에게 품은 이미지를 폭로 당하니 창피한 모양이었다.

"아하하, 빈말이라도 그렇게 말해주시니 기쁘네요."

리오가 빈말이라며 아냐의 말을 받아 넘겼다.

"아니. 빈말 아니야, 리오 군."

아냐가 약간 어이없어하며 말했다. 그 뒤에도 시종일관 활기찬 분위기 속에 리오와 소녀들은 별것 없는 대화를 펼치며 교류를 쌓았다.

❰ 제 7 장 ❱ ✾ 초대받지 않은 손님

리오가 마을에서 살게 된 지 반년 넘게 흐른 어느 날.

장소는 미개척지 서부, 어느 산맥지대.

그리핀 한 마리가 날갯짓하며 머나먼 상공을 날았다.

그리핀은 천상의 사자로도 불리며 용종을 제외하면 하늘의 패자의 일각으로 이름 오른, 몹시 높은 지능을 가진 생물이다. 성질이 거칠고 주로 산이나 언덕 지대에서 사는데 일부 나라에서는 사람이 길러서 타고 다닌다. 상반신이 맹금류라서 그런지 「키야아아」 하고 높은 울음소리를 내는 것이 특징이었다.

"레, 레이스 씨. 이런 곳까지 와도 괜찮나요?"

그리핀의 등에 두 인간이 앉아 있었다. 그중 한 사람─자그마한 모험가 소년이 자기 뒤에 앉아 고삐를 잡은 검은 로브 차림의 레이스라는 남자에게 물었다.

"괜찮습니다. 하지만…… 흠, 모처럼 입단했는데 겨우 이 정도로 겁을 먹다니, 당신이 우리 용병단에서 일하는 건 어려울지도 모르겠네요."

벌써 몇 번째일지 모를 질문에 대답한 레이스는 야단스럽게 한숨을 쉬었다.

"아, 아뇨, 절대 그런 게 아니에요! 그냥 어디로 가는지 정도는 알고 싶었어요. 미개척지에 들어오고 벌써 며칠이

나 지났는걸요."

소년이 황급히 변명했지만, 겁먹었다고 밝히는 거나 다름없었다.

하지만 시야에 들어오는 풍경은 대자연뿐. 사람의 기척은 조금도 느껴지지 않고 위험해 보이는 현지 짐승만 배회할 뿐이었다. 모험가 경험이 적은 소년이 겁을 먹는 것은 당연한 일이었다.

소년은 바로 최근까지 작은 파티를 꾸려 약한 마물을 쓰러뜨리며 푼돈을 버는 모험가에 지나지 않았다. 이제 막 사회에 발을 들인 신참이라 하루하루 연명하는 것만으로도 힘들었다. ―그때, 레이스가 말을 걸어 이 일대에서 유명한 『천상의 사자단』이라는, 그리핀의 이름을 단 용병단으로 스카우트했다.

처음에는 레이스를 수상쩍게 여겼는데, 『천상의 사자단』의 이름을 대고 인재육성을 위해 젊은 모험가를 찾고 있다고 말하기에 이야기만이라도 들어보자고 생각했다.

그가 소속을 나타내는 태그와 『천상의 사자단』의 상징인 기승수 그리핀까지 보여주자, 소년은 너무나 간단하게 영웅이 되고 싶다는 마음을 자극받았다. 정신 차리고 보니 용맹하게 입단 의사를 내보이고 있었다. 그러자 그 자리에서 입단시험을 겸한 임무를 받았고 우왕좌왕하는 사이에 일이 진행되어 그리핀을 타고 이런 곳까지 어슬렁어슬렁 오고 만 것을, 소년은 이제야 반쯤 후회했다.

"후후, 이제 곧 목적지에 도착합니다. 이쯤에서 내리죠."

레이스가 고삐를 당겨 그리핀을 산허리에 내렸다. 그들이 내린 산은 암반이 드러났고 초목이 적었다.

'이, 이렇게 된 거 해내고 말겠어! 난 출세할 거야!'

목적지 근처에 도착해 땅으로 내려온 소년이 드디어 각오를 다졌다.

"가죠."

레이스가 천천히 걷기 시작했다. 소년은 "네!" 하고 굳게 고개를 끄덕이고 그 뒤를 쫓았다. 봉우리를 향해 한 시간 정도 걷자 정상 앞에 큰 동굴이 보였다.

"저, 저기에 들어가나요?"

"네. 미리 조사해놨습니다. 저 동굴 안에 사는 주인은 이 시간대에 먹이를 구하러 나가고 없어요. 한동안 돌아오지 않을 테니 안심하세요."

레이스가 침착하게 설명하자 소년은 숨을 토했다.

"당신은 여기서 기다리세요. 몇 분 뒤에 돌아오겠습니다."

레이스가 그 말만 남기고 조용히 동굴 안으로 들어갔다. 그리고 말한 대로 레이스는 몇 분 뒤에 동굴에서 돌아왔다.

다행이다. 이제 돌아가는 것만 남았다—고 생각하고 완전히 안도하다가 소년은 레이스가 두 손에 든 것을 보고 놀라서 경직했다.

"레, 레이스 씨, 그것은?"

"보면 알 텐데요? 알입니다."

레이스가 표표히 대답했다.

"무, 무엇의 알인가요?"

"이런, 알고 싶으신가요?"

"아, 아뇨……."

소년은 알기 무서워서 무심코 고개를 저었다.

말이 알이지 그 크기는 지름 30센티미터 정도로, 껍질은 둔기를 써야 부서질 것처럼 두꺼웠다. 무게도 대략 10킬로 그램은 될 것 같았다.

"그럼 이걸 당신께 맡기겠습니다."

"네?"

소년이 무심코 멍청한 소리를 냈다.

"이 알은 당신이 가지고 계세요. 저는 그리핀을 조종해야 하니까요. 짐 가방에 넣으려고 돌아가는 길에 먹을 식자재를 버릴 수는 없잖아요?"

"……네, 넷."

레이스가 담담히 설명하자 소년은 반론하지 못하고 딱딱하게 고개를 끄덕였다.

"좋아요. 그럼 그리핀이 있는 곳까지 돌아갈까요."

레이스가 발을 떼는 것과 동시에 소년도 걸음을 뗐다. 더는 이곳에 있고 싶지 않았다.

살아있는 것 같지 않은 마음으로 그리핀이 기다리는 곳으로 돌아갔다.

"부, 부모가 화가 나서 알을 되찾으러 오지는 않겠죠?

설마……."

불안에 쫓긴 소년이 그리핀에 타기 전에 굳은 미소를 지으며 물었다.

"당연히 괜찮죠. 여기서부터 슈트랄 지방까지 거리가 얼마나 된다고 생각합니까?"

레이스가 입가에 기분 나쁜 미소를 지으며 대답했다.

"그렇, 죠……."

"자, 돌아갈까요. 알은 잘 챙겼나요?"

소년이 "네" 하고 고개를 끄덕이는 것을 확인하고 레이스가 그리핀을 띄웠다. 진행방향은 슈트랄 지방이 아닌 정령의 주민들이 사는 동쪽 대삼림이 있는 방향이었다. 그리고 그날 밤, 레이스가 머물렀던 동굴에서 소름 끼칠 정도로 강렬한 통곡이 울려 퍼졌다.

◇ ◇ ◇

드디어 정령대제의 날이 왔다. 의식 무대는 드뤼어스가 수호하는 거목의 뿌리 부근에 세운 정령전이었다.

마을에서 거목까지 걸어서 반각(약 한 시간) 정도로, 현재 그 장대한 경내 안에는 최소한의 경비를 제외한 거의 모든 정령의 주민이 모였다. 그 수가 약 1만 명에 달했다.

신전 무악전(舞樂殿)에 만든 제단에서 거목의 정령 드뤼어스가 무악전에 부복한 실드라, 도미니크, 아슬라 최장로

세 명과 그 밖의 장로들을 내려다봤다.

"위대하신 정령의 크나큰 은혜 아래에, 그 축복과 가호가 우리 정령의 주민이 가는 길에 영원하기를——."

엄숙한 분위기가 주변 일대를 지배하는 와중에 실드라 일행이 드뤼어스에게 기도를 올렸다. 그리고 축사를 외우고 무악전에서 모습을 감췄다.

이번에는 의식용 옷을 입은 사라, 오피아, 아르마 세 사람이 무악전에 나타나 드뤼어스에게 감사를 올리는 노래와 춤을 바쳤다.

드뤼어스가 기뻐하며 세 사람을 내려다봤다.

"언니들, 예쁘다……."

무악전 바로 아래에 라티파가 사라 일행이 노래하고 춤추는 환상적인 모습에 홀렸다. 잠시 후, 사라 일행의 노래와 춤이 끝나자 실드라가 다시 무악전에 나타나 엄숙하게 말했다.

"주민들이여! 올해도 무사히 정령제를 치렀다. 모두가 늘 협력하며 정령에게 꾸준히 기도한 덕분이다. 앞으로도 정령들을 향한 감사를 멈추지 말도록."

결코 크게 말한 것이 아닌데 바람의 정령술 덕분에 실드라의 목소리가 주변 일대에 울려 퍼졌다.

"그럼 이어서 축복의 의식을 행하겠다."

이어진 실드라의 말에 라티파가 깜짝 놀라 몸을 움찔했다.

매년, 일정 나이가 된 정령의 주민의 아이들은 정령대제

때 마을 사람들에게 소개되고 드뤼어스에게 축복을 받았다. 라티파도 그 멤버에 포함됐다. 그리고 드뤼어스의 축복을 받으면 정령계약만큼은 아니지만, 오드의 총량과 정령술 적성이 약간 향상하는 은혜를 입을 수 있었다.

리오는 라티파가 긴장한 것을 알아차리고 천천히 손을 잡았다. 라티파가 용기를 얻었는지 리오의 얼굴을 올려다보며 웃었다.

실드라가 아이들의 이름을 부르자 이름을 불린 아이들이 무악전으로 올라갔다. 아이들은 마을 사람들에게 얼굴 보이고 간단한 소개와 인사를 했다. 이어서 드뤼어스가 아이들의 이마에 축복의 키스를 해주자 축복 받은 아이들의 몸이 부드럽게 빛났다.

라티파의 이름이 불린 것은 올해 축복을 받은 아이들이 다 모인 뒤였다.

"반년 전에 우리에게 온 새로운 동료가 있다. 여우 수인인 라티파다."

이름을 불린 라티파가 작은 몸을 떨며 홀로 무악전으로 올라갔다.

"그녀는 인정 없는 인간족의 손에 박해를 받았으나 한편으로 인정 있는 인간족 소년에게 구해졌다. 씩씩하고 마음 따뜻한 소녀다."

실드라의 소개에 라티파가 어색하게 꾸벅 허리를 굽혔다. 그리고 다른 아이들처럼 드뤼어스가 있는 제단으로 걸어갔다.

"이쪽으로 오렴, 라티파."

"네, 넷."

드뤼어스의 부추김에 라티파가 그녀의 바로 앞까지 다가갔다.

"이제 그대도 정식으로 이 마을의 주민이야. 앞으로도 잘 부탁해."

드뤼어스가 갑자기 라피타를 포용했다. 다른 사람들은 이마에 키스만 했는데, 서비스가 과했다. 주변이 조금 술렁였다.

라티파도 자기도 모르게 당황해서 "흐에?!" 하고 얼빠진 소리를 내버렸다.

"후후, 그대는 지금까지 많이 괴로웠으니 조금 특별 취급. 나는 이 정도밖에 못 해주지만, 마음을 굳게 가지렴."

"네, 넷!"

라티파가 감격해서 고개를 끄덕였다. 드뤼어스가 라티파의 이마에 입을 맞췄다. 라티파의 몸이 부드럽게 빛났다.

조금 예상 못한 일이 있었지만, 라티파도 드뤼어스에게 축복을 받았다. 드디어 축복 의식이 끝났다.

예년대로라면 이제 폐막 의식을 하고 연회로 이동하는데―.

"그럼 마지막으로 라티파를 구해준 분을 이 자리에 초대하겠다. 우리는 일방적인 오해로 그에게 다대한 폐를 끼친 과거가 있다. 하지만 그는 모든 것을 없던 일로 해주었다. 우리는 그에게 큰 은혜를 입었다. 소개하지. 라티파의 그리고 우리의 은인— 리오 도령이다."

실드라가 리오를 소개했다. 리오는 가볍게 인사하고 무악전 계단을 올랐다.

"리오 도령은 우리에게 재미있는 요리 레시피를 많이 가르쳐줬다. 맛있다네. 이후 연회에 그 요리가 나오니 기대들 하게나."

실드라가 자기 옆에 리오를 세우고 말했다. 경내 분위기가 조금 부드러워졌다. 그러나 실드라가 이어서 말한 사실에 경내가 크게 술렁였다.

"사실 리오 도령은 인간형 정령과 계약했다. 이것은 드뤼어스 님께서 직접 확인해주신 것이니 틀림없다. ⋯⋯정숙!"

실드라가 소란스러운 경내의 주민들에게 일갈했다.

리오가 인간형 정령과 계약했다는 사실은 여태까지 마을 상층부만 아는 비밀이었는데 지금 이 타이밍에 사실을 밝히기로 했다. 그 효과는 절묘했다.

"마을 상층부는 인간형 정령과 계약을 맺을 정도의 존재를 소홀히 할 수 없었다. 설령 그것이 정령의 주민이 아니어도."

실드라의 말에 장로진이 예외 없이 과장되게 고개를 끄덕였다. 그 행동은 대외적으로 상층부의 의사가 통일됐다는 것을 알리는 것이 목적이었다.

"리오 도령은 우리의 은인이다. 그가 훌륭한 인격자인 것은 이 마을에서 반년 간 함께 지낸 것으로 의심할 여지없이 명백해졌다. 나는 리오 도령을 우리 정령의 주민의 맹우로 받아들여야 한다고 생각한다. 이견 있는 자 있는가?"

실드라가 소리 높여 묻자 경내가 조용히 가라앉았다. 이견은 없다고 보고 실드라가 말을 계속했다.

"그럼 드뤼어스 님의 협력을 받아 축복의 입맞춤으로 리오 도령을 우리의 맹우로 맞이한 증거를 받고자 한다. 리오 도령, 드뤼어스 님."

실드라의 말에 리오가 드뤼어스가 있는 제단으로 다가갔다.

"후후, 잘 부탁해. 인간족의 작은 영웅 씨."

드뤼어스가 웃으며 리오의 이마에 축복의 키스를 내리자 리오의 몸에서도 부드러운 빛이 났다. 그 직후, 한순간 정숙이 흘렀고 경내에 큰 박수갈채가 울려 퍼졌다.

"자, 이것으로 의식은 끝났다! 연회다! 어서 준비하자!"

박수가 가라앉기 시작하자 도미니크가 식 종료를 고했다.

연회를 앞둔 주민들로 단번에 시끌벅적해졌다.

연회 운영실행 담당자들도 서둘러 행동을 개시했다. 정령술로 주민들을 유도하고 재빠르게 회장 설치 및 운영, 요리와 술을 배식했다.

젊은 남자 엘프와 날개 수인이 하늘을 날며 전령을 맡았고 상공에서 작업 지휘를 하며 확성 정령술을 써서 주민들을 유도했다. 드워프 남자들은 정령술로 땅을 조종해 장대한 경내에 의자와 테이블을 곳곳에 만들었다.

한편, 오피아와 여러 엘프 여자들이 『시공의 장』이라고 불리는 마도구를 이용해 아공간에서 술과 막 완성한 요리를 차례로 꺼냈다. 그것을 종족에 상관없이 남자들이 신속히 각지로 옮겼다. 그렇게 작업은 우왕좌왕 진행됐고 저녁이 되기 전에 준비가 끝났다. 건배소리와 함께 드디어 연회가 시작됐다.

"카하하하하! 리오 꼬마, 꽤 잘 마시는데!"

도미니크가 한손에 잔을 들고 호쾌하게 웃으며 같이 술을 마시는 리오에게 말했다.

"네, 평소에는 훈련이 있어서 잘 안 마시지만, 오늘만큼은 편하게 마시려고요. 그런데 마을 술이 하나 같이 맛있는 것뿐이네요."

리오가 꿀꺽 술을 들이켰다. 아첨이 아닌 마음에서 우러난 찬사였다. 연회에 여러 종류의 술이 제공됐는데 마을 주민들이 싸구려 술처럼 대량으로 마시는 술조차 슈트랄 지방의 왕후 귀족이 마시는 초일류 술에 지지 않는 품질을 갖췄다. 술잔 돌아가는 속도가 빨라지는 게 당연했다.

"당연하지! 우리 마을에서 만드는 건 진짜 술뿐이니까! 인간이 만드는 술처럼 취하면 땡인 술이 아니라고!"

마을 술을 칭찬하자 도미니크가 기분 좋게 웃었다.

"정말입니다. 이 술에 익숙해지면 슈트랄 지방 술은 못 마시겠어요."

"그렇지? 근데 우리가 만드는 술은 이게 끝이 아니야. 조금만 기다려봐. 정령의 주민 비장의 영주(靈酒)를 마시게 해주마."

도미니크가 히죽 웃으며 미스릴 병과 잔을 들었다. 잔에 술을 따르고 리오에게 건넸다.

"이것은……."

"괜찮으니 마셔 봐."

잔 내용물을 들여다본 순간, 향긋한 향기가 리오의 코를 매료시켰다. 잔속에는 찰랑이는 액체가 들어있었다. 리오는 홀린 듯이 잔에 입을 댔다.

그리고 술을 입에 머금은 순간—

"웃?!"

리오는 너무 맛있어서 입안이 술로 가득 찬 듯한 착각이 들었다. 황급히 입을 막았지만, 강렬한 술맛은 이미 리오의 온몸을 달렸다.

영혼마저 몸에서 빠져나가버릴 것 같았다. 영주라는 이름은 술을 마시면 몸에서 혼이 빠져나가 유령이 되기 때문에 붙은 걸까, 리오는 진지하게 생각했다.

정신 차리고 보니 리오는 유혹을 이기지 못하고 두 번째 모금을 마시고 있었다. 그리고 정신 차리고 보니 입속에서 술이 증발한 것처럼 사라졌다.

아니, 술은 리오의 목을 분명히 통과했다. 그런데 너무나 맛있어서 순식간에 사라졌다고 착각했다. 도수가 굉장히 높은데 무서울 정도로 마시기 편했다.

그야말로 영주라는 이름에 걸맞는 초극상의 미주였다. 이것을 마시니 더는 슈트랄 지방의 술은 술이라는 생각이 안 들었다. 말을 잃은 리오의 몸이 잠시 감동으로 떨렸다.

"어때? 그거, 내 수액도 들어갔어."

드뤼어스가 잔을 들고 나타나서 말했다.

"컥, 커헉."

드뤼어스의 수액이라는 말에 리오가 자기도 모르게 기침을 했다.

"꺄, 뭐니, 정말. 갑자기 왜 그래?"

"죄, 죄송합니다. 조금 놀라서. 드뤼어스 님의 수액이요?"

"그래. 영주라고 했잖아. 정령인 내가 머무는 거목의 수액이 재료라 『영주』라고 부르는 거야. 내 수액은 영약 재료이기도 하니까."

드뤼어스가 자랑스럽게 말했다.

"그, 그렇군요……."

수액으로 이정도 술을 만들 수 있다면, 좋은 약 재료도 될 것 같았다.

"그건 그렇고 리오, 술이 세구나? 그 술을 멀쩡히 마시다니 드워프 수준인데."

드뤼어스가 감탄해서 눈을 크게 뜨며 말했다.

"정말입니다. 인간족인 게 아까운 녀석이야. 자, 마셔,

마셔."

도미니크가 리오의 잔에 새로이 영주를 따르며 유쾌하게 찬동했다. 그도 비슷한 양의 술을 마셨을 텐데 아직 태연해보였다.

"확실히 센 술이네요. 그런데 술술 들어가서 무섭습니다."

리오가 경외심을 담아 잔을 채운 영주를 봤다.

"그렇지? 보통 그러더라."

드뤼어스가 왠지 유쾌한 표정을 지으며 리오의 뒤로 시선을 옮겼다. 리오도 시선을 쫓아 뒤를 봤다.

"오, 오피아 씨?!"

그곳에는 비틀거리는 오피아가 있었다. 딱 봐도 취했음을 알 수 있을 만큼 빨간 얼굴로 리오에게 다가왔다.

"리오 니임, 마시고 계세여?"

오피아가 리오 옆에 앉아 혀 풀린 목소리로 물었다. 의젓한 평소의 그녀라고 생각할 수 없는 모습에 리오가 깜짝 놀랐다.

"어, 어어, 오피아 씨, 좀 많이 마신 거 아닌가요?"

리오가 굳은 미소를 지으며 그녀의 몸을 걱정했다.

"아, 개, 갠차나여. 이런 거, 아무거또 아니에혀."

전혀 괜찮지 않은데— 라고 리오가 속으로 거칠게 태클을 걸었다. 그러자 왠지 오피아가 리오에게 달라붙듯이 몸을 기울였다.

"그런 것보다 리오 씻! 언제까지 그러케 딱딱카게 마랄 거예여?"

"……딱딱하게요?"

"구로니까, 그 남하고 거리를 둔 것처럼 마라는 거여."

오피아의 눈이 묘하게 침착했다. 갑작스러운 박력에 리오가 쩔쩔 맸다.

"라피타하고는 음청 사이 죠아졌는데, 리오 씨랑은 아직도 안 친해져써여어. 만난 지 반년 이상 지났는데, 이런 거 용서 모태옷."

열렬히 말하는 주정뱅이 오피아를 어떻게 대해야 할지 모르겠다. 리오는 같이 술을 마신 도미니크와 드뤼어스에게 도움을 구하며 시선을 옮겼다. 그러나 둘 다 어느새 자리를 피하고 유쾌하게 웃으며 멀리서 이쪽을 보고 있었다.

'버림받았어?! 아, 사라 씨!'

리오가 절망한 순간, 사라가 다가오는 것을 보고 안도의 한숨을 쉬었다.

"아— 정말! 오피아, 리오 씨께 민폐예요."

그러며 사라도 양 손으로 잔을 잡고 리오 옆에 밀착해 앉았다.

안색만 보면 사라는 제정신으로 보였지만, 리오는 극심한 위화감을 느꼈다. 같이 살기는 하지만, 오피아도 그렇고 사라도 그렇고 이렇게 적극적으로 리오와 접촉하는 아이가 아니었다.

"음, 사라 씨도 많이 취했나요? 혹시……."

리오가 사라의 눈을 살피며 물었다.

"네, 네. 그, 조금, 취했을지도 모르겠습니다."

정말 취했는지 사라가 뺨을 붉히며 고개를 끄덕였다. 시선이 조금 요동쳤고, 꼬리도 조급하게 움직였다. 기분 탓인가 밀착도가 높아진 것 같았다.

"그렇군요……. 술 깨는 정령술을 걸어 드릴까요?"

몸이 움츠러든 리오가 마음을 다잡고 물었다.

"아, 안 됩니다! 그러면 더 창피해지지 않습니까?!"

"마자여. 사라 말이 마자여."

사라가 황급히 고개를 젓자 오피아가 찬동했다.

더 창피해진다―는 것은 일단 창피함을 느낀다는 건데, 그런데도 이렇게 밀착하는 이유는 무엇일까. 리오는 냉정하게 생각하려고 했다.

하지만 양옆에 있는 소녀들이 밀착하는 탓에 전혀 집중이 안 됐다.

왜 이렇게 된 거야? ―리오는 크게 소리치고 싶었다.

사라도 오피아도 마을의 공주님이라고 해도 과언이 아닌 위치에 있는데다가 말도 안 되는 미소녀들이었다. 지금의 리오는 주변 남자들이 살의를 품어도 이상하지 않은 상황이었으나 당사자들은 아무래도 좋다는 상태였다.

"으으. 오피아 언니랑 사라 언니 치사해!"

그리고 추가타를 넣듯이 라티파가 뒤에서 리오에게 달라붙었다.

"라티파도 취했니……."

리오가 푹 고개를 숙였다. 얼굴이 닿을 정도로 접근한 라티파의 입에서 희미하게 영주의 단 냄새가 감돌았다.

멀찍이 뒤에서 드뤼어스, 도미니크와 함께 유쾌하게 껄껄 웃는 아슬라가 보였다. 저 사람들 짓인가, 리오는 바로 알아차렸다.

그때, 리오에게 말을 거는 소녀가 한 명 더 나타났다. 아르마다.

"안녕하세요, 리오 씨. 저도 앉아도 될까요?"

"네, 제발."

리오가 기뻐하며 고개를 끄덕였다. 아르마의 눈에는 아직 이성이 남아있는 것 같았다.

"정말, 아무리 맛있어도 그렇지. 셋 다 영주를 너무 많이 마셨잖아요."

아르마가 기가 막힌다는 듯이, 그래도 즐겁게 말하며 리오의 정면에 앉았다. 두 사람의 위치는 팔 하나도 안 들어갈 정도로 가까웠으나, 주변이 떠들썩해서 언성을 높이지 않고 대화하기에 딱 좋은 거리였다.

"아르마 씨는 아직 안 취한 것 같네요."

"드워프는 술에 강한 종족이거든요."

리오가 안심하며 말하자 아르마가 살짝 수줍어했다.

"아르마, 기여워~."

"으앗, 오피아 언니, 간지러워요."

아르마의 희미한 표정 변화를 알아차렸는지 오피아가 갑자기 안겨들었다. 아르마는 창피해하면서도 그대로 내버려뒀다.

사라가 훗 웃었다.

"옛날에 울보였던 아르마는 항상 저와 오피아의 뒤를 쫓아다니는 귀여운 아이였어요. 그런데 요즘 들어서는 완전히 어른이 돼가지고. 그리고 호칭도 지금처럼 언니가 아니라 언니야, 라고 불렀어요."

사라가 리오는 모르는 아르마의 옛날이야기를 들려줬다.

리오와 라티파가 아르마를 뜻밖이라는 듯이 쳐다봤다.

"앗, 사라 언니! 무슨 말을 하는 거예요?! 너무 취했어요!"

아르마가 급히 사라를 제지하려고 했다. 하지만 이미 늦었다.

"나 아르마 언니 옛날이야기 듣고 싶어! 그치? 오빠."

라티파가 즐겁게 웃으며 리오에게 말했다.

"그러게."

리오가 놀리듯이 웃으며 찬동했다.

"리, 리오 씨까지……. 지, 지금은 리오 씨와 친교를 다질 때 아닌가요?!"

아르마가 뺨을 붉히며 소리쳤다.

"마자요! 저는 리오 씨랑 더 친해지고 시퍼욧! 그런데 리오 씨는 쪼끔 거리감이 이써욧!"

오피아가 아르마의 말에 자기 의사를 주장했다.

"……저, 하고요? 하지만 지금도 같이 살잖아요."

대답하는데 조금 시간이 걸린 것은 거리감이 있다는 말을 완전히 부정할 수 없었기 때문이었다. 같은 집에 살면서도 리오는 벽을 만들고 사라 일행을 접했으니까.

"같이 사는 건 분명합니다. 연습도 어울려주시고 요리도 가르쳐주셨습니다. 하, 하지만, 뭐라고 할까. 라티파는 저희를 언니처럼 따르게 됐는데, 리오 씨는 아직 거리감이 있다고 할까, 그게, 쓰, 쓸쓸하다고 할까. 저희는 이제 맹우가 됐으니, 그러니까……."

사라가 뺨을 붉히며 리오에게서 시선을 돌리고 틱틱거리는 투로 말했다.

"더 친해지고 싶다능 거지."

오피아가 에헤헤, 수줍어하며 말했다. 결국, 이 심플한 한 마디에 사라 일행의 마음이 응축되어 있었다.

'그래서 이렇게 밀착…… 대담한 짓을 한 건가. 조금 방향이 잘못된 것 같은데…….'

이렇게 스트레이트하게 호의를 부딪쳐주니 기뻤다.

리오는 등에 매달려서 어깨 쪽으로 얼굴을 내민 라티파의 얼굴을 슬쩍 곁눈질했다. 그녀는 생긋생긋 웃으며 지켜보고 있었다.

'라티파도 거들었나? 이런 거 세 사람답지 않기도 하고.'

리오는 입가에 훗 미소를 그렸다. 사라 일행이 익숙하지 않은 행동까지 하며 자기와 적극적으로 친해지려고 했다.

그 사실이 무척이나 기뻤다.

"뭐, 뭐가 우스우세요?"

취해서 그런지, 얼굴을 마주하며 친해지고 싶다고 말한 게 창피해서 그런지, 사라가 얼굴을 붉히며 물었다.

"아뇨, 기쁜 나머지, 저도 모르게. 여러분, 고맙습니다. 성격이 이래서 남과 잘 어울리지 못하지만, 앞으로 더 사이좋게 지내주시면 기쁠 거예요."

리오가 부드럽게 웃으며 사라 일행을 둘러보고 가볍게 묵례했다.

"네, 네! 잘 부탁합니다!"

세 사람이 순간 놀라서 눈을 동그랗게 떴다가 기뻐하며 고개를 끄덕였다. 서로의 손을 잡고 떠들썩하게 기쁨을 나눴다.

"이제 모두 더 친해지겠네!"

라티파가 리오를 안은 채, 기뻐하며 말했다.

"카하하. 이야기가 잘 정리된 것 같군. 자, 음식과 술을 가져왔다. 이걸로 우정을 쌓아라."

도미니크가 호쾌하게 웃으며 다가왔다. 바로 뒤에 아슬라도 있었다.

"역시 여러분도 한 마디 거드셨군요……."

"호호, 생각했던 대로 잘 된 것 같구먼."

리오가 난처해하며 말하자 아슬라가 호호할아버지처럼 웃으며 대답했다.

"도미니크 큰할아버님, 이걸로 우정을 쌓으라니요?"

건네받은 많은 음식과 술을 보고 아르마가 이상해하며 물었다.

"그야 너도 드워프니까 술 마시고, 밥 먹고, 웃는 게 당연하지."

"저까지 그런 무식한 종족으로 싸잡지 마세요."

"크핫, 이 녀석이 참말로. 어떤가, 리오 꼬마. 기량 좋고, 꽤 귀여운 구석도 있어. 모처럼 정령의 주민의 맹우가 됐으니 정령의 주민들 중에 아내를 얻는 건 어떤가?"

도미니크가 해맑은 미소를 지으며 말했다.

"아뇨, 그건……."

"마, 말도 안 되는 말 하지 마세요!"

리오가 어떻게 대답할지 곤란해 쓴웃음을 짓자 아르마가 새빨간 얼굴로 항의했다.

"맞습니다. 그런 것은 본인의 의사를 존중해야 해요. 여자의 의사는 특히."

"왜애. 아르마는 리오 꼬마가 마음에 안 드냐?"

리오의 말에 도미니크가 뜻밖이라는 듯이 아르마를 봤다.

"아, 아뇨. 딱히 리오 씨가 싫은 건 아니에요. 저희는 아직 어리고, 좀 더 순서라는 것이……."

아르마가 얼굴을 붉히고 괜히 진지하게 대답했다.

"아르마 기여워어. 그럼 나더 리오 씨 아내가 될래!"

아르마의 얼굴을 쓰다듬으며 오피아가 말했다.

"호호호. 이거 질 수 없지. 라티파. 그리고 사라도."

"응!"

"왜, 왜 거기에 저도 포함되는 겁니까?!"

라티파는 순진하게 고개를 끄덕였고 사라가 황급히 이의를 제기했다.

"카하하. 뭣하면 넷 다 리오 꼬마의 아내가 되어라. 정령의 마을은 일부다처제니까."

얼굴이 붉은 도미니크가 영주를 한손에 들고 큰소리로 껄껄 웃으며 놀렸다.

"본격적으로 취했네요, 이 노인네……."

아르마가 도미니크를 기막혀 하며 쳐다봤다.

그것을 보고 다른 사람들이 웃었다. 정신 차리니 리오도 웃고 있었다. 이렇게 웃은 게 얼마만인가 싶을 정도로, 행복한 시간이었다.

그렇게 웃고, 떠들고, 흥을 돋우는 사람이 나오고, 정신 차렸을 때는 광장에 있는 정령의 주민 대부분이 취해있었다. 리오의 옆에 라티파, 사라, 오피아, 거기에 술이 센 아르마까지 새근새근 잠들었다. 아르마는 창피함을 얼버무리려고 센 술을 꿀꺽꿀꺽 마신 것이 원인이었다.

"음. 대단한 참상이군."

아슬라가 쓴웃음을 지으며 리오에게 말했다.

"그렇게 생각하시면 좀 말려주세요."

조금 취했는지 얼굴이 붉었지만, 리오가 막힘없이 대답

했다.

"캇캇캇, 리오 도령도 즐거웠지 않은가. 정령술을 쓰면 취기 같은 건 금방 날아가지만, 모처럼 축하 자리에서 그런 멋없는 짓을 하면 쓰나. 리오 도령도 좀 더 즐기지 그랬나."

"아뇨, 충분히 즐겼습니다."

리오는 약간 쓴웃음을 지으며 고개를 젓고 행복하게 잠든 라티파를 봤다.

"슬슬 라티파에게 말할 생각입니다."

구체적으로 무엇을, 이라고 명시하지 않았다. 거기까지 말하지 않아도 아슬라는 리오가 라티파에게 무엇을 말하려는지 이해했다.

"……조금 이른 것 같기도 하지만, 그러기에 적당한 때일지도 모르겠군."

아슬라가 잠든 라티파를 사랑스럽게 바라봤다.

정령대제가 끝난 다음 날.

리오는 창문으로 들어온 아침햇살에 눈을 떴다. 위에 좋은 죽을 사람 수대로 만들었지만, 아직 집 주인이 일어날 기미가 없어 먼저 홀로 들기로 했다.

쪽지를 남기고 밖으로 나가 마을 안을 정처 없이 홀로 산책하기로 했다.

어제 연회의 피로가 남았는지, 여운에 잠겼는지, 일어나서 밖을 걷는 사람들이 평소보다 많이 적었다. 리오는 인기척 없는 광장으로 이동해 데굴 누워 하늘을 봤다. 눈을 감고, 바람을 맞았다. 그렇게 시간이 얼마나 지났을까.

"오빠?"

머리 위에서 불안한 목소리가 들렸다.

리오는 반짝 눈을 떴다. 시야에 비친 것은 라티파의 얼굴이었다.

"내가 여기 있는 줄 용케 알았네?"

리오가 쓴웃음을 지으며 물었다.

"나 여우 수인이라서 코가 좋아. 오빠 냄새를 잊을 리 없잖아."

"그래, 그렇구나. 그런데 왜 그래? 안색이 좀 안 좋은 것 같은데."

"아니야, 이제 괜찮아. 일어났는데 오빠가 집에 없으니까 갑자기 무서워져서 어떻게 됐었나 봐. 오빠가 어디로 가버린 게 아닐까 해서."

라티파가 깊게 안도하며 미소 짓고 고개를 저었다.

"······있지, 이 마을에 온지 벌써 반년 이상 흘렀는데, 이 마을에서 사는 거 재미있어?"

리오가 근심스러운 얼굴로 천천히 물었다.

"응? 응! 엄청 재미있어. 언니들도 있고, 친구들도 있고, 장로님들도 다정히 대해주고, 무엇보다 오빠가 있는걸!"

라티파가 고개를 끄덕이고 해맑게 웃었다.

리오의 가슴이 찌릿 아파왔다. 하지만 그래도—.

"……라티파. 나는, 조만간 마을을 나갈 생각이야."

리오가 충분히 시간을 두고 말했다. 어떻게 말을 꺼내야 할지 몰라 단도직입적으로 말했다. 그리고 반응을 살피며 라티파의 얼굴을 봤다.

라티파의 표정에서 모든 감정이 사라졌다. 멍하니 리오의 얼굴을 보며 굳었다. 바로 몇 초 전까지 그렇게나 귀여운 미소를 보여줬는데.

"가는 거, 야?"

라티파가 사라질 것 같은 목소리로 겨우 물었다.

"응, 가야만 해. 내가 원래 동쪽으로 가려고 했던 거, 알지?"

리오가 일부러 감정을 억누르고 진지하게 사실만을 전했다.

"……어."

라티파가 작은 목소리로 무언가를 중얼거렸다. 그래도 리오는 말을 계속했다.

"그리고. 라티파는 못 데려가—."

"……시, 싫어! 절대로 안 돼!"

라티파가 큰소리로 외치며 리오의 말을 막았다.

"라티파, 부탁이야. 끝까지 이야기를 들어줘."

"안 들어, 듣고 싶지 않아!"

라티파가 굉장히 초조해하며 뒷걸음질 쳤다. 시선이 요동치더니 갑자기 뒤로 달려가 더 이상 리오의 이야기를 듣고 싶지 않다고 거부했다.

"라티파?!"

리오는 달려가는 라티파의 등에 말을 걸었다.

하지만 라티파는 멈추지 않았다. 최근에 습득한 정령술로 신체를 강화했는지 자그맣고 가벼운 몸으로 질풍과 같이 달렸다.

어디로 가는 거야? —리오의 표정이 조금 어두워졌다. 적어도 집은 아니었다. 라티파는 마을 중심부에서 멀어지는 방향을 향해 달렸다.

라티파를 향한 켕기는 마음이 리오의 움직임을 둔하게 만들었다.

지금 쫓아가서 붙잡아도 이야기가 복잡해질 게 눈에 선했다. 그래도 쫓아갈까, 쫓아가지 말까. 리오는 망설이다가 멈춰 선채로 주먹을 세게 틀어쥐었다.

라티파는 숨을 몰아쉬며 정처 없이 달렸다.

"헉, 헉……."

현기증이 날 정도로 빠른 속도로 풍경이 바뀌었다. 그래도 달려 나가는 발을 멈추지는 않았다. 지금은 조금이라도 리오에게서 떨어지고 싶었다.

'싫어, 싫어, 싫어, 싫어!'

오직 그 마음만으로, 리오에게서 떨어지는 것만을 생각했다. 이야기를 듣지 않으면 리오는 어디에도 가지 않을 거라고 생각했다. 모순됐다. 리오에게서 떨어지고 싶지 않은데 지금의 라티파는 리오에게서 떨어지려고 했다.

어젯밤 연회가 심야까지 계속된 탓에 마을을 돌아다니는 사람과 마주치는 일은 없었다. 이상하게 생각해서 라티파를 불러 세우려는 사람은 나타나지 않았다.

정신을 차리고 보니 라티파는 마을 밖으로 나왔다.

시간이 얼마나 흘렀는지 알 수 없었다. 어쩌면 몇 분일수도 있고, 몇십 분일 수도 있고, 한 시간 이상일 수도 있었다.

주위에 인기척이 없어지자 리타파는 겨우 멈춰 섰다. 숲속은 평온하게 가라앉아 있었고, 새의 지저귐과 작은 동물의 울음소리만 들렸다.

마을 주변에는 강력한 결계마술이 몇 중으로 설치되어 있다. 약점이 몇 군데 있지만, 기본적으로 외부인이 들어오는 일은 거의 없었다. 가령 출입할 수 있어도 마을 전사들이 바로 달려갈 터였다.

또, 숲 속에는 길이 없어서 헤매기 쉬웠지만, 라티파라면 냄새를 좇아 언제든 마을로 돌아갈 수 있었다. 그래서 길을 헤매거나 위험한 생물을 만날 수 있다는 공포를 품을 필요가 없었다.

그때였다. 라티파는 하늘이 소란스러운 것을 느꼈다.

올려다보니 나무 사이로 마을 전사들이 큰 소리로 대화하며 하늘을 날아가는 것이 보였다. 그곳에는 사라, 오피아, 아르마도 있었다.

어쩌면 자기를 찾고 있는 것일지도 모른다— 라는 생각에 라티파가 황급히 주위를 둘러봤다. 일단 인영이 없다는 것에 훅 숨을 내쉬었다.

라티파는 달렸다. 마을에서 더 떨어지기로 했다.

리오가 숲 광장에서 라티파와 대화할 무렵.

그리핀 한 마리가 대삼림 근처의 먼 상공을 날아다녔다.

"레이스 씨, 올 때 이렇게 큰 숲 위를 지났던가요?"

커다란 알을 소중히 안은 소년이 그리핀을 조종하는 레이스에게 불안해하며 물었다.

"글쎄요."

레이스가 조금 건성으로 대답했다. 그 눈은 발 아래의 대삼림을 날카롭게 좇았고, 소년은 거의 의식하지 않았다.

'효율적으로 생각해서, 결계 대부분이 지상으로 전개되어 있는 것은 틀림없어 보이는군요. 하지만 마을에 다가가면 하늘을 향한 결계도 있을 터. 스마트하게 일을 진행하고 싶습니다만, 쓸 수 있는 말은 세 개뿐이고, **그것**이 언제 알을 가지러 와도 이상하지 않아요. 용의 굴에 들어가지 않으면— 다소의 리스크는 감수하고, 서두를까요.'

레이스는 소년과 그 팔에 안긴 알, 그리고 자신이 탄 그리핀을 차갑게 쳐다봤다. 크큭 작은 웃음소리를 흘리고 온화한 말투로 소년에게 말을 걸었다.

"슬슬 물가에서 쉴까요. 이 아이도 쉬게 해주어야 하고요."

"네, 넷. 그런데 이런 곳에서 쉬어도 되나요?"

"뭐, 평화로운 숲이니까요. 모처럼이니 두려워하지 말고 기억에 새기세요. **두 번 다시 못 봐요.** 이런 대자연은."

레이스가 그리핀을 적당한 샘으로 내렸다. 현재 있는 곳은 하늘을 날면 천천히 이동해도 마을에서 반각도 걸리지 않을 위치였다.

소년이 그리핀의 고삐를 당겨 샘으로 데려갔다. 고삐를 근처 나무에 묶자 그리핀이 샘물을 마셨다. 소년도 자기 물통으로 수분을 보충했다.

"자, 저는 잠깐 주변을 탐색해보겠습니다. 금방 돌아올 테니 이걸 삼키고 여기서 대기하세요."

레이스가 소년에게 작은 돌을 건넸다. 돌은 보석처럼 투명했다.

"이것을요……?"

소년이 난색을 표했다. 당연했다. 누가 좋아서 보석을 먹겠는가.

"일종의 마도구입니다. 당신과 떨어졌다가 만일의 사태가 일어났을 때를 대비하기 위한 조치예요. 시간이 지나면 몸속에서 녹는데 흡수되어도 몸에 나쁘지 않습니다. 싫다면 억지로 삼키지 않아도 됩니다만……."

"사, 삼킬게요! 그런 거라면!"

레이스가 함축적인 말을 하자 소년이 황급히 보석을 받아 물과 함께 삼켰다.

"다행이네요. 이제 안심하고 떨어져도 되겠어요."

"얼른 돌아와 주세요."

"네. 무슨 일 있으면 저는 신경 쓰지 마시고 그리핀을 타고 도망치세요. 참고로 방향은 저쪽입니다."

레이스가 인식저해 결계에 덮인 거목이 있는 방향을 가리켰다.

"네!"

"아, 그리고. 알은 조심히 옮겨주세요. 뭐, 만약의 경우지만요."

"알겠어요."

레이스가 신신당부하자 소년이 걱정도 많다는 듯이 웃으며 고개를 끄덕였다.

"그럼"이라는 말을 남기고 레이스는 천천히 숲 속으로 걸어갔다. 몇십 초 정도 걷자 샘에 있는 소년이 완전히 안 보이게 됐다.

"자, **남은** 알을 가지고 어서 돌아가고 싶지만, **그것들**이

미끼를 찾으러 올 때까지 기다려야겠군요. 아인 분들이 나타날 수도 있으니 서두를까요.”

레이스가 작게 한숨을 쉬었다. 그 직후, 그의 몸이 허공으로 붕 떠올랐다. 먼 상공까지 올라가자 레이스는 일단 마을에서 거리를 두고 비행하기 시작했다.

한편, 라티파가 숲에서 도망쳤을 무렵.

전체 길이 4미터 정도의 새— 오피아의 계약 정령 에어리얼이 마을 주변 숲 상공을 날았다. 오피아와 우즈마도 그 주변을 자력으로 날았고, 그 외에도 마을 전사 여럿이 날고 있었다.

“그건 그렇고 또 침입자인가요. 겨우 반년에 두 번이나. 평화롭지 못하네요.”

에어리얼의 등에 탄 아르마가 중얼거렸다.

같이 에어리얼의 등에 탄 사라가 입을 열었다.

“그대로 날아가 버리면 좋을 텐데. 상대가 인간일 경우에는 목적을 묻겠습니다. 우즈마, 상대가 인간족이더라도 리오 씨 때처럼 실태를 범해서는 안 됩니다.”

“아, 알고 있습니다!”

사라가 엄하게 말하자 근처를 날던 우즈마가 민망해하며 고개를 끄덕였다.

그 뒤로 서둘러 날기를 4반각(약 30분). 사라 일행은 오드의 반응이 관측된 지점 근처까지 왔다. 지금부터는 그곳을 탐색해서 대상을 발견해야 했다.

"오피아, 부근에 수상한 오드 반응은?"

"……저 샘에 두 개."

사라의 물음에 오피아가 조금 이따 대답했다.

"인간이 있습니다! 그리고 저것은…… 그리핀입니다!"

시력이 좋은 우즈마가 순식간에 대상을 발견했다.

"……일단 숲 속에 내립시다. 그 후, 당초 예정대로 이야기를 들어봅시다. 우리가 먼저 공격하지 않고, 그리핀을 타고 도주할 것 같으면 구속하세요."

사라의 지시에 일동은 숲 속에 내려 샘으로 향했다.

소년이 샘 주위를 불안하게 이리저리 걸어 다녔다.

"금방 돌아온다고 했으면서……. 젠장!"

레이스가 주변을 탐색하겠다고 사라진지 약 30분이 넘게 지났는데 레이스는 돌아올 기미가 없었다. 그때, 근처에서 사락사락 초목이 흔들리는 소리가 들렸다.

"레이스 씨?!"

소년이 표정을 확 밝히고 소리가 난 곳을 봤다. 그러나 그곳에 나타난 사람들을 보고 갑자기 긴장했다.

"아, 아인……."

모습을 드러낸 사라 일행을 보고 소년이 놀라서 중얼거렸다. 그 말을 들었는지 사라 일행이 얼굴을 살짝 찌푸렸다.

"할 말이 있습니다. 저항하지 말고, 얌전히 우리를 따라오시겠습니까?"

"앗, 아, 아니 그게…… 하하."

소년은 황급히 허리에 왼손을 가져갔다. 실실 웃으면서도 경계하며 그리핀 근처로 뒷걸음질 쳤다. 슬쩍 알이 있는 곳으로 시선을 던졌다.

"……그것은 무슨 알입니까?"

사라가 알을 보고 의아해하며 물었다.

"아니, 그게, 뭐라고 할까……."

남의 안색을 살피며 돌아다니던 소년이 쭈뼛거리며 알을 오른손으로 주웠다.

"허튼 짓 하지 마십시오. 거친 행동은 좋아하지 않지만, 적의가 있다고 생각되는 행동을 할 경우에는 이쪽도 대처할 용의가 있습니다. 질문에 대답해주시겠습니까?"

사라가 진지한 표정으로 더듬더듬 교섭했다.

사실 인간족이 이 숲에 출입하는 일이 거의 없어서 사라를 포함한 마을의 전사들은 이런 사태에 익숙하지 않았다.

경험이 압도적으로 부족했다. 반년 전에 리오가 침입했을 때, 경계심이 앞서 냉정함을 잃고 우즈마가 폭주했을 정도로. 그래서 이번에는 그 경험을 반성하고 사라 일행은 냉정하게 행동하려고 했다. 그러나—.

"미, 미안!"

소년은 알을 옆구리에 끼고 허리에 숨긴 나이프를 뽑아 그리핀이 멋대로 움직이지 않게 나무에 묶은 끈을 잘랐다. 그리고 그리핀의 등으로 뛰어들었다.

"기, 기다려주세요!"

사라가 황급히 불러 세웠다.

그러나 소년은 제지를 무시하고 그리핀을 하늘로 띄웠다.

"멈출 리 없습니다! 사라 님, 공격 허가를!"

우즈마가 외치며 정령술을 발동할 준비를 했다. 다른 전사들도 일제히 공격 예비동작을 했다.

"큭, 그리핀을 노리세요! 인간은 죽이지 않도록!"

사라가 명령하자 여러 전사들이 하늘을 향해 살상력이 적은 정령술을 쐈다.

그러나 괜히 천상의 사자라고 불리는 그리핀이 아니었다. 지능이 높아서 자신을 노리는 위력이 조절된 공격을 알아차리고 냉정하게 선회해서 피했다.

"캬아아아!"

그리핀이 새되게 울부짖고 날갯짓하며 단번에 속도를 올렸다.

"빠, 빨라?! 쫓읍시다! 저쪽은 마을이 있는 방향이에요!"

사라가 당황해서 외쳤다. 마을 전사들이 차례로 땅을 박차고 하늘로 날아올랐다.

"사라, 에어리얼에 타!"

오피아가 어느새 자신의 계약 정령을 현현시켰다. 아르마가 벌써 등에 타고 있어서 사라도 급히 뛰어올랐다.

"네, 쫓아가요!"

그 직후, 사라 일행도 높은 상공으로 날아올랐다.

"젠장, 어떻게 하늘을 나는 거야?! 괴물 놈들!"

뒤에서 쫓아오는 마을 전사들을 보며 소년이 외쳤다.

하늘을 날면 어떻게든 될 거라는 생각에 이판사판으로 도망쳤는데 쫓아올 줄이야. 예상도 못했다. 자칫 잘못했다간 조금 전보다 상황이 더 나빠질 기세였다.

"야, 더 빨리 날아! 죽는다고?!"

소년이 마구 소리치며 여행 도중에 레이스에게 배운 대로 그리핀을 가속시켰다. 계속 가속 지시만 내려서 그런지, 조금 전에 공격을 받고 위기의식을 자극받았는지 그리핀이 흥분해서 점점 가속했다.

그러나 그래도 뒤를 쫓아오는 마을 전사들을 떨쳐낼 수는 없었다. 오히려 조금씩 거리가 좁혀지는 것 같았다.

붙잡히는 것은 시간문제라는 생각에 소년의 초조함이 늘어만 갔다.

그때, 소년의 시야가 검은 그림자로 뒤덮였다. 거대한

덩어리가 급낙하하는 줄 알았는데, 갑자기 소년의 앞에 급정지했다.

"어……?"

소년이 얼빠진 소리를 냈다. 무슨 일이 일어났는지 이해할 수 없었다.

"캬아아?!"

한편, 그리핀은 자기 진로에 나타난 방해물을 깨닫고 즉각 감속하며 고도를 낮췄다. 그 결과, 간신히 충돌은 피할 수 있었다.

그러나 급제동의 반동으로(한 팔로 알을 안은 것은 좋지 못한 생각이었다) 소년의 몸이 허공으로 튕겨져 나갔다. 소년의 얼굴이 공포로 일그러졌고 반사적으로 몸을 동그랗게 말았다. 완전히 알을 감싸는 자세로 거대한 나무의 잎과 나뭇가지에 세차게 처박혔다.

소년은 온몸에 강한 충격과 고통을 느끼며 나뭇가지를 부러뜨리면서 낙하했다. 도중에 소중히 안은 알을 놓쳐버렸고 이윽고 등부터 땅에 부딪쳤다.

"컥."

소년의 입에서 신음이 흘러나옴과 동시에 알이 땅에 떨어졌다. 알에 크게 금이 가고 내용물이 흘러나왔다. 그리고 그곳에—

"뭐, 뭐야?!"

겁을 먹은 라티파가 나타났다. 정처 없이 숲 속을 도망

다니고 있었는데 근처에 소년이 떨어졌다.

"괘, 괜찮아요?!"

라티파가 쓰러진 소년을 발견하고 황급히 달려왔다.

"앗, 인간……?"

인간족의 모습을 한 소년을 보고 라티파의 얼굴이 굳었다. 하지만 그래도 상처투성이에 엉망진창이 된 소년을 못본 척하지 못하고 머뭇머뭇 "괜찮아요?"라고 말을 걸며 최근에 배우기 시작한 치료 정령술을 걸어주려고 했다.

소년이 "으……" 하고 신음하며 살짝 눈을 떴다. 눈을 뜬 그곳에는 라티파의 얼굴이 있었다. 머리에 여우 귀가 달렸다. 소년의 얼굴이 공포로 일그러졌다.

"히익, 오지 마, 괴물!"

소년이 안색을 바꾸고 소리쳤다.

"어, 아……. 꺄악!"

라피타가 움찔하며 뒷걸음질 쳤다. 소년은 라피타에게 뛰어들어 고통으로 얼굴을 찌푸리면서도 황급히 도망쳤다.

남은 것은 라티파와 부서진 알뿐— 이라고 생각했다.

"꺄아악?!"

갑자기 주변 나무들을 가지처럼 부러뜨리며 거대한 검은 덩어리가 낙하했다. 충격파로 라티파의 작은 몸이 가볍게 날아갔다.

"으…… 히익?!"

쓰러진 라티파가 살짝 눈을 떴다.

눈앞에는 앞다리와 날개가 일체화된, 온몸을 검은 비늘로 덮은 용을 닮은 생물이, 라티파를 차가운 눈으로 내려다보고 있었다. 그 길이가 가볍게 20미터는 됐다.

그 이름은 블랙와이번. —비룡의 상위종으로 아룡종의 정점에 군림하는 존재였다. 전투능력은 순수종인 용을 제외하면 최강이라 칭해지며, 같은 아룡이라고 해도 예전에 라티파가 마주친 비룡과는 차원이 달랐다.

"요, 용……."

진짜 용을 본 적 없는 라티파에게는 블랙와이번의 형태와 압도적인 존재감은 그야말로 용 그 자체였다.

"크아아아!"

라티파는 겨우 일어났다가 블랙와이번의 포효에 겁을 먹고 작게 비명을 흘리며 다시 엉덩방아를 찧었다.

라티파는 조금씩 뒷걸음질 쳤다. 블랙와이번은 그런 그녀를 하찮은 존재라는 듯이 힐끗 보고 천천히 주변을 둘러봤다.

그리고 부서진 알을 보고—.

"크아아아아아!"

하늘을 향해 우렁차게 외쳤다. 분노에 찬 불길한 눈이 라티파를 좇았다. 블랙와이번은 거구를 띄워 순식간에 몸을 틀었다.

채찍 같은 꼬리를 가로로 휘두르자 성 하고 바람을 가르는 소리가 났다. 주변을 가린 나무들이 한순간에 쓰러져버렸다.

　라티파의 비명이 나무가 날아가는 굉음에 헛되이 사라
졌다.

◇　◇　◇

　갑자기 나타난 재앙에 마을 전사들이 급정지했다. 그리
핀을 탄 소년을 덮친 블랙와이번이 급낙하한 직후, 또 다
른 블랙와이번이 여러 마리의 와이번을 데리고 나타났다.

　"사라 님, 저것은 비룡종 무리입니다!"

　거리를 두고 위협하며 날갯짓하는 와이번 무리와 대치
하자 우즈마가 제일 먼저 난입자들의 정체를 간파했다.

　"모두 당황하지 마십시오! 이유도 없이 이런 곳까지 올
리가 없습니다. 바로 공격하지 않는 것을 보면 사냥을 나
온 것은 아닌 것 같습니다만…… 설마?!"

　사라가 조금 전의 소년이 안고 있던 알을 떠올렸다.

　"사라 언니, 알이에요! 조금 전의 소년이 저들의 알을 훔
친 것 아닐까요?!"

　아르마도 사라와 같은 생각에 다다랐다.

　"그렇다면 큰일입니다. 그와 알은 저 숲에……."

　사라가 입술을 깨물고 눈썹을 찌푸렸다. 두 마리의 블랙
와이번 중 한 마리는 소년이 떨어진 곳으로 내려가 알을
찾고 있었다.

알이 무사하다면 전투를 피하고 돌아갈지도 몰랐다. 하지만 그렇지 않을 경우에는— 최악의 사태를 상상하자 사라의 등에 식은땀이 흘렀다.

잠시 후, 블랙와이번이 하늘을 향해 우렁찬 소리를 내질렀다. 그러자 상공에서 날갯짓하던 비룡종 무리가 성을 내며 통곡했다.

"아무래도 틀린 것 같아요. 큰일이에요. 바로 옆에는 마을이……."

아르마가 얼굴을 굳혔다.

다음 순간, 지상에 있던 블랙와이번이 꼬리를 휘둘러 나무를 쓰러뜨렸다. 그에 호응해 상공의 비룡들이 가까이 있는 사라 일행을 공격했다.

"오피아, 아르마! 저 블랙와이번 두 마리는 우리가 어떻게든 하겠습니다! 우즈마, 당신은 다른 전사들을 데리고 남은 와이번들을!"

"알겠습니다!"

사라의 지휘와 동시에 멤버들이 움직였다.

다가오는 와이번 무리를 향해 각각 특기인 고위력 정령술을 쏟아 부었다. 하늘을 나는 정령술사가 많아서 특성 속성이 바람인 사람이 많았다.

정령술은 자연현상을 조종하는데, 자연법칙의 영향을 받는 일은 있어도 지배할 수는 없었다. 술자의 역량에 따라 자연법칙을 무시한 자연현상을 불러일으키는 것은 가능했다.

　마을 전사들이 정령술을 쓰자 주변의 바람이 휘몰아치고 오드를 띤 바람의 칼과 공기의 포격이 비룡들을 공격했다.

　그러나 그것들은 와이번들의 표피를 직격해도 물리적인 충격 이상의 효과는 주지 못했다. 다소 위력이 약하기도 했고, 평범한 종이어도 가볍게 길이 10미터 이상은 되는 거구에게는 그 정도 효과밖에 주지 못했다.

　바람의 정령술은 자유롭게 변형할 수 있어서 응용하기 편리하지만, 다른 속성에 비해 위력이 약하다는 약점이 있었다. 특히 상대가 거구일 경우에는 어지간한 대규모 정령술이 아닌 이상은 힘에 밀리는 일이 많았다.

　"칫, 하늘을 날면서는 고위력 정령술을 쓸 수 없어! 산개해라! 짝을 이루어 한 사람은 미끼, 한 사람은 한계까지 신체를 강화해서 장갑이 약한 부분을 노려라!"

　우즈마가 지시를 내리자 전사들이 산개했다.

　한편, 사라 일행은 블랙와이번의 주의를 끌었다.

　"역시 순수종인 용에 가장 가까운 아룡이라 불릴 만 하군요. 용은 특수한 피부로 오드를 튕겨낸다고 들었는데, 이 비룡들도 그 특징을 조금 갖춘 것 같아요."

　아르마가 쓴웃음을 섞어서 말했다. 사라 일행도 견제를 겸해 블랙와이번을 정령술로 공격했으나 대단한 데미지는 주지 못했다.

　"뭔가 유효한 수단 없습니까?! 아르마!"

사라가 에어리얼의 등에 탄 아르마를 돌아보며 물었다.

"단순하지만, 물리적인 현상을 일으키는 정령술로 공격하는 수밖에 없어요. 오드로 현상화한 에너지 공격은 위력이 대폭 감소하니까요. 지상 쪽은 제가 맡을 테니 하늘에 있는 쪽은 언니들에게 맡겨도 될까요?"

"하는 수밖에 없나요……. 알겠습니다. 지상 쪽은 아르마에게 맡기겠어요!"

"그럼 사라 언니, 헬을 빌려주세요. 제 이프리타와 연계해서 싸울게요."

"알겠어요. 헬, 아르마를 도와줘!"

사라가 말하자 공중에 은빛 늑대가 실체화해 땅으로 향했다.

"고마워요. 무운을 빌어요!"

아르마가 에어리얼의 등에서 뛰어내렸다. 도중에 아르마가 "이프리타."라고 부르자 사자를 닮은 정령이 나타났다. 아르마는 그 등에 올라 땅으로 낙하했다.

땅에 내려선 총길이 4미터 정도의 거대한 늑대와 사자가 지상을 배회하는 블랙와이번을 향해 내달렸다.

◇ ◇ ◇

블랙와이번이 꼬리로 나무를 날려버린 직후, 라티파는 풍압에 날아갔다. 10미터 정도 날아가 타고난 신체 능력으로 어떻게든 몸을 추스르려고 했으나 운 나쁘게도 나무기둥에 등이 부딪치고 말았다.

"으으……."

그래도 라티파는 겨우 일어나 도망치려고 달렸다.

"크아아아!"

"히익?!"

블랙와이번이 포효하자 라티파가 흠칫 몸을 떨었다.

어깨 너머로 뒤를 돌아보자 마침 블랙와이번이 입을 쩍 벌리고 숨을 크게 들이쉬고 있었다. 공기가 흘러들어가고 몸이 조금 부풀었다. 다음 순간, 입에서 불꽃이 튀었고 블랙와이번이 단번에 숨을 토했다. 작열하는 화염이 일직선으로 나무를 불태우며 라티파를 통째로 삼키려고 했다.

화염이 직격하기 직전―.

"라티파?!"

아르마가 간발의 차로 메이스를 들어 강하게 땅을 내리쳤다. 땅이 크게 솟아나 두꺼운 벽이 되어 아르마와 라티파를 지켰다.

"아, 아르마 언니?!"

라티파가 감격해서 아르마에게 안겼다.

"자, 잠깐! 지금은 전투 중이에요. 왜 당신이 이곳에?! 그보다 어서 놓으세요. 아직 끝나지 않았어요. 옵니다! 당신은 헬의 등에 타요!"

"으, 응!"

라티파가 급히 사라의 계약정령인 헬의 등에 탔다. 아르마도 자신의 계약정령인 이프리타의 등에 올라탔다.

두 사람이 올라타자마자 늑대와 사자의 정령들이 크게 도약했다.

다음 순간, 아르마가 조금 전에 만든 흙벽이 산산이 부서졌다. 그곳으로 블랙와이번의 꼬리가 날아들었다.

늑대 모습을 한 헬이 도약하며 블랙와이번을 향해 얼음 브레스를 토했다. 그 직후, 사자 모습을 한 이프리타도 화염 브레스를 뿜었다.

얼음과 화염— 블랙와이번의 몸이 급격한 온도변화를 겪는 사이, 아르마는 이프리타의 등에서 뛰어내렸다. 도약해서 블랙와이번에게 뛰어들었다.

아르마는 정령술로 신체를 강화하고 메이스를 휘둘렀다. 블랙와이번도 괴성을 지르며 뛰어 들어온 아르마에게 꼬리를 휘둘렀다. 그 순간, 아르마가 쥔 메이스와 블랙와이번의 꼬리가 새된 소리를 내며 부딪쳤다.

"큭, 실패인가요?!"

아르마가 얼굴을 찌푸리고 공격 반동을 이용해 뒤로 날아갔다. 땅에 착지해 블랙와이번의 꼬리를 봤으나 상처는 없었다.

"아, 아르마 언니, 도망치자! 무리야, 못 이겨!"

헬의 등에 탄 라티파가 외쳤다.

"안 돼요, 여기서 우리가 도망치면 이 녀석이 마을에, 꺄악!"

라티파와 아르마가 대화하는 것을 블랙와이번은 기다려 주지 않았다. 칠흑의 아룡이 사납게 꼬리를 휘둘러 아르마를 공격했다.

아르마가 도약해 공격을 피했으나 반격할 틈이 없었다.

"아르마 언니?! 헬, 이프리타, 언니를 구해줘! 나도 도울 거야!"

라티파의 지시와 동시에 헬과 이프리타가 달려 나갔다. 라티파는 헬에게서 뛰어내려 황급히 아르마를 향해 달려갔다. 솔직히 무서웠다. 하지만 아르마가 일방적으로 공격당하는 것을 보고 자신만 안전지대에 있을 수가 없었다.

"라, 라티파! 당신은 오면 안 돼요!"

"괘, 괜찮아! 나도 싸울 수 있어! 야, 야! 여기야!"

라티파가 블랙와이번에게 다가가 도발하자 공격대상이 그녀로 바뀌었다. 그 사이에 이프리타가 아르마를 태우고 일단 안전지대로 후퇴했다.

헬이 라티파를 엄호하며 블랙와이번을 도발했다. 아르마가 보니 라티파는 가벼운 몸놀림으로 블랙와이번의 맹공을 피하고 있었다. 그러나 언제까지고 피할 수 있을 것 같지는 않았다.

"큭…… 이프리타! 당신도 라티파, 헬과 함께 적의 주의를 끄세요. 저는 그 사이에 대규모 정령술을 준비할게요!"

아르마가 순간 망설이다가 지시를 내렸다. 블랙와이번을 쓰러뜨리려면 상당한 고위력의 정령술을 써야 했으나,

발동하기 위해서는 시간을 들여야 했다.

지푸라기라도 잡고 싶은 심정이었다. 상대의 주의를 끌어줘서 고마웠다.

"라티파, 무리하지 말고 조금만 시간을 끌어주세요! 제가 지시하면 후퇴를!"

"으, 응! ······까?!"

아르마가 지시를 내리자 블랙와이번이 갑자기 공격 패턴을 바꿨다. 계속 꼬리로만 공격하다가 갑자기 앞으로 날아올랐다.

돌발적인 행동에 라티파의 움직임이 순간 경직됐다. 그 한순간이 치명적이었다. 라티파가 짓눌린다.

그렇게 생각한 순간, 아르마 일행의 뒤에서 7, 8미터 크기의 거대한 얼음덩어리가 날아와 블랙와이번의 몸에 직격했다. 칠흑색 아룡의 몸이 크게 떠밀렸다.

그 직후, 아르마의 옆으로 지나간 돌풍이 라티파에게 급접근해—.

"어······?"

라티파가 조금 얼빠진 소리를 냈다. 한순간 몸이 가벼워졌고, 정신이 드니 누구보다 소중한 사람— 리오에게 폭 안겨 있었다.

"미안, 라티파. 오는 게 늦었어."

리오가 살짝 어두운 얼굴로 사과했다.

"아, 아니야. 미, 미안, 해요. 나야말로, 도망쳐서······."

라티파는 순간 멍하니 있다가 뚝뚝 눈물을 흘리며 리오에게 사과했다.

"대화는 나중에. 이제 괜찮아. 물러나 있어."

리오가 미소 지으며 라티파의 머리를 쓰다듬고 땅에 내려줬다.

산책 중에 달려와서 무기는 없었다. 하지만 리오는 겁내지 않고 멀리 머리 위에 있는 블랙와이번의 얼굴을 차갑게 노려봤다. 리오는 땅을 세게 박찼다. 믿을 수 없는 속도로 떠올라 바로 아래에서 블랙와이번의 턱을 걷어찼다.

"크악?!"

블랙와이번의 거대한 몸이 젖혀졌다. 입에서 고통을 호소하는 소리가 흘러나왔다.

리오는 틈을 주지 않고 몸을 돌려 다리로 상대의 목에 참격을 때려 넣었다. 칠흑의 아룡이 옆으로 휘청거렸다.

"역시 단단하네."

리오가 공중에서 살짝 얼굴을 찌푸렸다. 전투불능으로 만들 셈으로 걷어찼지만, 블랙와이번은 충격 데미지밖에 입지 않았다.

"크아아아!"

블랙와이번이 눈앞의 리오에게 사납게 화염 브레스를 뿜었다.

리오는 왼손을 앞으로 뻗고 돌풍을 일으켜 다가오는 브레스를 튕겨냈다. 블랙와이번의 입으로 자신이 뿜은 화염이 역류했다.

"캬아아아?!"

칠흑의 아룡이 괴로워했다. 입 안이 약점으로 보였다.

리오는 씨익 웃고 블랙와이번의 입에 특대 화염구를 처박았다. 그와 동시에 바람의 정령술로 하늘을 날아 상대의 머리 위로 이동해 깍지를 끼고 전력으로 내리쳤다. 블랙와이번의 입이 쾅 소리를 내며 다물렸다.

그 직후, 밀폐된 공간 속에 대폭발이 일어났다. 입 안에 생긴 엄청난 열과 충격파로 블랙와이번이 몸을 젖히듯이 세차게 목을 휘둘렀다.

분노로 물든 눈에서 새까만 피가 흘러나왔다. 블랙와이번은 잠시 비틀거리다 거칠게 땅에 쓰러졌다.

"괴, 굉장해. 저렇게 간단하게, 저것을……."

끼어들 틈이 없는 전투를 보고 아르마가 놀라서 중얼거렸다.

"입 안이 약점인 모양입니다. 알기 쉬운 곳이라 다행이었어요."

가볍게 옆에 착지한 리오가 쓴웃음을 지으며 말했다.

"아니, 그럴지도 모르지만……."

아르마가 어안이 벙벙해서 대답했다. 상대는 20미터를 넘는 거구였다. 얼굴 쪽으로 다가가 입 안을 공격하는 것이 얼마나 어려운 일이란 말인가. 그대로 물려 죽어도 이상하지 않았다.

"오빠!"

라티파가 멍하니 있는 아르마를 거들떠보지도 않고 리오에게 뛰어들었다.

"아이쿠, 아무래도 위쪽도 끝난 것 같네요."

라티파를 온몸으로 멈춰 세운 리오가 하늘을 올려다보며 미소 지었다.

아르마도 하늘을 올려다봤다. 그곳에는 뿔뿔이 흩어져 도망가는 비룡종 무리를 향해 우렁찬 함성을 지르는 전사들이 있었다. 다른 블랙와이번은 아직 살아 있는 것 같지만, 도망가는 개체 수는 습격 때보다 많이 줄었다.

위에서 오피아와 에어리얼에 탄 사라가 내려왔다.

"아르마, 굉장해! 어떻게 쓰러뜨렸어? ……어, 어라, 리오 씨. 그리고 라티파까지."

땅에 쓰러진 블랙와이번을 보고 흥분하며 말하던 오피아가 리오와 라티파를 알아차리고 눈을 동그랗게 떴다.

"저 블랙와이번은 리오 씨가 홀로 쓰러뜨렸어요."

아르마가 쓴웃음을 지으며 사실을 가르쳐줬다.

"뭐, 혼자서?! 굉장해, 역시 리오 씨예요!"

오피아가 진심으로 기뻐하며 리오를 추켜세웠다.

"아뇨. 그런데 부상자는 안 나왔나요?"

리오가 부끄러운지 미소 지으며 말을 돌렸다.

"괜찮았습니다. 전투가 길어졌다면 위험했을 지도 모르겠어요. 다른 개체가 도망친 덕분입니다."

뒤늦게 착지한 사라가 설명했다.

"사라 언니, 하늘의 와이번 무리가 왜 도망친 걸까요?"

"아마 저 블랙와이번이 쓰러졌기 때문일 거예요. 다른 블랙와이번은 쓰러뜨리지 못했지만, 리오 씨 덕분입니다. 감사합니다."

아르마의 물음에 사라가 대답하고 리오에게 고개를 숙였다.

"아뇨……. 저는 라티파의 오빠고 여러분의 맹우이니까요."

리오가 부끄러운지 고개를 젓고 어깨를 으쓱했다.

"하아, 하아, 하아……."

소년은 숨을 몰아쉬며 숲 속을 달렸다. 여행 물자는 그리핀과 함께 어딘가로 가버렸고 남은 소지품은 지금 입은 옷과 무기뿐. 이런 어딘지도 모르는 대삼림 속에 나 홀로. 무엇을 어떻게 해야 하는지 아무것도 몰랐다. 그때―.

"무슨 일인가요? 그렇게 급하게."

침착한 목소리로 소년에게 말을 거는 인물이 있었다.

소년은 황급히 주위를 둘러봤다. 그러나 인영은 어디에도 보이지 않았다.

"여기예요."

목소리는 위에서 들렸다. 소년이 황급히 올려다보니 레

이스가 허공에 떠있었다.

"아, 아아아…… 레이스 씨?!"

"그 상황에 용케 살아남았군요. 솔직히 놀랐습니다."

"요, 용케 살아남았다니! 당신, 보고 있었어?!"

레이스가 착지해서 감탄하자 소년이 분노하며 소리쳤다. 레이스가 하늘을 날았던 것이나 말투를 신경 쓸 경우가 아니었다.

"후후, 예상외로 당신의 본성이 추악해서 저도 모르게 홀렸습니다. 사람은 생명의 위기에 처했을 때 본성이 드러난다는데, 이야, 정말 그 말이 딱 맞았어요."

그 말투에 소년의 이성이 빠직 소리를 내며 끊어졌다.

"우, 웃, 웃기지 마! 나는 죽을 뻔 했다고?! 이런 위험한 곳에 데려오다니! 사과해! 보상해! 용서 못 해!"

"큭, 큭큭큭. 당신은 재미있는 사람이지만, 안타깝군요. 마지막으로 남길 말은 그걸로 됐습니까?"

사람을 깔보는 미소를 지으며 레이스가 물었다. 오른손 엄지와 검지 사이에 보석 같이 투명한 작은 돌을 쥐고 있었다.

"뭐, 뭐야? 당신, 또라이야? 일단 그 보석을 넘……."

소년이 소란을 피우자 레이스가 쥐고 있던 보석을 뭉갰다. 갑자기 소년이 괴로운 표정을 지으며 땅에 무릎을 꿇었다.

"안녕히."

그 말을 남기고 레이스는 다시 하늘로 떠올랐다.

【 제 8 장 】 ❋ 인연

　다음 날, 리오는 라티파를 데리고 어제 헤어진 광장을 들렀다.

　"저, 저기, 어제는 도망쳐서 미안해요!"

　광장에 마주보고 서니 라티파가 입을 열자마자 사과했다.

　"⋯⋯라티파가 사과할 필요 없어. 나도 잘못했는걸. 아마 그것보단 더 잘 전달할 수 있었을 거야. 내가 서툴렀어. 미안해."

　리오가 약간 당황하며 어색하게 사과했다.

　"아, 아니야! 어떻게 생각해도 내가 멋대로 굴었는걸! 사, 사실은, 어렴풋이 알고 있었어. 오빠가 언젠가 이 마을을 떠날지도 모른다고. 그래서 무서웠어. 오빠가 어디 있는지 잠깐만 몰라도 어찌 할 수 없을 정도로 불안해질만큼."

　라티파가 리오의 말을 부정하고 호소하듯이 자신의 진심을 토로했다.

　"하, 하지만, 어제, 오빠가 마을을 떠난다는 말에 나, 폭주했잖아. 그래서 오빠한테 걱정 끼치고, 언니들한테도 민폐 끼치고, 반성했어. 밤에 내내 생각해봤어. 그래서 생각이 정리돼서, 오빠랑 이야기하고 싶어서⋯⋯."

　말하면서 점점 불안해하는 라티파를 보고 리오의 표정이 조금 어두워졌다.

"응, 나도 라티파와 이야기하고 싶어."

리오가 겨우 고개를 끄덕이자 라티파가 안도하고 "다, 다행이다……"라며 힘을 뺐다.

"다행인 건 내 쪽이야. 라티파에게 미움 받을 줄 알았거든."

리오가 쓴웃음을 지으며 고개를 저었다.

"그, 그럴 리 없잖아! 나 오빠를 엄청 좋아하는걸! 오히려 내가 미움 받지 않을까 불안했어. 민폐만 끼쳐서 오빠가 마을을 나가는 건 아닐까. 그런 게 아니라고 생각해도 오빠한테 나는 방해만 되는 게 아닐까, 무서워서."

라티파가 그렇게 말하며 눈물을 뚝뚝 흘렸다.

"민폐 아니야."

"어?"

리오가 타이르듯이 말하자 라티파가 멍하니 리오의 얼굴을 올려다봤다.

"민폐 아니고, 방해되지도 않아. 이런 제멋대로인 내가 오빠여도 될까. 자신은 없지만, 라티파는 내 동생이야. 아니, 동생으로 있어주면 좋겠어. 정말로."

리오가 더듬더듬 민망해하며 말했다.

"……나, 오빠 동생이야. 오빠 동생이고 싶어! 오빠는 제멋대로이지 않아! 그래도 돼? 정말로 그래도 돼? 내가 동생이어도, 돼?!"

라티파가 몸을 떨고 울면서 말했다.

"내가, 오빠여도 괜찮아?"

리오가 조금 주저하며 묻자 라티파가 리오를 세차게 껴안았다.

"응, 오빠는, 내 오빠야! 나를 구해줬어. 나한테 다정하게 대해줬어! 오빠한테 죽어도 어쩔 수 없었는데, 오빠는 나를 구해줬어!"

"아니, 나는…… 말했잖아? 그냥 사람을 죽이고 싶지 않았어. 내 손을 더럽히고 싶지 않았을 뿐인, 거짓된 다정함이었어. 다정하지 않았어. 제멋대로인 것 뿐이야."

리오가 얼굴을 찌푸리고 떳떳하지 못하게 말했다. 라티파를 감싸주지 않는 두 손이 갈 곳을 잃고 방황했다.

"진짜야! 오빠의 다정함은 진짜야. 왜냐하면, 나, 사람의 악의에 무척 민감한걸. 노예였으니까. 비굴하고, 남의 안색만 살피고, 나쁜 짓 당하고 싶지 않아서 사과만 했으니까……. 하지만, 오빠한테서는 전혀 악의가 느껴지지 않았어. 그러니까, 오빠의 다정함은 진짜야!"

라티파가 리오를 안고 필사적으로 호소했다.

"라티파……."

"그리고 제멋대로인 건 나야! 나 말이지. 사는 이유도 없는데 죽고 싶지 않았어. 아픈 게 싫어서, 뭐든 했어. 입으로는 주인님이 제일이라고 하면서, 제일 소중한 건 나였어. 아니. 지금도 그래. 오빠를 엄청 소중히 여기면서도 떼를 써서 곤란하게 했어!"

"아니, 나는, 곤란하지 않아. 라티파는 제멋대로이지 않

아. 그리고 난 라티파가 떼쓰면 정말 기뻐."

라티파가 자신을 비하하자 리오는 고개를 젓고 솔직하게 감정을 전했다.

"……어, 에헤, 에헤헤. 기뻐, 고마워."

순간 놀란 라티파가 진심으로 수줍은 미소를 지었다. 리오도 드디어 웃으며 라티파의 등을 어색하게 쓰다듬었다. 잠시 후—.

"……있지, 오빠, 정말로 내 오빠로…… 있어 줄 거야?"

라티파가 리오의 얼굴을 아래에서 올려다보며 머뭇머뭇 다시 물었다.

"응. 라티파가 좋다면."

"응, 좋아! 오빠가 좋아!"

"그래. 고마워."

리오가 기쁜 듯한, 그러면서도 불안한 듯한 복잡한 표정을 짓고 고마워했다.

"응, 에헤헤."

라티파가 고개를 끄덕이고 수줍어했다. 라티파는 잠시 리오를 끌어안았고, 리오도 그녀가 하는 대로 받아줬다.

"라티파, 내가 밖으로 안 나갔으면 좋겠어?"

리오가 라티파의 양 어깨를 잡고 얼굴을 바라보며 물었다.

"이, 있지, 오빠가 마을을 나가겠다면, 나, 참을게. 반드시 다시 만날 테니까. 그러니까 같이 가고 싶다고 떼쓰지 않을게. ……노력할게요."

라티파는 그렇게 대답하고 평소보다 어른스럽게 웃었다.

"……내가 야구모 지방으로 가는 이유…… 라티파에게 가르쳐준 적 없었네. 돌아가신 부모님의 고향이야. 그래서 나는 야구모 지방에 가고 싶어. 성묘……하고는 조금 다르지만."

정신 차리고 보니 리오는 자기도 놀랄 정도로 솔직하게 털어놓고 있었다. 지금까지 누구에게도 자발적으로 가르쳐준 적 없는 과거의 일부를—.

"그랬, 구나. 나, 오빠에 관해 아무것도 몰랐어. 그런데……."

라티파가 조금 충격을 받았는지 몹시 부끄러워하며 중얼거렸다.

"나도 그래. 라티파에 관해 모르는 게 잔뜩 있어."

"……그렇, 지. 나도 오빠한테 꼭 말해야 하는데 말하지 않은 게 있어. 내가 정말 좋아하는 오빠가 나를, 알아줬으면 해. 그래줄래?"

리오가 천천히 고개를 젓자 라티파의 표정이 진지해졌다.

"……그래, 라티파에 관해 내게 가르쳐줘."

리오는 들어야만 한다고 생각했다. 지금, 라티파는 크게 성장하고 있었으니까. 여기서 자신이 거절하면 그녀의 성장을 막게 된다.

"그럼 내 비밀에 관해서인데, 안 믿어줄지도 모르지만……."

라티파는 조심스럽게 앞으로 몸을 내밀었다.

"있지, 나는, 한 번 죽었어. 원래는 인간이었고. 그리고 다시 태어나서 지금의 내가 됐어. 음, 어떻게 말해야 믿어줄지 모르겠지만, 여기와는 다른 세계가 있는데 그곳의 일본이라는 나라에서 살았어. 하지만, 정신을 차리니 이 세계에 있었고……."

지리멸렬하게, 그런데도 열심히 설명했다.

"그렇구나. 믿어."

"……정말로, 믿어주는 거야?"

리오가 깔끔하게 수긍하자 라티파가 탐색하는 듯한 시선을 보냈다.

"……미안. 믿는다기보다는 알고 있어. 나도 라티파와 같으니까."

리오가 면목없어하며 고개를 젓고 말을 수정했다.

"어? 어? 무슨 말이야?"

"라티파는 일본인이었지. 나도 그래."

"……오빠도 그, 그렇다고?"

라티파가 크게 동요했는지 간신히 물었다.

『나도 일본인이었어.』

리오가 조금 서투른 일본어로 진지하게 대답했다. 지금까지 그 말을 잊지 않도록 혼자 있을 때는 일본어를 사용하고 일본어로 생각했으나 몇 년 넘게 대화할 사람이 없었던지라 유창하게 말할 수는 없었다.

『일본……어…… 일본……인……. 오빠도 일본사람이었어?』

라티파도 일본어로 더듬더듬 물었다.

"그래" 하고 리오가 고개를 세차게 끄덕였다.

"즉, 그걸 알았고, 나에 관해 알면서, 말 안 한 거……야?"

라티파가 놀람을 뛰어넘어 감정이 빠진 얼굴로 멍하니 물었다. 사용하는 말은 이제는 완전히 익숙해진 이 세계의 말로 돌아왔다.

"응."

리오가 수긍하며 살짝 고개를 숙였다. 하지만 망설임 없는 올곧은 눈으로 라티파를 바라봤다. 말로 긍정하자 마음 깊은 곳에 봉인한 일본인이었을 때의 기억이 선명하게 되살아나 부끄러움을 느끼며 손에 꽉 힘을 줬다.

"오빠……."

라티파가 리오의 행동에 무언가를 느꼈는지 온순한 표정을 지었다.

"미안. 내가 더 빨리 말했어야 했어."

"……아니야. 하지만, 언제부터…… 언제부터 알았어?"

"라티파에게 처음으로 『파스타』를 만들어줬을 때. 『스파게티』라고 말했지?"

라티파가 머뭇거리며 묻자 리오가 쓴웃음을 지으며 대답했다.

"그, 그렇게나 전부터……. 하지만, 그렇구나. 그렇다면, 그렇겠지……."

"당시의 라티파는 조금…… 아직 정신적으로 불안정했

어. 하지만 사실은 내가 말하고 싶지 않았어. 괜히 일본인이었을 때의 자신에게 미련을 가질까 봐…….”

리오가 자조하듯이 미소 지었다.

“……그렇구나. 역시 오빠가 나를 지켜주고 있었어.”

“아니, 난 나를 우선했을 뿐이야.”

리오가 이를 악물며 말하자 라티파가 “아니야”라며 고개 저었다.

“……오빠는 지금도 일본인이었을 때의 자신에게 미련이 있어?”

“없다……고 하면 확실히 거짓말이겠지. 나는 미련을 남기고 죽었으니까. 라티파는 없어?”

“있긴, 하지만. 난 이제 됐어. 오빠가 있으니까.”

라티파는 그렇게 대답하고 있는 힘껏 미소 지었다. 리오가 눈을 크게 떴다.

“라티파는 강하구나…….”

“오빠가 있으니까 그래. 오빠가 있어서 나는 강해질 수 있어. 그러니까…… 있잖아. 억지라는 건 알지만, 나, 좀 더 오빠를 알고 싶어. 그러면 오빠가 이 마을에 없는 동안에도 쓸쓸하지 않을 거야. 그, 된다면, 오빠가 다시 태어나기 전의 이야기도 듣고 싶어. 안 될까?”

“……그래. 라티파라면, 가르쳐줄게. 동생이니까. 내게도 라티파를 가르쳐줘. 서로 조금씩 이야기하자. 아직 시간이 있으니까.”

리오는 잠시 망설이다가 미소 지으며 수긍했다.

"응! 아니, 잠깐만. 오빠, 바로 마을을 나가는 거 아니야?! 시간이 있다니?"

라티파가 웃으며 고개를 끄덕이더니 당황하며 물었다.

"응. 마을에서 배우고 싶은 것도 아직 많고, 라티파와도 같이 있고 싶으니까 일 년 정도 더 있으려고."

"어, 어어~? 난 완전히 바로 나가는 줄 알고……."

헤어지기까지 아직 멀었다는 것을 알고 라티파의 몸에서 힘이 쭉 빠졌다.

그리고 그날, 두 사람은 서로에게 자신들이 다시 태어나기 전의 이야기를 했다. 핵심은 건드리지 않도록 배려했지만, 그래도 많은 것을 주고받았다.

제일 놀란 것은 서로 죽기 직전에 같은 버스를 탔고, 조금 안면이 있다는 것이었다. 그 사실을 알자마자 라티파가 갑자기 얼굴을 붉히는 등, 정신 차리니 저녁이 될 때까지 대화를 나누고 있었다.

분명 그날부터 두 사람은 진정한 의미로 남매가 되었으리라.

그리고 집으로 돌아오자―.

"아이구야. 이것 참…… 평소보다 사이가 좋구나. 잘 풀린 겐가?"

집 앞에 있던 아슬라가 눈을 동그랗게 뜨며 물었다.

"네, 덕분에요. 더 친해졌습니다."

리오가 왠지 수줍어하며 결과를 보고했다.

"나 있지, 오빠가 마을을 나가도 돌아올 때까지 잘 기다리기로 했어!"

라티파가 해맑게 웃으며 말했다. 갑자기 아슬라의 눈에서 눈물이 흘렀다.

"호호…… 나이를 먹으니 눈물도 말을 안 듣는구먼…….
리오 도령, 그대가 이 아이를 구해주어서 참으로 다행이야."

아슬라가 공손히 절하듯이 리오의 손을 잡았다.

◇ ◇ ◇

그리고 눈 깜짝할 사이에 일 년이 흐르고 리오가 마을을 나가 야구모 지방으로 떠날 날이 임박한 어느 날. 리오는 장로들에게 불려 마을 청사에 있는 회의실로 갔다.

"음, 잘 와주었다."

실드라, 도미니크, 아슬라 세 사람이 선두에 서서 리오를 웃으며 맞이했다.

"어, 오늘은 어떤 일로 부르셨습니까?"

조금 야단스러운 마중에 리오가 살짝 자세를 다듬고 물었다.

그러자 실드라가 대표로 말을 꺼냈다.

"마을의 은인이자 맹우인 리오 도령에게 주고 싶은 것이 있다. 먼저 마을에서 주는 선물로 이걸 받게."

실드라가 리오에게 팔찌를 건넸다. 「마법 은」이라고도 불리는 미스릴 금속으로 만들어졌고 복잡한 술식이 새겨진데다가 큼직한 정령석도 박혔다.

"앗, 이것은…… 『시공의 장』 아닙니까? 이렇게 귀중한 물건을 받을 수는 없습니다."

리오가 눈을 동그랗게 뜨고 거의 반사적으로 거절했다.

시공의 장이 무엇인지는 리오도 잘 알고 있었다. 시공마술이라는, 인간족은 재현이 불가능한 마술이 담겨 있고 등록자의 마력에 반응해 반영속적으로 아공간을 만들어내 임의로 물건을 넣고 꺼낼 수 있는 파격적인 효과를 가진 마도구다.

"신경 쓰지 말게. 이것도 맹우의 증거다. 이것이 있으면 여행이 많이 편해질 테지?"

실드라가 고개를 젓고 리오에게 시공의 장을 내밀었다.

"확실히, 편해지기는 합니다만……."

리오가 난색을 표했다.

"그냥 가져어. 그게 맹우라는 거니까. 그리고 선물은 마을에서 주는 것만 있는 게 아니라고. 우리 드워프는 무기를 선물한다. 이 검은 미스릴로 만들었는데 꼬마의 정령술을 흡수해서 담아낼 수 있어. 그리고 꼬마가 무찌른 블랙와이번의 가죽으로 만든 방어구다. 금속 갑옷이 종이로 보이는 수비력이야, 이건."

그러자 옆에서 도미니크가 무기를 든 드워프 몇 명을 데리고 오며 멋지게 말했다.

보검처럼 검에 박힌 정령석이 아름답게 빛났다. 방어구는 크로스 아머, 글러브, 부츠, 롱 코트로 전부 블랙와이번의 가죽으로 만들어 칠흑색 광택이 났다.

"참고로 리오 꼬마는 아직 성장 중이니까 조금 여유로운 사이즈로 만들었어. 마을로 돌아오면 다시 조정해주지. 일단 말해두겠는데 네 전용으로 만든 거야. 못 받겠다고 거절하면 안 돼."

도미니크가 자랑스러운 표정을 지었다.

"드워프만 선물을 준비한 게 아니다. 우리 엘프도 많은 약을 준비했다. 메모에 물품 이름을 기재해놓았으니 나중에 확인하게."

실드라가 리오에게 종이 한 장을 건네고 옆에 있던 큰 나무 상자를 봤다. 저 안에 약이 들어 있으리라. 엘프가 만든 약은 소재도 귀중하고 정령술을 사용해 제작한 것이 많았다. 효과는 인간족이 만든 약에 비해 월등했다.

건네받은 메모 일람에는 비약과 영약이라 불리는 것까지 있어서 리오가 눈을 크게 떴다.

"비약과 영약까지 주셔도 괜찮으십니까?"

"하하하, 사양 말게. 내가 만드는 방법을 가르쳐주지 않았나. 재료만 있으면 리오 도령도 만들 수 있지?"

"재료가 귀하지 않습니까?"

인간족은 재배하기 어려운 것뿐이었다. 드뤼어스의 수

액이 필요한 것도 있었다.

"뭘, 인간족의 영역에서는 보기 어려운 재료뿐이지만, 이 마을이라면 그렇지도 않다. 사양 말고 가져가게."

실드라가 온화한 미소를 지었다.

"자, 아직 수인들이 줄 게 남아있다네. 마을에서 생산한 식자재를 혼자서는 다 못 먹을 정도로 준비했지. 양이 양인만큼 이곳에는 가져오지 못했으니 나중에 시공의 장에 넣게나. 아, 그리고 이건 수인만 준비한 건 아니네만, 각 종족이 자랑하는 술도 있다네."

마지막으로 아슬라가 결정타라는 듯이 대량의 술과 식자재를 선물로 내밀었다.

"여러분, 왜, 이렇게나……."

리오가 주먹을 꽉 쥐고 면목 없어하며 얼굴을 일그러뜨렸다.

"어리석은 질문이군, 리오 꼬마. 얼마나 대단한 일을 해주었는데. 꼬마는 자신을 너무 과소평가해. 아무것도 안 쥐어주고 마을을 떠나게 하면 우리가 은혜도 모르는 사람이 돼버려."

도미니크가 웃으며 말했다.

"음, 도미니크의 말이 맞다. 이것은 마을의 총의라고 생각하게."

"그 말대로일세. 그러니 꼭, 받아주게나."

실드라와 아슬라가 강한 의지를 담아 말했다. 세 최장로 뒤에 있는 다른 장로들도 깊이 고개를 끄덕였다. 리오는 천천히 얼굴을 들고 실내에 있는 사람들을 둘러봤다.

"모자란 몸이라 여러분의 깊디깊은 정에 감사드릴 말도 없습니다. 만약, 정령의 주민에게 위기가 닥친다면, 맹우로서 이 몸 바쳐 도울 것을 맹세합니다."

깊이 머리를 숙이고 서약의 말을 입에 담았다.

◇ ◇ ◇

그리고 드디어 리오가 정령의 주민의 마을을 떠나는 날이 왔다. 배웅하고자 하는 사람이 너무 많아서 드뤼어스가 있는 정령전 경내를 빌려 리오를 배웅하기로 했다.

"여러분, 일 년 반이 넘는 시간 동안, 정말로 감사했습니다."

배웅하러온 사람들을 보며 리오가 고마워했다.

"다녀와. 오빠!"

라티파는 이별이 아쉬워 리오를 계속 세게 끌어안았다. 조금 풀이 죽은 모습이었지만, 그게 오히려 다행이었다.

"라티파, 리오 씨가 아파하겠어요."

어쩔 수 없네, 하고 사라가 미소 지으며 말했다.

"한동안 못 만날 테니 지금 오빠 성분을 보충해야 해! 사라 언니도 안기고 싶다면 지금이야!"

라티파가 리오에게 안겨 말했다.

"뭣, 저, 저는 안기고 싶지 않습니다!"

사라가 새빨간 얼굴로 부정했다.

"그럼 사라 대신 내가 안길게요."

"……저도. 부탁해요."

그때, 오피아와 아르마가 나타나 말했다.

"헤?"

사라가 얼빠진 소리를 냈다.

"잘됐다. 오피아 언니랑 아르마 언니가 대신 해줘. 그럼 나는 일단 떨어질게!"

라티파가 의기양양하게 웃었다. 그리고 오피아와 아르마를 위해 리오에게서 떨어졌다.

"으……" 하고 사라의 표정이 굳었다.

"에헤헤, 왠지 부끄럽네요. 그럼 실례합니다. ……리오 씨, 다녀오세요. 돌아오면 또 다 같이 살아요!"

오피아가 수줍게 리오를 안고 작별 인사를 고했다.

"네. 여행하면서 맛있는 요리를 찾아올게요."

리오도 수줍게 웃으며 대답했다. 그리고 오피아가 아쉬워하며 리오에게서 떨어지자 아르마가 리오의 앞으로 다가왔다.

"리오 씨. 조, 조심히 다녀오세요. 안전한 여행이 되기를 기원할게요."

아르마도 얼굴을 붉히며 리오와 포옹했다. 마을에 사는 동안 리오의 키가 많이 자라서 자그마한 드워프인 아르마와 어른과 아이처럼 키 차이가 났다.

"맛있는 술이 있으면 선물로 가져올게요. 같이 마시죠."

"으…… 네, 네. 가볍게 부탁해요."

젊디젊은 소녀에게 선물로 술을 주겠다는 건 뭐지, 라고 생각하면서도 기뻐하는 자신이 창피해서 아르마가 뺨을 붉혔다.

"자, 사라 언니도!"

"앗! 이, 이 녀석, 라티파!"

아르마가 리오에게서 떨어지는 타이밍에 라티파가 사라의 등을 밀었다. 균형을 잃고 발이 꼬여 리오의 눈앞으로 갔다.

"아, 아니, 어, 리오 씨……."

사라가 뺨을 붉히고 수줍어하며 리오 앞에 곧게 섰다.

"네, 뭔가요? 사라 씨."

리오가 즐겁게 웃으며 대답했다.

"도, 돌아오면 또 대련해주세요!"

사라가 굉장히 빠르게 말하고 사삭 움직여 리오를 가볍게 포옹했다.

"네. 단련해서 저를 이길 수 있게 되어주세요."

"윽, 네. 지지 않겠습니다!"

사라가 작게 끙끙대더니 용기 있게 두 손을 잡았다. 그리고 이번에는 우즈마와 아냐, 벨라와 아르슬란, 그밖에 많은 사람들이 우르르 리오에게 밀려왔다.

"여러분."

리오가 모두를 둘러보고 눈을 동그랗게 떴다.

벨라가 "사라 언니네는 특별해요!"라고 말했다.

"응. 맞아, 맞아. 사라 님네는 특별하지."

아냐가 히죽히죽 웃으며 사라 일행을 봤다. 오피아는 방긋방긋 웃으며 시선을 받아줬지만, 사라와 아르마는 창피해하며 시선을 피했다.

"리오 오라버니, 다녀오세요. 또 같이 놀아주세요."

벨라가 리오에게 어리광부리며 안겼다.

"아니, 사라 님에 이어서 어느새 동생 벨라까지 함락시키다니. 대단하군, 리오 군."

"무슨 말을 하시는 거예요, 아냐 씨."

리오가 미묘하게 굳은 미소를 지었다.

"리오 형, 건강해야 해! 돌아오면 나하고도 대련해줘!"

"응, 알았어. 아르슬란도 건강해야 해. 라티파랑 친하게 지내줘."

"마, 말할 필요도 없거든."

아르슬란이 얼굴을 붉히고 조금 무뚝뚝하게 고개를 돌렸다.

우즈마가 리오에게 말했다.

"리오 님, 저도 다시 그대와 싸울 날을 기대하겠습니다. 리오 님보다 더 단련해서 강해지겠습니다."

"네, 저도 단련하겠습니다. 재경기 기대할게요."

그런 말을 나누며 리오와 우즈마는 굳게 악수를 나눴다.

모의전이라고는 하나, 우즈마에게 리오는 전력으로 부딪칠 수 있는 몇 없는 상대였다. 그것은 리오도 마찬가지였다. 리오가 대인전 기술을 가르쳐주게 된 뒤로, 우즈마의 실력이 두드러지게 좋아졌다. 둘 다 재경기가 몹시 기다려졌다.

"그럼. 그대의 무운을 빕니다. 조심하십시오."

"네, 선물 기대해주세요."

고개를 마주 끄덕이고 우즈마가 리오에게서 떨어졌다. 장로들이 다가왔다.

"호호. 그럼 계속 붙잡고 있는 것도 미안하니 노인들은 같이 인사하겠네. 리오 도령, 언제든 돌아오게나. 이곳은 그대의 마을이기도 하니."

아슬라가 쾌활하게 웃으며 말했다.

"그려, 언제든 돌아오라고!"

도미니크가 호쾌하게 웃으며 리오의 팔을 굳게 잡았다.

"그래. 우리 일동, 리오 도령의 귀환을 기다리겠다. 귀하의 여행에 정령의 인도가 있기를."

실드라도 미소 지으며 리오의 여행이 안전하기를 기원했다.

"여러분, 고맙습니다. 부디 건강하세요."

리오가 말하자 장로진이 고개를 끄덕였다.

"다녀와, 또 봐! 오빠!"

라티파가 다시 다가와 마지막으로 한 번 더, 기운차게

리오를 끌어안았다.

"응, 다녀올게."

리오가 다정하게 라티파를 끌어안았다. 이내 아쉽게 그 손을 놓고 리오는 결연히 발을 돌렸다. 그리고 배웅하러 와준 마을 사람들을 향해 섰다.

"여러분! 이 몸이 정령의 주민과 함께 한다는 것 자체가 제 최고의 명예입니다. 불초한 몸인 저를 정령의 주민의 맹우로 받아주셔서 정말로 고맙습니다."

리오는 큰 소리로 고하고 정령술로 바람을 다루어 허공으로 붕 떠올랐다. 마을 사람들이 리오에게 말을 걸며 손을 흔들었다.

"그럼 이만! 다시 만날 날을 기대하겠습니다!"

리오는 그 말을 끝으로 가볍게 손을 흔들고 더 높은 하늘로 올라갔다. 그리고 기운차게 하늘 저편으로 모습을 감췄다.

정령의 주민들은 리오가 안 보일 때까지 손을 흔들었다.

"가버렸네요."

리오가 완전히 안 보이게 되자 아르마가 중얼거렸다.

"사라 언니, 오피아 언니, 아르마 언니, 나 지지 않을 거야."

리오가 사라진 하늘을 바라보며 라티파가 말했다.

"……어, 지지 않겠다니?"

사라가 조금 당황하며 대답했다.

"난 오빠가 좋아. 가족으로도, 이성으로도. 어쩌면 오빠의 마음에 우리 말고 다른 사람이 있을지도 몰라. 하지만 나, 포기 안 해. 그러니까 만약 언니들도 오빠를 좋아한다면 지금 선전포고해두려고. 뭐, 언니들이 오빠를 아무래도 좋다고 생각한다면 상관없지만."

라티파가 당돌한 미소를 지으며 사라 일행을 바라봤다.

"뭣, 나, 나는 딱히 아무래도 좋다고는!"

사라가 얼굴을 붉히며 모호한 말을 했다.

"후후, 사라는 솔직하지 못하네."

오피아가 생긋 웃으며 말했다.

"정말이에요. 창피해서 솔직해지지 못하는 게 사라 언니의 안 좋은 점이죠."

아르마가 이런, 이런, 하며 어깨를 으쓱했다.

"그, 그건 아르마도 비슷하잖아요!"

"저는 확실하게 어필할 때는 했거든요."

사라가 반론하자 아르마가 고개를 돌리며 태연하게 말했다. 오랫동안 친하게 지낸 사라는 아르마가 부끄러워할 때 이런 행동을 한다는 것을 알았다.

"이거 봐, 이러는 거요! 부끄러워하는 건 똑같지 않습니까!"

"지금 그런 이야기를 하는 게 아니잖아요."

사라와 아르마는 항상 이렇게 확 불타올랐다. 이 자리에 리오가 있었다면 평소와 같은 광경이라며 즐겁게 바라봤을 것이다. 떠들썩한 그녀들의 모습을, 그곳에 있던 마을 주민들이 미소 지으며 바라봤다.

　신성력 998년— 리오가 이 세계에서 전생의 기억을 되
찾고 벌써 7년 이상의 세월이 흘렀다. 역사가 움직일 날이
가까워졌다.

어느 날. 야구모 지방에 있는 카라스키 왕국.

어느 마을의 떨어진 곳에 조금 높은 언덕이 있었다. 그 언덕 위에 작은 돌기둥 두 개가 서 있었다.

돌기둥 앞에 풍격 있는 남자가 한쪽 무릎을 꿇고 있었다. 그 조금 뒤에 조용해 보이는 여자가 똑같이 한쪽 무릎을 꿇고 있었다. 남자는 화려하지는 않지만 질 좋은 무사복을 입었고, 허리에 찬 검집에는 거친 외날 검이 꽂혀 있었다. 한편, 여자는 기품 있고 청초한, 자잘한 무늬가 들어간 옷을 입었다. 둘 다 나이는 장년 후반, 장년 중반이었지만, 외모는 젊었다.

"그립군요. **젠**의 고향을 보고 싶다 하셔서 저희가 호위하며 당신을 몰래 이 마을로 데려왔을 때가……."

남자가 애상이 감도는 미소를 그리며 돌기둥을 향해 중얼거렸다. 단순한 혼잣말이었는지 뒤에 있는 여자는 대답하지 않았다. 시선을 내리고 계속 한쪽 무릎을 꿇고 있었다.

"……**아야메 님,** 이 언덕에서 보이는 풍경은 그때와 그리 바뀌지 않았습니다."

통곡으로도 들리는 남자의 중얼거림은 땅의 풀을 매만지는 바람소리에 묻혀 사라졌다.

정령환상기

　여러분, 신세지고 있습니다. 키타야마 유리입니다. 『정령환상기 2. 정령의 축복』을 읽어주셔서 정말 감사합니다. 아마 1권에 이어서 2권을 보셨으리라 생각하니 더할 나위 없이 기쁩니다.

　자, 이번에 서적판 『정령환상기』 2권이 발매됐는데, 먼저 여러분께 알려드릴 것이 있습니다. 무려 서적판 『정령환상기』 속간이 결정됐습니다.

　그런고로 시리즈화합니다! 3권도 나옵니다!

　아직 약 한 달 전에 있었던 일입니다만, 1권 발매하고 며칠 동안은 불안과 기대로 조마조마했습니다. 그런데 얼마 지나지 않아서 담당편집자 N씨께서 "엄청난 기세로 팔리고 있습니다. 시급히 증쇄할 것 같습니다."라고 말씀해주셨을 때는, 안심과 동시에 서적판을 계속 집필할 수 있게 되어 무척 기뻤습니다.

　이것도 전적으로 많은 독자 여러분께서 1권을 구입해주신 덕분입니다.

　또 Web으로 많은 응원 메시지를 보내주셨고, 인생 처음으로 손 편지 팬레터도 받았습니다. 무척 힘이 되고 있습니다! 정말 감사합니다. 많이 감사합니다!

　그밖에도 『정령환상기 2. 정령의 축복』 발매 관련하여

이번에도 제가 뵙지 못한 많은 관계자 분들께 신세를 졌습니다. 그분들께도 이 자리를 빌려 깊이 인사드립니다. 감사합니다!

그리고 작품 내용으로 넘어가겠습니다. 이번 권의 볼거리는 역시 뭐니 뭐니 해도 Riv씨가 그린 귀여운 캐릭터들이죠.

순정파 라티파, 마을의 귀여운 세 아가씨들과 다른 소녀들, 그리고 Web판에서도 인기 있는 리제롯테 등등— 모든 캐릭터를 아주 멋지게 그려주셨습니다.

물론 캐릭터뿐만 아니라 Riv씨가 그린 배경도 꼭 보셔야 합니다! 특히 표지 일러스트의 세세한 부분에도 일절 타협하지 않고 정말로 아름답게 그려주셨습니다.

일러스트화 할 때도 제가 Riv씨께 캐릭터 자료를 제출했습니다. 그러다 세세하게 주문하고, 세세하게 주문할 때는 언제고 대충 주문해서 못 쓰게 만드는 등 귀찮은 주문도 많이 했습니다. 작화하실 때 민폐를 많이 끼쳤습니다.

하지만 Riv씨는 항상 제가 상상한 것 이상의 퀄리티로 일러스트를 그려주시죠. 정말 머리를 들 수가 없어요(땀). 감사합니다!

그런고로 갑작스럽습니다만, 이 자리에서 이번 표지 일러스트 외, 작가가 제일 좋아하는 일러스트를 소개합니다. 그것은 첫 장에 있는 양면 컬러 삽화입니다.

그 일러스트에 2권에 등장하는 히로인들이 모여 있는데,

라티파와 스즈네가 손을 대고 있는 장면에서 소름이 돋았습니다. 서적판 독자 분들은 본편을 보신 뒤에 그녀들의 처지에 서서 다시 일러스트를 봐주세요. 첫 인상과 다른 느낌이 들지도 모릅니다.

자, 지면이 얼마 남지 않았네요. 아직 인사드리지 못한 분이 계십니다. 이번 권 발매에 비교할 수 없을 정도로 힘을 써주신 담당편집자 N씨입니다.

N씨와 빈번하게 메일과 전화로 대화를 주고받는데요, 저희 집과 하비재팬 본사가 그럭저럭 가까워서 실제로 만나서 협의할 때도 있습니다.

그 자리에서 작품의 상세한 부분을 정합니다. 그리고 협의한 다음에는 항상 식사를 사주십니다. 정말 황송합니다. 지난 번 협의 때는 무척 맛있는 스테이크를 사주셨습니다. 또 작품과 상관없이 라노베, 만화, 애니, 미연시 등의 히로인과 전개에 관해 서로의 취향을 맞부딪치기도(웃음). 기회가 있으면 협의하는 모습을 이 자리에 쓸지도 모르겠습니다. 기대해주세요?

그럼 여러분, 후기는 이쯤에서 줄이겠습니다. 바라건대 3권에서도 만나요!

2015년 11월 모일
키타야마 유리

정령환상기

SEIREI GENSOUKI Vol.2

©Yuri Kitayama
Originally published in Japan in 2015 by HOBBY JAPAN CO., Ltd.
Korean translation rights ©2021 by Somy Media, Inc.

정령환상기 2 ―정령의 축복―

2021년 10월 30일 1판 2쇄 발행

저   자 키타야마 유리
일러스트 Riv
옮 긴 이 이은혜
발 행 인 유재옥
본 부 장 조병권
담당편집 정영길
편 집 1 팀 이준환 박소연
편 집 2 팀 정영길 김민지 조찬희
편 집 3 팀 오준영 곽혜민 이해빈
디 자 인 김보라 서정원
라이츠담당 한주원 이다정
디 지 털 박상섭 이성호 최서윤
발 행 처 ㈜소미미디어
제 작 처 코리아피앤피
등   록 제2015-000008호
주   소 서울시 마포구 토정로 222, 403호 (신수동, 한국출판콘텐츠센터)
판   매 ㈜소미미디어
마 케 팅 한민지 최정연
물   류 허석용
전   화 편집부 (070)4164-3962, 3963 기획실 (02)567-3388
          판매 및 마케팅 (070)4165-6888 Fax (02)322-7665

ISBN 979-11-6611-648-3 (04830)
ISBN 979-11-6611-646-9 (세트)